躬身

缘起于甘南的「环境革命」与人文传奇

任林举 著

人民日报出版社

图书在版编目（ＣＩＰ）数据

躬身：缘起于甘南的"环境革命"与人文传奇 / 任林举著.
－－ 北京：人民日报出版社，2021.9
ISBN 978-7-5115-7123-6

Ⅰ．①躬… Ⅱ．①任… Ⅲ．①纪实文学－中国－当代
Ⅳ．①I25

中国版本图书馆CIP数据核字(2021)第183986号

书　　名：躬身——缘起于甘南的"环境革命"与人文传奇
　　　　　GONG SHEN ——YUANQI YU GAN NAN DE "HUAN JING GE MING" YU REN WEN CHUAN QI
作　　者：任林举

出 版 人：刘华新
责任编辑：陈　红
特邀编辑：刘春荣　　孙梦秋
封面设计：刘　璞
出版发行：人民日报出版社
社　　址：北京金台西路2号
邮政编码：100733
发行热线：（010）65369509 65369527 65363531 65369512
邮购热线：（010）65369530 65363527
编辑热线：（010）65369844
网　　址：www.peopledailypress.com
经　　销：新华书店
印　　刷：廊坊市宏森印务有限公司

开　　本：710mmx1000mm　　1/16
字　　数：260 千字
印　　张：24
版次印次：2021年9月第1版　　2021年9月第1次印刷

书　　号：ISBN 978-7-5115-7123-6
定　　价：72.00元

目 录

小引

我坚信这是一个传奇。

一个极其简单的动作或姿势，被一个人倡导并反复强调，又有很多人心领神会紧随其后，十个、百个、千个、万个……最后，75 万人一同重复着一个动作，躬身。日复一日，月复一月，年复一年，五年之后，一个简单的动作拥有了神奇的意义。躬身，已经远远超离了它自身所拥有的具象，变成了一种象征或隐喻。如今，当人们再一次俯下身去的时候，最初的目标模糊了，却意外地发现，人与自然之间有了更多的敬畏与和解，人与人之间有了更多的理解与和谐。

2015 年，甘肃省甘南藏族自治州州委、州政府决定在甘南开展"全域无垃圾"运动时，并不是所有人都看到了这项工作的意义。有人沉默，有人质疑，甚至有人在消极应付；在半推半就、半信半疑的过程中，人们渐进渐深地走了下去。刚开始，人们把"捡垃圾"这件事当成弧光一闪的临时性工作。让干就干吧，终究是无碍、无害，环境好一点儿总比脏乱差强！

从表面看，这只是一件简单且容易见效的事情，如同钻山洞，闭着眼睛摸过就是了。可是不久，人们意外地见到了一些"微光"，感觉到这件事并不是那么简单，似乎除了"干净"之外，还有更多的事情可做、要做。为了把一块或一堆垃圾清除掉，人们不仅需要向垃圾弯腰，而且还要向相关的某些人弯腰，也要向更加广大的环境甚至自然弯腰。当更多的光亮出现时，更大的难度也渐渐显现；同时当更大的难度出现时，前方也出现了更多的光亮。

这世界，本来是不应该有垃圾存在的。造物主所造的一切都是必要的、有用的，都有它适当的用场和用途。它们在其所在，为其所为，各自安然领受自己的天命。只不过后来被人为地改变

2

了原本的状态，或顺势，或强行，将它们置于不适当的位置或使其失去了应有的禀赋。比如，塑料袋没有用来装东西，而是任由它飞上了树；粪便不在茅坑或下水道里，而是撒在了街巷上；砖瓦不在墙体和房子上，破碎了，堆积在广场；一个人在夜里不好好待在自家的床上，偷偷地溜入别人家的牛圈或仓库……这一切都是人的过失或过错。当一个人向"垃圾"弯下腰的时候，就是对自己或对人类的某种过失以及不当行为的反思、忏悔和修正。

就这样，全州广大干部群众在州委、州政府的带领下，"放低自己的身段"，一路循着光亮走下去。五年之后，当一个微不足道的"捡垃圾"演化成一场轰轰烈烈的"环境革命"；当甘南的自然环境因为全员环保意识的提升而发生了出人意料的"蝶变"；当广大农牧民因为对美好生活的向往而纷纷抛弃旧有的生活方式和生活观念，张开双臂拥抱先进文明与和谐的现代生活；当全国各地都把惊奇和敬佩的目光投向这个曾以落后和脏乱闻名的边远地域时，人们发现，自己成百上千次的躬身，拾起来的不仅是自然的恩典、内心的愉悦，还有足以撑起生命高度的自信和人之为人的尊严。惊回首，人们终于发现，当初的"全域无垃圾"运动不过是一个小小的切口，是事物进入深层次、大面积裂变的一种简易方式、一个小小的引信。

凭借一个躬身的动作，凭借多年来始终如一、不折不扣的坚持，甘南人在内心里多了一种情结，在生活上多了一种自觉和习惯，入脑入心，相因成习，进而形成一种独具特色的地域文化。也因此，甘南的领导者们悄然叩开了群众的情感和理念之门；甘南的 75 万民众也共同叩开了高原的绿色生态之门。他们不仅通过"全域无垃圾"运动在雪域高原开启和引领了一场意义深远的"环境革命"，也通过对人们思想、观念和文化的改变，创造性地践行了习近平总书记"绿水青山就是金山银山"的理念，在精神文明和小康社会的建设中走在了全国的前列。

当这里的山川河流、草原湿地、城市乡村、大街小巷、户内户外都洁净如洗，当这里的各族人民都安定团结、安居乐业，携手走向绿色发展和小康之路时，这里不仅成为一块令人瞩目的生态高地，同时也成为一个不可忽视的人文高地。这个素有两河源区、"中华水塔"之称的地域，已然实现了华丽转身，一改往昔的旧貌，以虔诚的姿态，以纯净的禀赋，以圣洁的形象，为中华大地和现代文明奉献了一个深深的祝福。

第一章

河之故乡

一

　　"走啊，走啊，往上走，朝着高高的天空走……"

　　一首古老的藏地歌谣在高原上回荡。矫健的白肩雕伸展开它宽大的翅膀，在天空滑翔，像一只被歌声托起的巨大风筝。

　　大雕的翅膀之下，连绵起伏的山峦和一望无际的草原，在白云下波动出一条条平滑优美的曲线。乌亮的牦牛、雪白的藏羊、红的或花的河曲马，纷纷以生命中最大的虔诚和耐力，向着大地或草丛深深地俯下头去。

太阳移动的速度缓慢得难以察觉，牛羊们还是无暇嬉戏奔跑，就那么随着日影缓缓向前移动。

远远看过去，它们很像绿色波涛之间或岁月深处缓缓前行的大小舟楫，全不管浪急、浪缓，只沿着一个命定的方向，笃定前行。有风，翻过山岭，浩浩荡荡、无色无形地涉过高原，像是要去远方传达一个什么信息或执行一个秘密任务。一不留神，却被飞扬的马鬃和折弯的牧草窥破了去向和行踪，并予以不依不饶的指认。

就在这幅动态图画之中，突然有一条风一样清澈、透明的大河倏然飘落，似来自那遥远、洁白的雪峰，也似来自那白云缭绕的天空。穿过山岗与山岗之间的谷地，穿过牛群和羊群间的空隙，弯弯转转，逶迤向东，借助阳光的照耀，像一条闪着金光的哈达，从木西合以远的斗盖日朝，一直向下游的阿万仓方向铺陈。也许，只有站在云端的鹰，才能看清这条大河的行走路线，猜测出它真正的心思和用意。

河并没有轻飘飘地随风而去。行至阿万仓的吉擦岩时，它好像突然想起了什么，立即折转方向，一直向北，过了一趟娘玛寺才像了结一个心愿似的，迈开踟蹰的脚步继续向东。数十里之后，到了采日玛湿地，又在那片低洼广阔的灌木丛中盘桓许久。之后的步履越发显得滞涩而黏稠，兜兜转转行至最东端的卫当塘边缘，也就是著名的若尔盖湿地，竟然转身绕了一个弯子，奔尼玛镇方向而去，之后是欧拉，再之后是欧拉秀玛……原来它在这片高原湿地上转了偌大的一个圈子，并不是为了赶它东进入海的路程，而是为了了却一个隐秘的心愿。

在没有离开故乡之前，河是新嫁娘。即将离开娘家远嫁天涯之时，它既要让内心的情感得到充分的释放，又要让生命深处的能量得到充分的激发和储备，还要让与灵魂同生同灭的依恋得到足够的滋养。水就是河流的生命、血液和一生的财富啊！此一去，它要把亿万方清澈、纯净、甘甜的水，带向远方，带向更加广阔的沃土，沿途布施，滋养生灵，泽被万物，流域面积达 75 万平方公里，直至最后的归宿——东溟渤海方止。当河返身离去，取道青海，义无反顾地一路东去之后，人们才如梦方醒，原来此河竟身负如此神圣、重大的使命！感念之余，便把这片大河眷恋和环绕的土地取名为玛曲。

玛曲，在藏语里就是黄河的意思。可以说，这条中华民族的母亲河，虽在青海出生，却在甘南长大。自青海果洛州久治县门堂乡进入玛曲县木西河乡后，在玛曲辗转盘桓达 433 公里，占黄河总行程 5464 公里的 8%，相当于一个人从 18 岁到 30 岁的妙龄。河流从玛曲县境西、南、东环绕而北流，再折向西，进入青海省南州河南蒙古族自治县,形成了著名的"天下黄河第一弯",简称为黄河首曲,再简化就是河曲。河曲,是这个地域古时候的地名。站在四川省若尔盖县唐克镇的山岗上,放眼北望,黄河在玛曲境内转身时妙曼的身姿尽收眼底。看风景的人们往往只能看到甘肃省甘南藏族自治州的美丽风景,却看不到黄河这么一转,每年就要从这片土地上带走 108 亿多立方米径流量的水。

黄河从青海再度回到甘肃时,在永靖县刘家峡水库与甘南的另一条大河洮河汇合,又增加了年均 53 亿立方米的径流量。人们之所以要称甘南为"中华水塔",原因之一就是黄河在甘南所获得的水量巨大。放下洮河众多的支流不说,单说黄河在玛曲县境内的支流,就不下数百条,较大且有名的就有 28 条,水量都十分丰富,故有高原"蓄水池"之誉。另一个原因是这个处于青藏高原与黄土高原交界处的自治州海拔甚高。且不说黄河最远的海拔 4800 米之源头,只说其在玛曲境内的河床,最高处也有海拔 4500 米。是 5000 多公里的漫漫长路消解了这条大河起点与终点之间的落差,让低海拔地区的人们感受不到"黄河之水天上来"的奇绝、险峻。

如果将玛曲以及"九曲黄河第一弯"直接平移到渤海的上空。身处河口或低海拔地区的人们就会发现,那个巨大的水塔竟然高悬在 4000 多米以上的云天之外。是啊,黄河这个敞开的管道,里面的水很多都从那里流来,它最初的源头是清是浊,是脏是洁,有害无害,怎么能不牵动着亿万人的神经呢?

二

在黄河边出生，在黄河边长大的卓玛加布似乎很小的时候就把这条古老的河流装在了自己的心里。回想起自己 55 年的生命历程，从内心论，几乎没有一天真正离开或"放下"过这条大河。

当有外来人在他面前提起"母亲河"这三个字的时候，他只是淡然一笑，骨子里总会难以克服地溢出那么一点点不屑："一个只从书本上或电视里认识黄河的人，充其量也只是靠心中的理念和想象来感知它。站在远处的旁观或赞美，总是无关痛痒，怎么能够像我卓玛加布一样连灵魂带血液都和它纠缠在一起？"说是母亲，可是有谁在情感和行动上和卓玛加布一样对待过黄河？有谁曾像卓玛加布一样因为黄河的点滴变化而牵动魂魄？有谁像他那样掏心掏肺地为黄河而自豪、而愉悦、而亲切、而感恩、而牵挂、而思念、而忧虑、而心疼、而守候，而捍卫过？黄河在卓玛加布的心里，岂止是母亲，它甚至成为他热爱且敬畏的神！

12 月的阿万仓湿地草色一片金黄，远处的山岗已经覆上了一层皑皑白雪。此时的黄河主河道和部分支流还没有结冰，一条条水脉宛如一条条天蓝色的缎带，波动、闪耀于这片广阔的草滩之上。卓玛加布站在离河道不远处的自家牧场上，冲着河的方向一挥长袖，仿佛这条亘古流淌的长河，瞬间就和他有了毋庸置疑的命运关联。

　　至今，卓玛加布也说不清自己的父辈或先人到底是从什么时候、从哪里来到这里的。不知道世界如此广大而前辈们偏偏选择了这样一个水丰草美但却空气稀薄的高原。每每在劳作的间隙，站在高处放眼远眺，卓玛加布的内心都会翻涌起幸福和愉快的波澜。虽然低海拔地区的人们来到这里之后，都觉得呼吸困难，但对于从小生长在高原的人们来说，并没有那样的感觉。

　　如果有感觉，只能感觉到自己家乡的安恬、静美。明明是一种天堂所在嘛，怎么会感到呼吸困难？这里什么都是干净的，阳光、空气、河流、草原、牛羊、马、鹿、天鹅、黑颈鹤、原羚、雪豹、雪鸡、飞翔的苍鹰和机灵的狐狸，有什么是能让人感到呼吸紧张的呢？

　　卓玛加布从来都感觉自己的脑子是清澈的和清醒的。时至今日，小时候的事情和父母、爷爷叮嘱的话他仍然能够牢记不忘。不能往河里撒尿和倒脏水，更不能往河里倾倒动物的粪便和血，不能往雪地上和山谷里吐唾沫，不能往草地上钉橛子……那时候小，不懂事，他从心里抵制这些莫名其妙的规矩。于是，噘着嘴问爷爷："为什么呢？"看着他满脸不情愿的样子，爷爷会很有耐性地对他说："因为每一条河里都有一个河神，每一座山上都有一个山神。水神和山神每天都在看护着自己的领地，谁玷污了他们的水和山，他们就会惩罚谁。如果是老人，会让他腰疼、腿疼、眼睛看不清东西；如果是大人，会让他突然肚子疼或从马上摔下来；至于小孩嘛，就会长得又矮又不好看，有的脑子就像一潭浑水似的，不好使，想不明白事情……""听说，欧拉那边，当琼河畔的牧民，吃过肉之后塞了牙，连折一枝苏鲁花剔牙都会被别人谴责。因为山上的灌木和草是属于牛羊和马匹的，该牲畜享用的东西，人是不可以侵犯的。人有人的领地和权益，动物有动物的领地和权益，这是上天的安排，或水神和山神的安排，谁越了界，犯了规，谁就要受到惩罚。"

这些话，让卓玛加布和小伙伴们听得胆战心惊又半信半疑。但看长辈们说话时很认真的样子，平时他们又按照自己说的严格遵守，孩子们也就信以为真了。

冬天来临的时候，一家人要从夏牧场搬迁到冬牧场去。家里人舍不得在草场上破土、挖沟盖固定的土房子，就在冬牧场上搭帐篷。秋末冬初，虽然牧草尽枯，满目肃杀，但自西北而来的冷风还没有大规模地刮起来，气温并不算太低，人住在帐篷里也还舒服。可是进入隆冬后，草原上就刮起了大风，一般人家的帐篷都需要加厚和固定。这就需要有一个选择。卓玛加布和小伙伴们用小眼睛盯着大人，看他们是不是只把那些严厉的话讲给小孩子，而自己做起事来另有遵循。后来的结果让这些小精灵无话可说，他们看到的长辈都是些不打诳语的人，即便是固定自己居住的帐篷，他们也不肯往草地上打木桩，而是借助寒冷的天气用水和牛粪将木棒冰冻、固定在草地上，然后再把绳子拴在木棒上以固定帐篷。

经过一冬的苦熬，春天终于在和煦的微风里，在黑颈鹤的翅膀下，在大天鹅的鸣叫里，在河曲马的凝望里和烈香杜鹃的微笑里款步莅临。孩子们像蛰伏了一冬的小燕子一样，撒着欢儿扑向草地，扑向大河。比卓玛加布小两岁的妹妹天性爱美，逮着草地上的花儿就采下来往自己的头上戴，黄的、红的、蓝的、紫的、粉的……忘情地奔跑、忙碌，采下了一朵又一朵。突然，从身后传来一个声音："孩子们，不要采摘那些花儿！"是爷爷的声音。孩子们的情绪立即从兴高采烈转为惊诧、疑惑。爷爷向他们招招手让他们过来，然后告诉他们，草地上的花儿是用来观赏和结籽繁衍的，今年摘下来一朵，明年草地上就可能少开五朵。"主管花草的山神正在暗处看着你们呢，如果不听话，他就会悄悄地惩罚人。对于采花的男孩，他要罚他们不长个儿，都到了 16 岁还像一棵开不出花的苏鲁，矮墩墩地站在那里；对于采花的女孩，他要罚她长得不好看。你让草地上没有漂亮的鲜花，他就会让你长得看上去像棵草，永远开不出美丽鲜艳的花朵……"说完爷爷神秘地一笑，孩子们赶紧吐了吐舌头，转身跑开。

说起来，卓玛加布在村落里也算是一个听话的孩子，大人的种种叮嘱和训诫他都会铭记在心并自觉遵守，也深受父母的喜爱。可遗憾的是，他就不爱读书。他不读书，并不是因为小时候不爱护生态得罪了哪一个河神或山神，被惩罚脑子不灵光。读书，不是要离开这片草原和这条美丽的河流吗？为什么要花很多的时间和很多的钱去做一件对自己来说并不喜欢也并没有多大意义的事情呢？一个男人长大了首先要考虑尽快接过父母手中的鞭子和肩上的担子，回报他们的养育之恩。这是卓玛加布当时的想法。卓玛加布小的时候，牧区的学校还很少，要上学得去百里之外的尼玛镇，作为传统牧民的父母亲想一想那遥远的路途和深浅难测的课堂也觉得心里发怵，最后还是在犹疑间把他上学的事情搁置了下来。

最初的那些年，卓玛加布除了为忙碌的父母打打"替手"、当当零差，就是和小伙伴们在黄河边上闲逛，挖点儿虫草或采点药材。那时，湿地上的生态仍然保持着良好的状态，水浩荡而清，草丰茂而美，生机勃勃的草原，似乎一万年之后仍不会露出衰败和疲惫之态。把牛羊往指定的地点一赶，人就可以自由活动了。只要傍晚再回到原来的地方，牛羊肯定还在离原地不远的地方吃草，附近的草已经足够它们享用，不需要它们走很远的路。那时，卓玛加布也不会离开他的牛羊很远，多数的时候他坐在山岗上看风如何从草尖儿上走过；或坐在岸边看河水无始无终地流淌；要么就是躺在草地上看天上翻卷变幻的白云。如果把这样的情景画成一幅画，命名为幻想也行，命名为梦境也行。反正，置身其间的卓玛加布一时还没有从中走出来的打算。

从 1982 年开始，甘南的牧区也实行了承包到户，分草场，分牛羊，家庭单位一下子变成了生产单位，原来的生产方式被打破，似乎人们的生活方式和原有思维方式也一下子被打破。更重要的是，卓玛加布的梦境也随之被打破。当牲畜从牧业大队中分离出来的时候，他才发现原来自己家拥有的资产并不是很庞大，分包后的30头牛、百十只羊放在2000多亩的牧场里显得空空荡荡。此时，他的心也开始变得空空荡荡。时至今日，他才感觉到自己过去许多年是一种纯粹的虚度和荒废。这么少的牛羊，家里有一个人就能照顾过来了，根本用不着他这样一个强壮的大男人。虽然当时只有17岁，在自己的想象中，他已经是一个顶天立地的大男人了。

这一年，他开始背对着一块块被分割成网格的牧场寻找自己的人生之路。

陆续有来牧区倒卖牛羊的小贩，开着小拖车到处寻找交易对象。由于不熟悉牧区的情况，只能在旷野上乱跑一气，像一只只无头苍蝇，到处去碰运气。机灵的卓玛加布看出他们的窘境，便主动提出给他们当向导。在计划经济向市场经济转型的初期，卓玛加布充当了几年民间交易媒介，使牧区内外的交易和土产流通因为他的勾兑而提高了效率。自己搭台，别人唱戏。虽说这是一个商业环节的低端配角，每月200元左右的收入，在当时的那个年代已经是值得炫耀的进项。就这么跑来跑去的，慢慢自己也看出了"门道儿"。没过两年，卓玛加布正式"登台唱戏"，做起了牛羊交易的买卖。赚取了本钱之后，他开始扩展业务领域，不仅做牛羊交易，而且外加了一些利润空间更大的皮张、奶酪、酥油等生意。

世纪之交，牧区的草场承包进一步细分，为了避免邻里间的纠纷和有效轮牧，家家户户都需要把自己的草场用铁丝围起来。一时，铁丝成了牧区最紧俏的商品。卓玛加布看准商机后及时转型，改做铁丝网生意。开始，还是做中间商，从青海省长途贩运西宁厂家的铁丝网。外省的这些铁丝网总体上看都是进价高、成本大，一来自己的利润空间很小，二来牧户们也要支付更多的费用，得不偿失啊。为了解决这个问题，他干脆决定自己建立一个生产铁丝网的工厂。这样一来，不但可以解决成本和价格高的问题，还可以带动本地的就业，一举三得，何乐而不为呢！

2003 年，卓玛加布的铁丝网厂正式成立并投运了。厂子的业务红火，一投产就开足了马力，昼夜不停地赶订单。由于物美价廉，不出一年的时间，附近的牧场都装上了他生产的铁丝网。当然了，最先示范的还是他自己家的牧场。

某一天，卓玛加布突然心血来潮，想开着车到草原上四处转转，巡视一下各家牧场装上他生产的铁丝网之后的样子。说来那也是自己的杰作呢！他要好好地感受一下。可让他想不到的是，这一趟"闲逛"，竟然在他的心里留下了一道深深的刻痕，让他从此彻底改变了自己的生活和生命状态。

　　生在高原的人，心大、眼界宽，一抬头目光就抵达了湿地的边缘。他一路走，一路看。车在奔驰，目光也在湿地上飞速扫描，于是他看到了一幅有生以来最难忘的情景。就在他亲手制造的铁丝网上，各种颜色的悬挂物在随风颤抖，红色的、白色的、蓝色的、黑色的……那不是祈福的经幡，是废弃的塑料袋，从城市、乡村和四面八方乘风而至，悬挂在了高处。在铁丝网内外的草地上，也到处散落着红的、黄的或更加扑朔迷离的色彩的光点，但那些都不是花朵，而是人们随手丢弃的各种塑料包装。卓玛加布一路走，一路感到心惊肉跳。他这些年只顾埋头做生意了，根本就没有留意身边的变化。到底从哪一年的哪一天起，自己曾经十分熟悉的湿地开始发生变化，最后竟变成了这般模样？随即他像想起了什么更重要事情似的，赶紧掉转车头赶往黄河岸边。黄河，这条心心念念的母亲河，似乎这些年也被自己这个心已飞到远处的游子忘却了，今天他要好好地重温一下。

　　就像记得母亲年轻时的面庞一样，卓玛加布对黄河在这一带河道宽窄、河岸高低、转过几道弯、岸边生长着哪种植物都了如指掌。可是现在映入眼帘的这道河，已经变得似是而非，说相识确也相识，它的弯、它的岸依然如昨，可是它的面貌却已非旧日模样。曾经长满了茂盛青草的岸边已经变成了沙丘；曾经整齐的河岸也被挖沙人用挖掘机切割成"狼牙锯齿"；曾经清水汪汪的支流，有一些已经消失不见，只剩下一道弯弯曲曲的沙沟在草地上横陈；曾经光滑平展的水岸边堆积着各色各样的塑料制品和废弃物品……

多年前，卓玛加布骑着马去过一趟欧拉秀玛，那时湿地上没有桥，也没有宽敞的路，他要骑马涉过很多道河流，走过那条路的人告诉他，只管往前走，肯定没危险。他就任凭马儿信步前行，100 公里的路慢慢地走了两天，他边走边数蹚过的河流，结果是大小河流一共 108 条。如果现在重新数一次，恐怕三分之一的河流已经干涸。卓玛加布那天在黄河边呆立了很久，望着这满眼的斑驳、满眼的沧桑，仿佛自己敬爱的母亲被人重重伤害，脸上挂满了伤痕和泥污。眼前的情景不忍目睹，他感到来自心口的一阵阵疼痛。

三

心意难平的卓玛加布边往回走边在心里较着劲。他一遍遍想，人们都喜欢说黄河是母亲河，可为什么人们都没有长一颗孝顺、柔软的心？为什么受恩惠于人家却不对人家好？每个人都愿意说自己是善良的，可是善良的人怎么会忍心往自己的母亲脸上抹黑呢？如果是一个善良的人，最起码应该懂得孝敬自己的父母和善待对自己有恩情的人啊！难道说黄河没有滋润我们的草原、养育我们的牛羊和我们自己吗？

　　那些天卓玛加布的心变得很脆弱，感觉总是在流泪和不流泪之间徘徊。说起湿地和黄河的污染，他就想把心里的那些大道理讲给别人听，希望大家拿出行动对我们的母亲河好一点儿。可是，人们都在一门心思忙着自己的事情，几乎没有人感兴趣，也没人予以积极的呼应。怎么办？怎么才能唤醒人们内心的麻木和无动于衷呢？他突然想自己亲自动手去做些眼前的事情。是呀，此前自己不是也和其他人一样什么都没有做，或什么有益的事情都没有做吗？连自己都没做，有什么资格去说服和动员别人呢？

　　一旦决定自己要亲自动手，拭去"母亲"脸上的泪痕和泥污时，他才对这件事认真进行了一个量上的评估。面对浩瀚如海、无边无际的垃圾分布区域，他心头猛然一沉。要想把这些东西彻底从湿地清除出去，仅凭自己一个人的力量怕是八辈子也干不完，并且清理完这一茬，可能还会有另一茬。但回头一想，事情总要有一个开始，只要自己为一件事情努力着就会有希望。自己干不过来，还可以动员自己的家人干，家人干不过来，还可以带领自己工厂里的工人干，只要一天天、一年年干下去，垃圾一定会越来越少，无污染的面积也会越来越大，并且他坚信，跟他们一样做的人也会越来越多。总之，只要行动起来就有希望。

　　他决定先从自己家的牧场和工厂开始，开展一个消灭垃圾的行动。起先，他是自己一个人房前屋后地干起来，然后，再把领域扩展到工厂和牧场。一袋子、一袋子的垃圾运出来，他嫌效率太低，太不解决问题，便把"半截子"车开到草场上去，整车、整车地往外运。稍后，他开始动员家人和他一起去干。孩子们放学之后，他就领着他们去草场，一个人变成了一个小分队。一个星期后，他把自己家 2000 多亩草场上的塑料袋，各种包装纸、包装盒，散放的炉灰、旧衣物，牛羊尸骨等垃圾清理得干干净净。

　　一开始，对于卓玛加布一家人捡垃圾，附近的人十分不解，以为他们捡那些东西另有所图，"这些东西是不是有什么特殊价值？"卓玛加布有机会就向他们解释一下，但他们大多半信半疑地摇摇头，他们认为会赚钱的卓玛加布干什么都不会离开经济效益。于是，心里依然想着暗暗地观察一下背后秘密。后来，卓玛加布把自己工厂里的工人也发动起来，又把厂区附近的环境收拾得井井有条、干干净净。工厂的工人不会对自己的家人撒谎，回来对家里人说了厂子里的事情，他们才相信卓玛加布真的是在做善事。这时，看着卓玛加布的草场和工厂环境这么好，再看看自己家牧场竟那么脏，都觉得脸面上有些挂不住。随后也学着卓玛加布的样子干起来了。牧场收拾干净后，他们终于发现了一个秘密：把自己周边环境收拾干净之后的心情，和把自己的脸洗得干干净净一样，虽然并不是什么了不起的事情，但走在路上时可以很自信地把头抬起来。

　　卓玛加布看着自己的行动引发了连锁反应，在情绪和信心上受到了极大鼓励，开始组织家人、工人和自愿参加的牧民进入公共领域清理那些"无主"垃圾。从此，卓玛加布所在的欧拉乡达尔庆村民自发组织的大型环境卫生活动越来越多，越来越频繁，领域也越来越大，最远他们到过 100 公里之外的地方，凡他们能想到垃圾可能存在的地方，比如公路边、河道、赛马场等等，他们都要赶过去清理。草原上没有垃圾箱，牧民们运输和处理垃圾不方便，卓玛加布便和村民们约定，不论谁看到了垃圾，也不用走很远，只要带到他们约定的地点整齐地堆放在那里，卓玛加布的车就会定期去收起并运送到指定的垃圾掩埋场。

　　2008 年，玛曲县举办了首届格萨尔赛马大会，之后每年举办一次。赛会期间，来自川、甘、青、陕、藏的各路良马、骑手和来自全国各地的赛马爱好者及游客六七万人云集玛曲。在比赛火热进行的几天里，人们热血沸腾、手舞足蹈、如醉如痴，一忘情就把什么都忘了，连自己身在何处都不一定十分明了，更别提约束自己的行为。这时即便随手丢下了什么或丢弃了什么，也一定浑然不知。所以，每天一场精彩的比赛结束之后，看台上都会留下白花花一片垃圾。每一年的赛马大会上，卓玛加布都会带领亲戚和雇用的工人默默来到观看台，等观众散去后清理看台上留下的垃圾。每年如此。玛曲县的格萨尔赛马大会连续举办了 13 届，他们清理了 13 次垃圾。开始的几届垃圾量巨大，每届清理出来的垃圾都能把 8 米长的卡车车厢装得满满当当。后来，甘南州全面开展了"全域无垃圾"工作，捡垃圾的人多了起来，机关干部、保洁员和他们一起捡，卓玛加布的工作量就骤减了很多，每次开一辆3米长的小卡车就解决了问题。卓玛加布工厂里的会计做了一个初步统计，这些年，卓玛加布仅用于运输垃圾的费用累计超过20万元。

卓玛加布的小型环保志愿队伍，像一支环境保护的火炬，在阿万仓湿地上东转西挪，虽然一直在顽强地燃烧，但并没有实现卓玛加布当初的理想，形成燎原之势。这样的状态，多少让卓玛加布感到有一些孤单和力量薄弱。每当他带着自己的"一小撮"队伍清理那些已经清过几遍却又一次出现的垃圾，他内心不免生出些许的凄凉和无奈。此时，他多么希望跟随他的人成千上万，只要他们走到哪里哪里就一片清洁。哪怕没有那么多志在清除垃圾的人，即使多一些不制造垃圾或不丢弃垃圾的人也好啊！

2012年的一天，卓玛加布在郎木寺遇到了几个捡垃圾的牧民，他感到很亲切，仿佛找到了失散多年的弟兄。至少，应该是致力于环境保护的同道人呢！他赶紧上前询问详细情况。方知对方是一些自发组织起来的民间志愿者，每年6月都会来郎木寺捡垃圾保护白龙江源头，卓玛加布立即提议成立一个小型的环境保护志愿者协会。为了表达自己的热诚和愿望，卓玛加布当场就为这个刚刚口头组建起来的协会资助了一万元活动经费。从此，卓玛加布不但每年按时参加协会的活动，而且每年还按固定的标准予以资助。从郎木寺刚刚回到家，他又听说阿万仓乡也有一个民间环保协会，他干脆趁热打铁，直接给那个协会也送去了一万元活动补贴。他要让这些环境保护的星火保持旺盛的燃烧之势，只要他们的热情之火越烧越旺，他的心里才会感到越来越温暖。这样，他所热爱的河流和草原也才会越来越美丽，越来越受人们的珍爱和尊重。

四

真正的转机是在 2015 年。

从这一年的初春开始，卓玛加布就感觉视野中维护环境和捡垃圾的人多了起来，他们经常活动的一些场所已经被另一些人"占领"了。直观判断这些人都不是他熟悉的村民，肯定与他过去的发动和带领没有太大关系。那些人有的穿着工装，有的干脆就是干部模样。开始时，他觉得这是季节和惯例上的原因——春天来了，城里的机关干部出动了，搞几天"爱国卫生"，栽几棵树，这阵风就过去了。可是随着时间的推移，"风"不但没有过去，而且有越刮越大的趋势。他正感到莫名其妙的时候，有干部入户对他进行动员和宣传了。卓玛加布对来家里的干部笑了笑说："你们才来做我的发动工作？我们都已经捡了十多年垃圾啦！"

干部们自然要对卓玛加布的远见和觉悟大加赞扬，但同时也表示这次与以往有所不同。

有什么不同的呢？当干部们与卓玛加布聊了一个小时之后，并把州里和县里的文件一一给他出示和解释之后，卓玛加布觉得确实和自己想象的不一样。以往这方面的文件都是薄薄的，说一通好听的却没有太多具体内容的原则话，就算了事。这一次，文件厚厚的一摞子，有成篇都是文字的，有分列成一条条的，还有打成表格的。虽然自己并不认识汉字，但从文件的数量和厚度判断，他也能感觉到这次很不一般。听干部们解释后，他心里就更有谱了。这次行动是从州里到县上，县上到乡里，再从乡到村，每个人都有落到头上的责任。不但有要求，还有监督、巡视检查、奖惩措施。根据文件里的要求，如果哪一个牧户的卫生没有搞好，要从下往上罚一串，最后连玛曲县的县委书记和县长都要跟着挨罚。这还了得？这可是要动真格的啦！时间上，也没有像往次那样，说为期半个月或一个月，这次连截止日期都没有。按照牧民的习惯思维和想法，没说期限，那就是永远，永远不会停下来。治理内容上呢，也不是单纯地捡垃圾和打扫卫生，还包括河道、草原、街区、道路、村庄和牧业点的治理。县上的文件里提到的是全面整治"八乱"，卓玛加布清晰地记得几个，什么乱堆、乱放、乱扔、乱排、乱搭、乱建等，公家都要插手整治，好像连个人形象和牧民家里的摆放、卫生都有涉及。面很宽、很大，远远超出自己的估计。这样干下来，不但地会变样，天也会变样，牧区也不再是牧区，真的就成了人们说的"人间天堂"。

但卓玛加布最关心的还是黄河，这回黄河真的有救了或安全了。从今往后，保护黄河保护湿地的事情除了自己，还有千千万万人在做，千千万万人的背后还有一个他无法评估的强大力量在支撑。想到治理，卓玛加布感觉周身已经增添了很多力量，心也像雨后的天空一样，显得格外明亮。现在，卓玛加布闭上眼睛就能想到这片湿地未来的样子——和多年之前一样，河是河，岸是岸，草是草，花是花，诸水丰盈、鳞潜羽翔，举目一片祥和、净美。稍后，卓玛加布还是睁开了眼睛，问身边的干部："这些事，是真是假？你们保证不会有什么变化吗？"他这样问，并不是怀疑，而是确认，这是他十几年来做梦都想的事情。直到几个干部向他竖了几次大拇指转身离去，他仍然恍惚如在梦中。

几天后，眼前发生的一切终于让卓玛加布相信，阿万仓全域正在酝酿着一次以前从来没有过的变化。他不知道背后是什么人、什么力量在推动着这一切。神奇的是，印象中那些平时昂首挺胸、似乎一切都与自己没有关系的人，突然像被施了魔法，经常会弯下腰，捡起脚边的垃圾或烟蒂。那情景，有一点儿可笑，也有一点儿令人感动。现在，能够看得见的变化，似乎并不是以天或月计算的，而是以小时计算的；所覆盖的领域似乎也不仅在身边或目光所及的领域。给人的感觉是到处都在发生着变化。没过多少天，公路边、村子边、街道边变得干净整洁了，过去没有垃圾箱的地方有了垃圾箱。不仅维护环境的人突然多起来了，似乎在这个边远的高原小城，各种各样叫不出名字的机器也突然多了起来。垃圾车、装载机、压实机、清运车等等，都出现在大街小巷，并开始轰轰烈烈地作业。保洁人员似乎也比平时多了很多，以前没人清扫的地方，过不了多长时间，就有专门负责的保洁员过来打扫一遍。

为了验证实际效果，卓玛加布特意开车四处转了一下。阿万仓的街里、附近的放牧点、草场、河道……他边走边在心里笑自己，又不是负责巡查的官员，操这么多的心干吗呀？感觉有一点儿怯怯的，可又一想，自己对地域环境的关心又何止一时半晌呢！大胆地四处走走、看看又何妨！权当观光了。于是，他去了县城，看到很多条街道变了模样，临街的摊子消失了；店面也改造过了，由过去那种土里土气的瓷砖和玻璃钢装饰变成了独具特色的藏式装饰；街道上的灯也换成了好看的样式；格萨尔东街、尕玛路等几条主街看上去跟电视里的大城市街道一样，甚至比那些街道还漂亮。城市看够了，卓玛加布掉转车头去郊外看黄河。

在离黄河主河道不远的地方，他停下了车，朝一个崭新的小房子走过去，走近一些他才发现，那不是什么小房子，而是一个建在观景台附近的旅游厕所。这样的厕所，最近也增加了不少，仅卓玛加布亲眼见到的就有四五处。原来，这一带曾经有过两台

25

挖沙的"钩机",一台在附近黄河支流的河床里,一台在黄河主河道上。卓玛加布仔细查看了一下,原来挖出的大坑也做了部分回填处理,估计是被"治理"了,以后不会再有,也不会卷土重来了。河道里的垃圾是没有了,但河道两侧草地的沙化情况还很严重,看上去仍然让人心里不太舒服。看来,复归原始面貌还需要漫长的时日。

卓玛加布回到家里的时候,正赶上工作人员来抽查。算是例行公事吧,卓玛加布从来没有因为他们三三两两或五六成群地到来而感到紧张。有什么紧张的呢?只要你按照要求把事情做好了,他们愿意查就随意查嘛!干部们也知道卓玛加布家不用检查,但并不意味着别人家都不用检查。卓玛加布理解他们,因为他们必须按规定程序、规定时间完成规定动作,否则一旦出了事情要被追责。这些干部也不容易,不但自己有责任区,要对包保的片区进行监督巡视,有时还要亲自动手帮助那些自觉性差的包保户收拾卫生。如果做得不好,他们头上还有好几层监管机构呢!什么县城乡环境卫生综合整治工作办公室,县委、县政府督查室,州委、州政府督查室,一级比一级厉害。"城区一周一督查、乡镇一月两督查、全县一月一排名"做不到位,或出了什么问题,是要处理人的。所以每一次他们来家里,卓玛加布都会给他们煮上一杯热奶茶,这不是为了讨好他们,是因为他们真的很辛苦、不容易。这些事情,如果他们不尽心尽力去做,一旦湿地的生态恶化，老百姓不仅要更操心，而且还会深受其害。

　　干部们每次来入户检查，卓玛加布都会想办法和他们多聊一会儿，聊聊关于政府对环境保护的想法和打算，以及在保护过程中遇到的一些故事和特殊的人。人都是这样，对自己感兴趣的事情，即便自己不能或无力亲自去做，聊一聊，听一听也觉得挺开心。最近，听干部们说，县里的工作目标又变了，原来是"全域无垃圾"，最近又变成"全力打造全域旅游无垃圾示范区"了。难道说，清理垃圾的背后还会有更多的内容吗？想到这里，卓玛加布的表情变得快乐起来："是不是要把整个阿万仓打造成一个巨大的旅游景区呢？"听了卓玛加布的话，干部们向他点了点头说："嗯嗯，差不多。"

五

　　卓玛加布第一次见到州委书记俞成辉是在 2016 年末，甘南首府合作市开表彰大会的时候。那次，卓玛加布得了一个很大的荣誉，因为他十几年坚持不懈地从事黄河河源区的环境保护工作，也因为他在全州的环境治理工作中表现出色，他被评为"甘南州城乡环境卫生综合整治工作先进个人"。在那次大会上，他不仅披红戴花受到了表彰，而且还用藏语介绍了自己多年来致力于环境保护的事迹。领奖的时候正是俞成辉给他颁发的奖牌。

会后，俞成辉特意向工作人员交代，让卓玛加布留下来，要和他单独说几句话。俞成辉说："虽然我听不懂藏语，不能明白你说的每一句话的意思，但你的事迹他们向我系统介绍过，事迹材料我也认真读过。你做的事情很有意义，不但对阿万仓有意义，对甘南州、对全省都有意义，甘南的全体干部都要向你学习……"对俞成辉的这些话，卓玛加布既深受鼓舞，又不知道如何回答。俞成辉说话时，他只顾着微笑和认真听，竟然忘记了说点儿什么，他有一些紧张，也有些受宠若惊。看他这个样子，俞成辉故意放松地笑了一下，以缓解气氛，然后继续说："卓玛加布啊，要继续努力！我们要把目标定得远一些、大一些，光捡捡垃圾不是目的，我们的目的是让我们的绿水青山变成金山银山，是要通过我们的努力为全州、为全国打造一个美好的梦境；是要让甘南的老百姓都过上美好生活，孩子有学上，青年有发展，老人能养老，人人有房住，人人都能享受到现代文明和现代化的生活……"

卓玛加布从州府回来后，没事儿就揣摩一下俞成辉谈话的意思。到现在他终于知道环境改造或"全域无垃圾"仅仅是一件大事情的开端，后边可能还有很多的事情接踵而至。卓玛加布相信都会是利国利民的好事。

卓玛加布想明白了一件事，自己还是一个牧民。是的，就是一个牧民，虽然自己办了工厂，也进行了商业领域的经营，但自己还有自己的牧场，这才是根本。他的心、他的魂始终在这里，他的人就属于这里。既然是牧民，就要想牧民想的事，干牧民应该干也能干的事情。捡垃圾的时代大概已经过去了，表面上的清洁、干净已经不是什么主要问题了。现在，得想办法做一点儿意义更大的事情，从根本上解决一些黄河流域生态屏障上的大问题。

究竟从哪里入手呢？卓玛加布觉得应该找一个行家慎重地商量一下。他突然想起了一位叫华尔藏的年轻人。那是他 2004 年在四川省阿坝州若尔盖县结识的。这位西藏大学毕业的年轻人在若尔盖县从事生态环境保护多年，有着丰富的环保经验和科学治理方法，是一个可以信赖的人。了解了卓玛加布的想法后，华尔藏建议他重点放在防止草原退化和沙化草原的治沙，特别是沙化草原的生态恢复上，难度大，效果显著，意义也特别重大。这个建议一出口，卓玛加布就觉得说到了自己的心上。

其实，早在多年前卓玛加布就已经有了这个方面的自觉，只是还没准备把这方面的事情当作自己的事业。到了2007年左右，卓玛加布家里的生意和牧场几乎同时发展壮大起来。牧场里最多发展到一千多只羊、三四百头牛。可是牲畜多起来之后，草场却出了问题，有一些比较脆弱的草地，很快就露出了地皮，不久又迅速沙化。为了防止沙化面积扩大，他只好用铁丝围栏将生态脆弱的草地圈起来禁牧、休牧，防止牛羊进入造成再次破坏。可是没过多久，其他的地块又出现了同样的情况。眼见自己的草场沙化现象越来越严重，草一年年地矮，花一年年地少，越来越难看，卓玛加布心里开始有一点儿发慌，便把畜牧局专家找到牧场来，请教如何才能有效防止草场的继续沙化。

专家告诉他，想从根本上解决问题，必须建立良好的草畜关系，也就是有多大的草场只能放多少牛羊，只有把牲畜控制在平衡点以下，才能让草原的生态保持良性循环。根据卓玛加布的草场面积，专家给他计算了一个畜草平衡点。本来，他的草场完全可以养 300 多头牛，外加 500 只羊，但卓玛加布想了想，还是把家里的 1000 多只牛羊大部分卖掉，最后只剩下 200 只羊、50 头牦牛。他不想要那么多牛羊，只想让草原上的草好好地生长。结果，到了秋天他家草场里的草茂盛处差不多长到一人高，每年夏天都会有很多黑颈鹤来他的草场筑巢。

卓玛加布开始试着在黄河岸边的沙化草地上种树、种草。

高原的 4 月是一道季节的门槛，迈过这道门槛之后，就迎来了春天的阳光和雨水。经过一个冬天的筹备和酝酿，卓玛加布已经等得有点儿焦急了。他盼着春天早点儿到来，好尽快把自己心里的想法和愿望抒发、表达在沙地上。

距阿万仓 20 公里的黄河岸边有一处巨大的沙岗，近年来有迅速扩大的趋势。那是卓玛加布最大的忧患，第一个治沙目标毫无疑问就是选在那里。第一次向沙岗宣战，卓玛加布信心满满，亲自带着厂里的员工和一班亲友共 20 多人来到沙岗。本以为一两天的时间就能解决"战斗"。可是当他来到现场，站在沙丘的最高处一评估，才知道这几十亩的面积，铆足了劲干，至少也要一个星期。干吧！别说几十亩，就是几百亩，今年也要把它拿下。只要弯下腰，使足劲，就不怕制不服它。卓玛加布操起镢头开挖，众人一齐跟上。尘沙扬起处，一群人开始了面朝泥土背朝天的躬身劳作，一次次俯下身去，一次次直起腰来，再一次次俯下身去，像农民朝拜土地一样，虔诚地把草籽、汗水连同绿色的心愿一同交付给了这片冈底斯牦牛一样尚未得到驯化的沙地。整整6天的时间，他们往那片沙岗上足足撒了1000多斤草籽。

　　草种撒下之后便是等待，等待着雨水降下，等待着草籽发芽吐绿。每隔几天，卓玛加布就开车过去看一眼。果然是天公作美，一场春雨降下来不久，沙岗上就现出了毛茸茸的绿。密密麻麻的草芽子拱得卓玛加布心里直痒痒。"成功啦！"他在心里暗暗地喊。这回可以安心地把厂子里的事情料理一下了，等夏天来临时再来欣赏一下满坡翠绿吧！转眼两个月过去了，时至8月，他才从日常的工作中抽出身来，急急火火地开车去看草。结果，他并没有看到想象中的满目青葱，远远望去，映入眼帘的仍旧是一片焦黄。为什么会是这样？当他走到近前时才发现，已经长到指头长的小草被灼热的沙滩烤焦了，留下了一垄垄失去水分和绿色的残骸。一战告败，半年的期盼和一年的好时机就此错过！

　　为了再战成功，第二年卓玛加布特意把华尔藏请来制定稳妥方案,并进行现场指导。这回,他们打了一套组合拳。将披碱草、燕麦和高原柳间种、混种在一起。披碱草的种子是华尔藏从若尔盖带过来的,柳树是本地最易成活的品种,且棵棵柳苗带着完整的根系,燕麦的成本虽然高一些,却是著名的克沙高手。在种法上也加了难度,树和草不仅要"坐水"种,还要施上农家肥。这样一来,保活的柳树给麦、草遮阴,避免了艳阳和沙土的灼烧;燕麦又可以给披碱草打掩护,让它们顺利度过生命中的脆弱期,一旦披碱草成活、成长起来,可是最难对付的主儿——风沙和干旱都不惧怕。

这一次是真的成功了。这次,他带人在沙岗上栽下的 2000 棵红柳树苗和撒下的 2000 斤草籽,都变成了黄河边不会泯灭的绿色,曾经光秃秃一片的山丘,已是树草葳蕤,一派生机。

沙岗像一面绿色的生态之旗,飘扬在阿万仓湿地的核心区域,昭示着人类关于生态保护理念的胜利,也感召着周边牧民生态保护意识的升级。首块沙地的治理成功,使卓玛加布的形象在牧民的心中又有了新的高度。于是,不断有牧民来向他请教治理草原退化、沙化的经验,有的干脆直接邀请卓玛加布到自己的草场上进行治沙。欧拉乡欧琼三队的 19 家牧民联合起来选出代表到阿万仓邀请卓玛加布。针对那块横跨几家草场的沙化地带,卓玛加布采取了黄河边上用过的方法,结果一试成功,不到两年时间,草场已经完全恢复了原有的样貌。由于暂时停牧,甚至比其他地方的草长势更旺盛。

自 2015 年至 2020 年间，俞成辉一共来了阿万仓多少次卓玛加布并不知道，但俞成辉专程到牧场来看他 4 次他都清楚记得，每一次的情形和对他讲了什么，他也清楚记得。特别是 2016 年在他村里召开的那次现场会，已经成了激励他在生态保护之路坚定走下去的精神动力。这些年，每当他感到个人力量的单薄、孤独和迷茫时，他会想起俞成辉对他说的那句话："你是我们甘南人的代表，你正在努力实现的事情也正是我们甘南的理想和抱负！好好干吧，遇到什么困难我都会支持你！"每次想起，他都能真切感到，和他共同为黄河源头的生态坚守和战斗的，绝不是孤孤单单的自己。

是的，阿万仓湿地，这是全国人民的水源地，这是黄河上游重要的生态保护屏障，不仅卓玛加布在心心念念地关注，甘南州、甘肃省乃至全国都在关注着它。其实，在卓玛加布无法目睹的广大区域，一个庞大的生态保护计划早已在悄悄推进。仅"十三五"期间，国家发改委等相关部委就先后批复了一系列规划和方案用于生态保护。相比国家层面，卓玛加布每年从个人账户上拿出的二三十万元用于义务植树和种草的钱，可谓沧海一粟，虽然少，却一样闪着责任和使命的光芒。

2013 年至 2020 年，玛曲县也不断加大投入用于沙化地、"黑土滩"、退化草地的治理、退牧还草的奖补、黄河河堤的护坡、流域的绿化固化、河道乱采乱挖的治理、鼠害的防治等等，使265万亩脆弱草场实现了禁牧；1023万亩草原实现了减牧后的畜草平衡，10.21万亩沙化草地和87.6万亩"黑土滩"退化草场的生态得以恢复，100平方公里的国家沙化土地封禁保护区得以设立……推动这一大串数字每年、每天都在发生变化的人，也不仅是卓玛加布自己，还有那么多每天忙于全县生产生活和各种机构正常运转的行政管理人员，那么多项目的设计者和推动者，那么多本地或外来的科技人员和工程技术人员，那么多和卓玛加布一样在湿地上辛勤劳作的人——1000多名生态护林员，100多名草原管护人员、300多名动物防疫员以及没有确切数字的专业的和业余为保护环境工作的人们。当黄河水变得丰盈清澈、天空变得湛蓝如洗、草原变得繁盛华美，所有人的面孔都会隐没在高原美丽的风景背后，荣耀永远只属于这片高原。

六

　　就在卓玛加布醉心于阿万仓湿地的沙化治理，并取得了可喜成果的这几年，甘南州在不断地发生着变化。有人形容是"翻天覆地"，也有人不同意，认为这样的表述太平庸，也不贴切，应该说"换了人间"。不知者，认为这是甘南人夸自己的溢美之词；知情者很理解说话人的心情，回以会心、莞尔一笑。这一笑里内涵丰富，有认同的成分，也有自豪的成分。

　　到 2020 年底，甘南州与"环境革命"相配套的，或者说由"环境革命"派生出来的生态文明小康村建设已经完成了 50% 以上。好像不留意间一个个小康村便已拔地而起，农家乐、牧家乐、民族特色小康村，从内到外、不可置疑地佐证着广大农牧民生活的巨大变化。

　　一晃，达珞已经搬进新家有两年的时间了。两年来，他基本没有变换过自己的表情——只要醒着就会微笑着。他老婆在一旁可以做证，自从搬进新家之后，就没再见他忧愁。达珞的老婆有典型的藏族女人特点，偏于收敛和腼腆，当丈夫和别人说话时基本采取回避和不参与的态度，大部分时间低垂着目光。但说到丈夫的表情时，她还是忍不住插了一句。藏语和其他语言一样，有一些表述是不可直译的，只可意会。她的话，大概的意思就是，她丈夫这一辈子基本就是两张脸，前半生一张，是忧愁；这几年一张,是欢喜,泾渭分明。问达珞为什么这样,感觉现在的生活怎么样时,达珞仍然是微笑,只不过这个微笑的幅度更大一些,有了一点儿灿烂的味道。达珞不会说"天翻地覆"或"换了人间"那样高度概括但很抽象的词。他正了正坐姿,慢悠悠讲了一个长长的故事。

达珞可能是天生的慢性子。看他的样子,很像一头吃草的牦牛,不慌不忙,不受外界或别人情绪的干扰。当初,他从青海老家只身来到阿万仓的草山上挖虫草时,估计也是现在的这个样子。不管是刮风还是下雨,不管别人是争是抢,是走是跑,是在这个山头还是那个山头,独行还是结伴,也不管远处都发生了什么事情,他似乎永远是一个节奏、一个状态,一个固定的路线。不慌不忙地找,不慌不忙地挖,挖到了也没有手舞足蹈的兴奋,没挖到也没有气急败坏的沮丧。

那时,这里的山上虫草多,先前来过的人都说每一个"采挖季"下来都能挖不少,可以赚到很多钱。那时的物价低,虫草价格也低,每根 5 角钱,和现在每根 20 元比,简直太贱了,但收入却不算低,以数量的大换取收益上的多。挖虫草的人很多都是外地来的,想挖虫草,向当地牧民交付一定的费用,就可以自由采挖了。因为有很大一块成本,所以只有挖过一定的量才能赚到钱。一般情况下,赚钱还是不成问题的,但达珞的情况不属于一般情况。

或许是运气不好，或许是不熟悉地形，或许是不够灵活，或许是眼睛不够敏锐，反正别人总是能挖到很多，而达珞挖到的很少。多年之后，达珞把自己挖不多虫草的原因归结为自己的眼睛不够"尖"。他回忆，有一次另一个挖虫草的人站在达珞身后看着达珞挖虫草，结果达珞趴在地上都没看见的虫草却被那人看见了。

达珞来阿万仓挖虫草时，是投奔在县城里工作的亲戚，临时落个脚，等挖到了虫草立即回家复命或"衣锦还乡"。可是，挖不到那么多虫草就有些尴尬。采挖季节已经结束，达珞盘点一下总收入，去掉支付牧场主的草场费之外，还不够回家的路费。咋办呢？亲戚宅心仁厚："谁让咱们是亲戚呢！这样吧，先别回去啦，这半年你可以暂时住在我这里，到外边打点零工，赚点生活费。到明年挖虫草的季节再挖一年，没准儿运气好就可以拿着这笔钱回老家了。"

第二年，牧场主的费用涨到了 3000 元。达珞苦苦寻找了两个月虫草，不但没有赚到钱，还亏掉了 600 元。这回更无颜见江东父老啦。亲戚灵机一动，干脆给达珞介绍一个对象在这里安家落户吧。于是，达珞与普考在 2001 年见面了。这对曾经在一块草场上挖虫草的伙伴，过去走到对面不相逢，无缘在草山上相遇共度过浪漫时光；这之后因为命运的安排，却要在婚姻里相守，不离不弃携手艰难困苦的岁月。

按照藏族的风俗，一个远离故乡的单身汉本应该入赘女方家，做一个上门女婿，与这个大家庭一起生活。但达珞和普考的婚姻却有一点儿奇怪，达珞绕了一个很大的圈子，单独把普考从原来家庭里分离出来，组成了经济和生活上独立的小家庭。结婚时，达珞住在玛曲县城的亲戚扮演了婆家，派车把普考从牧场接到城里转了一圈，就算嫁到了婆家。然后夫妻俩再从城里回到牧场普考的家中，一同住进了普考娘家屋子旁边的帐篷，便完成了一个小家庭的组建。

普考的原生家庭成员众多，有父母，还有五个兄弟姊妹。结婚后，父母把普卡在家时应得的 200 亩草场和 20 头牛分给了她，这就是夫妻俩的全部财产。由于达珞是一个彻底的无产者，夫妻俩只能守着这 20 头牛过日子。最初夫妻俩的生活还过得去。所谓的过得去，就是刚好够吃饭，添一件衣服、置办一件家具甚至买几副筷子和碗的余钱也没有。当然，就更不敢要孩子啦。20 头牛，对于一个牧户来说，基数太小了，卖一头少一头，以后翻身的机会也就会少一些，所以每年只能卖一两头。夫妻俩商量好，这两年先过过紧日子，让这 20 头牛繁殖两年，等数量稍多一点时再卖掉多出来的，换点钱，添置一点生活用品，然后生个娃娃……话音刚落，第二年春天来了。春天是万物生发的季节，也是病毒、病菌大量滋生的季节。但这个春天没有什么特殊的生发，只是病毒开始了大规模暴发，闹起了大规模的瘟疫。达珞家的 20 头牦牛，一头接一头地死去，最后只剩下两头。

本来还有一点光亮的生活，这下子彻底进入了黑暗。一贫如洗的两个人，连饭都吃不上了。想打工，离最近的阿万仓镇还有30公里，先别问能否打到，就是这个没有交通工具也没有路的30公里都难以逾越。不打工，在这草原上靠什么挣钱糊口？靠低保。两个彻底的无产者、无收入者很顺利地成为村子的低保户；不足部分，只能靠普考父母的接济。接济就是饿不死就行，哪里可以饱足？夫妻俩有时吃过简单的晚饭，家里就不再有一把青稞面、一粒酥油，睡不着觉时就要挖空心思地想明天的早饭怎么解决。说睡觉，也无法睡一个像样的觉。帐篷里从来就没有过一套像样的被褥，盖的是结婚时普考父母给做的那身藏袍。其他季节都好对付，可是到了冬天，那真叫难过，北风一吹，单薄的帐篷里寒彻骨髓。

屋漏偏来连阴雨。结婚的第四年，他们不小心生了大儿子；过了几年，不小心又生了小儿子。两口之家都难以维持，几年间又添了两张吃饭的嘴。孩子出生后，父母、亲戚对这个家庭的关注骤然增多，时不时就会送过来些食物和衣物。

说达珞的性格像牦牛，就是因为他比一般人有超乎寻常的耐力。就是困苦到这样的程度，他也没有去找过村里或乡里，自己埋下头硬挺着。有一年，春节前夕，村支书听村里人说达珞家日子过得很贫困，特意带了点慰问品过来看看。进来一看这个情景，当时眼泪就流了下来。放下手里的东西，就在自己的身上浑身上下搜，连硬币都搜出来了，凑了700多元钱，一分不留地给了普考。达珞说，那一年的春节，感觉那是这辈子过得最幸福的一个春节。

面对这样艰难的日子，普考暗地里不知道偷偷地哭了多少次。她曾在心里不断地抱怨命运，这辈子让自己遇到了一个啥本事也没有的男人。很多次，她想到了离婚，可是她父母坚决反对："一个妇女，安守丈夫和家庭是最起码的道德。况且你们还有两个孩子，看在孩子的分上，也不能离婚啊！"

达珞和普考的困难是在2015年被广泛关注的。那一年，甘南州开展"全域无垃圾"工作，干部们需要对所有乡村和牧户进行包保，全方位、全覆盖，一户不落。当干部们入户到达珞家的时候，被这个家庭的脏乱和简陋惊呆了。但干部们是为环境整洁、卫生而来，第一件事情就是动员达珞和普考讲究个人和环境卫生。最起码要衣着整洁、物见本色、物品摆放有序，还要清除屋内外的各种垃圾……听干部们一项项交代，普考不但沉默、无动于衷，而且坐在那里哭上了。干部们没办法只好自己动手帮着打扫起卫生。里里外外忙了大半天，把他们认为应该做的都做了。可是回头一看，这个家给人的感觉依然脏乱、破败如旧，似乎他们半晌的劳作并没有产生什么效果。

几个人这时似乎一下子明白了普考为什么哭而不动，因为怎么收拾也不会有效果。原来是根子上、底子上的问题。是啊，就算你再勤奋、再要强、再能干，能把一个快要腐烂的帐篷擦出本色吗？能把牛粪泥抹出的墙擦出砖瓦的质感吗？能把泥土的地面擦得没有灰尘吗？后来，在一次全州干部视频大会上听俞成辉讲"要以摧枯拉朽之势，伤筋动骨之痛，求脱胎换骨之变"时，他们似乎更理解了"全域无垃圾"的深意和未来指向；也更知道了消灭"视觉贫困"和"视觉垃圾"的难度。如果没有骨子里、灵魂上、内在的根本变化，是不会有可靠的、长久的视觉变化。如果不抛弃长期以来一直保持的落后生活方式、生存状态和思维理念，就不可能有本质上的变化，更谈不上脱胎换骨。

达珞的变化就是从2015年开始的。鉴于达珞和普考的困难，玛曲县先从他的生活来源入手，给夫妻俩安排了保洁员的公益岗。有了收入，就有了好好生活的能力和愿望；之后，便安排两个孩子上学。这才是这个家庭的根本出路，假如孩子这样荒废下去，没有文化、没有知识不说，将来到了独立生活的年龄，没有自主生活意志、没有资产或资本、没有走出牧场的路，不认藏文不懂汉语没有可以和外界交流的能力，连打工的机会都没有，靠什么维持生活？靠什么改变生活状态和命运？2017年，国家精准扶贫战略实施后，达珞家又被确定为建档立卡户，经济上的补贴进一步加大，日子过得更有起色。

达珞家真正的"脱胎换骨"还是2019年居家迁出牧场进入集中搬迁点的新家之后。那年，州里动员草原上的牧民迁出牧区，

"让孩子上学，让老人养老，让世代居无定所的牧民有房住"，只留下少数牧民在草原看护牛羊。当时很多人不愿意接受这个安排，觉得世世代代都那么过来了，没有必要改变，和大城市比，牧区条件是很落后，可是也没有觉得有什么不好，孩子不识字并不耽误放牧，老人不住好房子也能挺得住。"你不把苦当苦就不苦，不把穷当穷就不穷，不把脏当脏就不脏……难道只是为了环境卫生就让我们迁出世代生活的草原吗？"可是达珞和普考二话不说第一个报名要求迁居。他们真正理解深陷泥淖的苦楚——想"出"无路，想"叩"无门。如果能够选择，他们永生永世都不想重回那种无助的困境。

对于 20 年来一直住在单薄、潮湿帐篷里的达珞一家来说，自己只花 3 万元就建起来的大房子，简直就像一座富丽堂皇的宫殿。一个占地达一亩的大院子，气宇轩昂的大门是"公家"免费给修建的；院子里有正房还有偏房，正房是会客和日常活动大厅，偏房是夫妻和两个孩子的卧房；还有一个水冲厕所和洗浴间……刚搬进来的那天，夫妻俩都蒙了，感觉一切都不是现实，像是在做梦。不仅房子宽敞、明亮，里边的东西也一应俱全，怎么啥都是现成的？沙发、茶几、精致的铸铁炉子、烧水用的不锈钢水壶、崭新的被褥、毛巾和香皂……最让他们想不到的还有两盘饼子。

住进新房之后，夫妻俩每天做完小区的保洁工作回来就一遍遍收拾屋子。特别是普考，家里的物品每天要擦好几次，本来已经一尘不染的炉子和水壶，只要没事就用抹布擦几下。丈夫干完外边的活计，进屋一看，普考还在东擦西抹，丈夫知道妻子的心思，本不想说，但还是来了这么一句："抹个啥呢？你是把擦东西当享受啦？"于是，普考就以当初出嫁时的表情莞尔一笑。这一笑，屋子和日子似乎变得更加明亮了。

第二章

化茧成蝶

　　尼巴和江车两村深陷于相互仇视和械斗的那些年,人们并没有心思留意自己的个人形象和衣着以及生活环境。两个村子就像两个不懂事的顽童,为了争夺一幅心爱的图画厮打到一处,打得头破血流,滚得满身满脸泥污。伤都顾不过来,痛都顾不过来,哪有精力和心情洗去脸上的泥污？

60 年间，一批接一批干部陆续进入尼江两村，尝试给尼江两村治治"病"，虽然都付出了艰辛的努力，但"尼江之病"总是得不到根治。而俞成辉悄悄来到尼巴和江车调查之后，回来却一个人杵着下巴久久发呆，一脸悲戚之色，喃喃地说："几十年来，他们被仇恨之茧紧紧地捆绑在黑暗之中，见不得生活的光亮，找不到人生的意义，不得解脱，耗尽了所有的情感、希望、快乐和资源而不自知。"

那些天，他一直在思考着这样几个问题：我和这样的一群人到底是什么关系？面对他们的苦难我应该做点什么？假如他们是一些陷入梦魇的人或溺水的人，我有没有责任、要不要把他们从噩梦中唤醒或从水中救起？要以哪种角度介入或采取怎样的方式才能有效施救？那时，他还是甘南州的州委副书记，刚从甘肃省信访局局长的任上过来不久。虽然岗位变了，但他的心性却没有变。说到心性，并不是说这两个岗位变换之后，他的心性没变，其实从步入工作岗位以来，他的心性一直都没有变。他的心，始终愿意记挂那些由于自身或其他原因而深陷人生泥淖的可怜人。

一

凡去过车巴沟的人，无不为车巴沟的美景所折服，所震撼。

由沟口向纵深处徐行，你会发现，随着脚步和目光展开的，似乎并不是自然而然的山水，而是哪一个绘画巨匠挖空心思精心描绘出的一幅画卷。沿河谷蜿蜒伸展的河水与道路，河谷两侧的山岩和树木，间杂的树丛和茂密的草场，绿色的草原和觅食的牛羊，山间各种景物之间的搭配、组合，似随意摆放，又胜过精心雕琢。200 年前，曾有一个美籍奥地利探险家约瑟夫·洛克，扯着高原美丽的尾巴，徒步沿着这道山谷走过一次，至今，河谷两厢的石壁间还回荡着他由衷的赞叹。

好一处世外桃源、神仙美地！

只可惜世间的事情从来难臻完美。所谓的神仙之地，无不是祥云缭绕、山岩奇绝的险峻之处。美则美矣，却容不得凡人驻足、栖身，也兼容不下纷纷扰扰的人间烟火。通常情况，这样的地方，这等境界，基本只能住下一两个神仙，最多不会超过八个。即便是不食人间烟火且觉悟很高的神仙，一多起来也容易起纷争。神仙多到八个的时候，聚会就不便在高山上了，要去大海之上，那里更加宽敞，也更便于施展。

46

　　谷底的河叫车巴河，是洮河的重要支流；路，叫江迭路，也是连接甘、川、藏三地的重要观景路。虽然曲曲弯弯颠簸不平每年却有差不多十万过往车辆通过。这条路上接迭部的扎尕那、若尔盖大草原和九寨沟，下通卓尼县城、临潭和合作。到了这里，就已经到了甘南与川西的交融之地，地势复杂，人烟渐稀，山水间弥漫着挥之不去的原始性和神秘性。

　　沿途车行半个小时后，便可见一个很大的村子出现在路侧。这就是大名鼎鼎的尼巴村，在尼巴乡仅有的四个行政村里，尼巴村是面积最大、人口最多的一个村了。全村共有近 300 户人家，两千多名藏族居民。"尼巴"藏语意为"阳坡"。

　　相传，在川西北草原上，居住一个半神半人的英雄家族，为了寻找新的家园，翻山越岭，沿着一条小溪顺流而下，当他们经过现在的尼巴村时被当地的美景所吸引，便扎了根，世代定居于此。到底是神仙之家，善于掌握和利用天地、山水间运行的规律，也善于抢占对自己最有利的地形、地势。村寨的建设很有讲究，坐北朝南，依山而建，向阳而居，白天阳光明媚，夜晚北风不侵。清澈的车巴河穿村逶迤而过，村寨前几行错落有致的嘛呢旗在风中猎猎飘扬，把美好的祝福传递给涓涓河水。河水绕了一个弯，从村寨的南侧左转，又把和平、吉祥的愿望载往下游……据可查可考的文字记载，这是一个保存比较完整的传统村落，距今已经有 200 多年历史。2013 年，尼巴村正式被住房和城乡建设部评定为中国传统村落,成为甘南州唯一被列入"中国传统村落名录"的村寨。

沿车巴河前行,出村,左转,就直奔江车村而去。转过一座山,远远就能望见坐落在河边的另一个村寨,那就是传说中的江车村。离江车村村头不远的山坡上,隐约还能看到一处废墟,仅凭直觉已经没有人能看得出从前那是一个什么建筑了。据熟悉两村历史的人说,20多年前那东西还存在着,那是两个村庄的人现在都羞于提及的东西——一座用于对付"敌人",也就是尼巴村的碉堡。

相对于尼巴村,江车村的规模要小一些,共270多户1400多口人。江车村的历史和尼巴村的历史差不多一样长,或许建村稍晚一些。虽然距离上相隔不远,且在河流的下游,好像江车的水比尼巴的水更神奇。江车历来出美人,这一点连曾经的死对头尼巴人也不得不承认。江车村的男人多面部棱角分明、高大英俊;江车村的女人多窈窕妩媚、婀娜多姿。人漂亮、爱美,房子建得也讲究,村子里的很多房屋都堪称中国乡土民居建筑中的奇葩。除了建筑,还有艺术,江车村业余南木特藏戏团,自1978年成立至今,排练并演出了多部深受广大藏族同胞喜爱的藏戏,先后在州内各县演出达200多场次。

江车村也有自己的传说,据说江车村人的先祖属于当时的吐蕃王赤热巴坚统辖西藏觉摩隆部落,因为经商,曾有部分族民组成一支商队从堆隆羊巴井出发，用牦牛驮着商品向东走。商队经过几年的长途跋涉到达了景色秀美的阿尼华干山麓的尕日玉多（就在车巴沟上游），牛困人乏，不想再继续走下去，眼见这山清水秀的无人区是一个发展畜牧业的好地方，干脆一横心就定居下来。600年后，他们的后裔继续沿河而下，迁移至现在江车村，过起了半定居式牧民生活。"江车"在藏语里就是"外来的"意思。

故事讲到当代的时候，就不再是传说，而是人们隐隐约约的记忆。

据两个村庄的老人们回忆，起初两村人是亲密的亲戚加朋友关系。当江车人从上游迁来的时候，是尼巴人慷慨大方地将自己的草山拿出来与江车人分享、共牧，并允许他们在河流下游不远处立村定居。如胶似漆的岁月谁也说不清延续了多少年。在这种地广人稀的高原上，有一个相邻的村落和部族，其实是再好不过的事情了。两村可以互通有无，往来走动，满足人与人之间交流情感、排解孤独寂寞的精神需求；另一方面，也可以进行广泛的基因交流，避免部族内近亲婚姻造成人口素质和智力的下降。实际上，两村人历史上也多有往来和联姻，彼此间都真诚地需要过对方，也得到过对方的给予和帮助。

只是人们走着走着，就把目光垂下来，只看到脚前的方寸之地，忘记了回头看看来时的路是怎么走过的，也忘记了抬起头看看前方的路应该怎么走。人只顾眼前时，心胸和境界也就随之变小。细小的得失看得清，算得细，较得真，斗得狠，就会把大的成败扔在脑后，或置之度外。另外，自古"恩""怨"总是相伴相生的孪生姐妹，没有那么多的恩，也就没有那么深的怨。按理说，恩应当能化解后来的怨，可事实总令人大失所望，结果是恩有多深怨就有多大。这是人性中很糟糕的弱点。

江车村和尼巴村的恩怨、纷争，早在新中国成立前就已经露出了端倪。随着两村人口的膨胀，牛羊的大量增加，原来的草山就显得紧张了，并且越来越紧张。这个时候，就有了谁应该让着谁的问题。

"你说应该谁让谁？你们今天居住的村庄都是我们前辈给你们的！"尼巴人当然理直气壮。

"那都是哪辈子的事情啦？800年前，这里还空无一人呢。草山本是国家的，谁使用就应该算谁的！"江车人也毫不示弱。

新中国成立后，江车村和尼巴村的问题，本应该来一个清算和了结。可能因为这里是少数民族地区，很多问题都很敏感，不敢轻易触碰吧，久而久之就拖成了历史问题。

问题一直拖到1958年，两村又发生了一些矛盾。进入了激烈对峙和冲突状态。鉴于当时车巴沟的复杂情况，卓尼县专门派驻了一支武装工作队，长年驻扎在车巴沟维持秩序，解决冲突，一直驻到1978年。

1963年人民公社时期，尼巴村和江车村终于有机会坐下来商量解决历史遗留问题，于是，产生了草山争议方面的第一份协议，首次实行了两村分牧，这样的放牧形式一直维持到了包产到户时期。

1980 年 8 月，国家的土地使用政策再次发生变化，两村又把历史问题拿到桌面上进行争论。经双方谈判，依据历史习惯，产生了《卓尼县尼巴·江车草山协议书》，江车村承认所争议的草山的自主权属尼巴村，江车村从 1980 年起每年给尼巴村交纳草山使用费。

草山使用权分到个人手里后，人们对使用权就更加重视，也更加计较。1983 年 3 月，两村又因为草山的使用问题发生了激烈的摩擦。在双方谈判的基础上，县政府批复了车巴沟草山调解委员会拟定的《尼巴·江车草山纠纷调解裁决书》，再次明确了草山所属权归尼巴村所有，江车村使用草山要向尼巴村交纳草山费，双方草山使用界线仍按 1958 年前的惯例进行共牧。

1986 年 8 月，纷争再起，两村村民打到了一处。在州、县、乡派驻工作组调查研究和开展群众工作的基础上，卓尼县人民政府做出了《关于对尼巴·江车两村草山纠纷的补充处理决定》，明确要求维护 1983 年 3 月县政府批复的裁决书，并进一步细化了共牧区域。

其间，两村之间的对峙和冲突不断，村民的火气越来越大，由争议升级为激烈冲突，由不平升级为愤怒。

1995 年 10 月 18 日，两村长期酝酿的愤怒情绪，以个别村民的不友好行为为导火索，暴发为流血事件。两村的民众又在仇恨、伤亡和动乱的阴影下，满腔仇恨并心惊胆战地度过了 17 年苦难的时光，空负了天赐的一片神仙佳境。

二

从 1997 年到 2017 年一直在车巴沟乡工作的杨世栋，几乎见证了江车和尼巴两村激烈冲突的全过程。提起往事，他立即神情索然，哀叹连连："对我来说，那也是噩梦般的 20 年。"

杨世栋站在江车村外、巴河转弯处的小桥上，向远处的山坡一指，刚刚说出了"就在……"两个字，就骤然中断。也许他是因为情绪激动而无法把话说下去，也许是某个激烈的场景突然闪现让他又一次感到不知所措。稍稍停顿一下，他还是把话说了下去。

1995 年 10 月 18 日江车和尼巴两个村子第一次发生流血事件时，他还没有来到车巴沟乡工作。那次大规模械斗的场景和细节，都是他过后全面了解情况时从村民口中断续听到的。一个个回放的画面拼接到一起时，便是一个完整的场面，那场面常常让他感觉惊恐，仿佛他曾亲临现场。那一个历史性的节点，后来就成了他思维和情感通道里的一个巨大"结子"或疤痕，不管什么时候遇到都会像车轮遇到石块一样，"咯噔"卡那么一下。他 20 年的基层工作经历，就是从那个时间节点开始的。它就像提前埋伏到那里的宿命，刚好在两年后他辗转赶来时与他在命运的轨道上会合。

"就在那个山坡上。"杨世栋伸出的手并没有收回来，接着说了下去。

江车村 200 余众，尼巴村 300 余众，像两股黑色的水流，逆着绿色的山岗迅速向坡顶聚合。千差万别的意愿和意志如今都被一种无意识的意志裹挟着，奔向了一个无法左右和更改的方向。在人流巨大惯性的冲击下，本来是有思想、有情感、有是非善恶判断的人们，现在什么都没有了，只有一个个被动作胁迫的行尸走肉。

械斗进行到傍晚的时候，闻讯赶来劝架的邻村 100 多名村民，用木棒把江车、尼巴两村缠斗在一处的人强行驱散。稍晚，去县里汇报的乡干部领着公安干警也赶到了械斗现场，并按例进行了现场勘查、拍照、验尸、记录……清点战场，江车村 4 人死，伤若干；尼巴村无死亡，伤若干。

第二天，在同一个地点，两村又一次集兵开战。因为在前一天的打斗中江车村吃了大亏，心有不甘，第二天改变策略，致尼巴村 2 人死，己方无伤。

按照当地藏族的规矩，人死后，都要在家里停尸 7 日。在这 7 天里，不但要花钱请寺庙里的喇嘛或活佛来念经超度亡灵，村里以及相邻村子的亲戚、朋友、邻居等等，只要有些来往的都要来帮助念玛尼。程序走完,亡灵安妥,再将死者进行吉祥天葬。但在两村打斗中死去的村民不能享受这些待遇,只能在作为战场的草山山坡就地烧掉。停战之后,两村人都变得垂头丧气,暂时把草山之争搁置一边,各自忙着将自己村子的死人烧掉。处理后事时,两村也是各占山坡的一边,像亡者生前对阵时一样。大约担心这些亡灵死后只能在山间游荡、布撒冤气,所以,死者家属和亲友们的哭声显得特别凄惨。

一场争斗之后,原来想解决的问题仍然没有解决,却白白地搭上了6条人命。各种程度、各种状态的伤者就不要细说了,不管怎样,还有一条命在呢。所有肉体上的伤口都痊愈有日,唯有死去的人给活着、有知的人心灵留下的黑洞,永远不能弥合。

父亲在那场械斗中死去的时候,尕玛达杰刚满20岁。天塌地陷的打击和疼痛过后,他只能暂时把满心的悲伤和关于父亲的记忆打一个包,放在心的角落里。然后,一点点抬起头、直起腰、挺起胸,面对必须由自己面对的现实。不论如何,日子终归还是要继续过下去,家里只剩下母亲、妹妹和一个年幼的弟弟,一切都落在了他的肩头。嘴巴上的胡须还没有长出来,就要像成年人一样担起家中和村里的一切义务。

父亲去世后,村子里拿出一点钱,象征性地进行了些补偿,有的人还对他说:"你要以你父亲为榜样,做一个英雄,坚持草山斗争。你也不小了,以后要积极参加村里的活动和斗争,为你死去的父亲报仇……"

　　那时尕玛达杰还小，他也认为父亲是一个为大家利益而牺牲的英雄，所以他每年上山去悼念父亲时都忍住心里的难过，不让眼泪流下来。他要让长眠地下的父亲看到他的儿子是有出息的，和他一样有英雄气概。

　　想起父亲死后那个悲惨的样子，尕玛达杰的心头有时还是会蹿起无名的怒火，但奇怪的是竟然找不到方向，不知道这怒火应该烧向哪里。就如公安局的人来了几趟都找不到杀害父亲的凶手究竟是谁一样，他也不知道要向谁来报这个仇。那就痛恨尼巴村所有的人吧！可有时又觉得也不太对劲，因为尼巴村也有那么多人死伤，看他们的样子也挺可怜。有一天，他在路上看见了一个尼巴村的小女孩，本想趁大人不在场时揍她一顿出出心头的恶气，可是看她的眼神，怯怯的，柔柔的，他的心就软了下来。想想还是算了，成人世界发生的一切都和她没有关系，伤害她干吗？

　　江车和尼巴两个村子之间好像仇恨越来越深。为了保证自己村子的草场不被对方侵占，每年春天搬牧的时候，两村都要集兵，约定的日子一到，两边的队伍先集结在边界线上，如果对方稍有不规范的举动或语言，两个村子就会打起来。在最敏感的草场，两村平时都有执勤的人，随时保护自己村子的草山和村民，也随时可能发生冲突造成人员死伤。

　　村上的几个组织发动什么集体打斗和暗杀行动，都喊着要为死者报仇，可是尕玛达杰越来越觉得那些事情和自己的父亲和自己的生活没什么关系了。自己家的 30 头牦牛每天由母亲和妹妹照看着，似乎随便找一个山坡放一下，就能养活，也用不着豁出命来去争草场，反倒是那些有钱有势却不用参战的人家，动不动就几百头牛、几千只羊的，需要很大很大的草场。再看看自己家的日子，似乎比父亲去世时更破败了，要房没房，要钱没钱，要吃没吃，要喝没喝，真不知自己天天在外打打杀杀是为了什么。父亲去世后母亲过日子的心气一下子就泄掉了，屋子脏得和羊圈一样，也懒得收拾，表面上一家人还是在过日子，可他和母亲都心照不宣，是因为还有两个小娃娃，没有办法不把日子过下去。

　　每次随其他人一起行动，打死了对方的人或把自己村子的死人抬回来埋掉，他都觉得人活着挺没有意思的，好好的人说死就死去，悄无声息，毫无意义。死了人的一方，内心既悲痛，又觉得窝囊、没有颜面；把人打死的人，也是天天提心吊胆，这么多的人能白白死掉吗？早晚都会有人找上门来算账的，杀了人也是要遭报应的。平时父母和庙里的僧人们总是说要积德行善，连踩死一只蚂蚁，抓了河里的一条鱼都被人骂个狗血喷头，或暗暗诅咒，可村里每年都在发生死人的事情咋就没有人管，没有人制止呢？这整天打打杀杀的，什么时候是个头呢？他虽然嘴上不说，心里却天天盼着这种生活状态赶紧结束下来。

三

天渐晚，夜色如墨，从四面八方把车巴沟掩埋在黑暗之中。举目已经望不到四面的山，更看不到远处或近处的人影。这样的夜晚是安静、宁和的，也是蕴藏着巨大危险的，不知道突然在哪一个时刻就会爆发出巨大的可怕声响。在这样的夜色里，一个妇女孤零零逗留在村头是反常的，也是令人担忧的。

沉浸在沮丧之中的丹朱草还没有意识到自己正处在危险之中，但村子里和家里的人此时为寻找她已经急得如热锅上的蚂蚁。当村里的人和家人找到她时，就有很多很多的话语从她两耳同时涌了进来。

但那天到底是哪些人说的，都是怎么说的，这么多年过去她已经完全记不清了。隐隐约约地，那些话的主要意思她算是记住了，大意是人伤了可以慢慢养好，人死了也有人再生出来，可是草山就那么一块，丢了却永远也回不来了。当时，她也弄不清他们说这些话是为了安慰她，还是为了教训她。但从那以后，虽然她心里偶尔还会感到不安，但似乎也认识了一种逻辑。

对于这样的逻辑，它具有怎样的性质，它在车巴沟这地方究竟能推演出什么结果，后来担任了车巴沟乡党委书记的杨世栋最有感触，也最有发言权。只要提起这个逻辑，他就会把头使劲地摇上三摇。在他表述非常明确的肢体语言里，谁都能读懂，那逻辑是有毒的。那逻辑，看起来就像厄里斯女神的金苹果一样漂亮，也像厄里斯女神的金苹果一样有毒。正是为了这丸漂亮的毒药，江车村和尼巴村打了 17 年的战争，比希腊神话里的特洛伊战争还要持久。

在这 17 年间，杨世栋虽然像盐碱地里长出的一棵顽强的碱蓬草，从一个普通干部成长为乡党委书记，但终究还是没有体验到事业有成和价值实现所带来的成就感和光荣感。他曾给那时的自己画了一张生动的画像——就是一个暴风雪中的撞钟人，无可奈何地日日坚守。

17 年里，没有事情他不敢轻易去尼江中任何一个村子，去了江车村，尼巴村的人认为你偏向了江车村；去了尼巴村，江车村又认为你和尼巴村伙穿了一条裤子。即便两村出了事情，他不得不战战兢兢赶到现场，也知道自己的作用，就是让两个村的村民臭骂一顿，发泄一下情绪消消气。

关键时刻，江车和尼巴二村的群众都会向他索要破解这个毒丸的解药；上边的领导也向他这个强撑的基层领导索要一个和平与宁静的结果。可是他很清楚，这个结果如果能轻易得来，早就来了，哪能拖到今天？在他的心里，那个无数人日夜期盼的结果，并不亚于石头开花。

这些年置身尼江，他深知尼江问题的复杂性，他也曾在州、县两级领导的指导下全面系统地调查、分析过："尼江问题"的成因，几条线索也基本摸得很清晰，但需要拿出具体的解决方案时才发现，几方面的原因交织到一处时，又相互联动、相互制约、连锁反应，产生了新的问题。这是诸方面问题纠缠到了一处的一团乱麻，不碰感觉不到它的复杂，一碰便发现每一个人、每一个问题都不是一个点，而是几何结构中的一个结，牵动着方方面面。

确切地说，"尼江问题"更像社会肌体上的一个病灶，虽然体积不大，但浸淫深远。这些年，陆续从尼江两村走出的200多名各界各层面的干部，如神经、如血管一样，与两村和两村的问题紧密牵连。气息相通，情感联动，能量互补，尼江两村的得失和疼痒，早已扩展、关联到了州县、省市以及寺院和有藏民居住的地区。与此相应，外界的矛盾和变故也为尼江两村的情绪提供了清晰的依据，对两村的关系产生直接和间接的影响。即便是村民个人的一件小事很多的时候都会越乡而县，越县而州，越州而省，越过行政管辖而至宗教领域。如此，两村之间的纠纷早已经不再是单纯的村民纠纷，最初的草山之争也在年深月久的演绎中升级为更大范围的利益、意气之争和社会群体之间的矛盾。

令人气恼的是，竟然还有人将尼江各种问题的存在和暂时调解当作制约各级政府和博取个人资本的砝码，阻碍一些根治措施的落实。每到问题面临根本性解决的关键时刻，都会节外生枝地出现意外情况，致使前功尽弃。于是，"尼江之痛"在绵延几十年的时间里，不断缓解又不断发作。

面对一个如此难以处理的病灶，甘南州由州至乡几级政府，历任班子都相继做过清除和医治的努力，有的甚至不遗余力，但由于不得要领，或不能"对症"，或"药力"不逮，终至效果不佳。

至今，多年前一段恐怖的往事，仍如一片不散的阴云笼罩在前来尼江开展工作的干部的心头。

杨景华，是卓尼土司杨积庆的旧部。他身材魁梧，膂力过人，为人谦和，敦厚老实，又酷爱军事，所以深得杨积庆的赏识。1933年春，他被任命为尖尼旗的旗长。1935年6月，杨景华被调任卓尼车巴沟旗旗长。9月初，红一方面军长征途经下迭地区时，杨景华奉杨土司之命，一方面派藏兵在花干山驻防，执行"守土自保"的政策，一方面按土司"在红军经过迭部时，不要对抗，对已破坏的达拉沟栈道，尼傲峡木桥迅速派人修复，任其顺利通过，更要严防群众从山林中向红军放冷枪。要设法暗中和红军联系，迭部几个仓的粮食，不必转运、窖藏，让红军取食，一切行动，必须高度保密，并严禁群众向外走漏消息"的密令，杨景华遵照土司的命令开仓济粮，援助过路红军。鉴于杨景华忠于职守，能秉公办事，1936年4月被杨土司提升为洮岷路保安司令部第二团副团长兼下迭8旗仓官。是年8月，红二、四方面军长征经过今迭部县境内后，他奉土司之命派人引路，并遵照杨积庆土司的指示，保护了40多名掉队红军。同时还收集了许多红军的钞票，保存到新中国成立后，于1950年上交给县政府，赢得了组织上

"有政治眼光"的评价。新中国成立后，他担任卓尼县副县长。

1958 年初，当甘南掀起合作化高潮之际，在卓尼车巴沟地区出现了一些反对合作化，不走社会主义道路的谣言。县委和县政府考虑到杨景华在车巴沟的群众中有很高的威信，决定派他和县委常委赵生鹏等 10 多名同志，去车巴沟和区乡干部一起宣传党的政策，做群众工作。3 月 18 日晚，正当他在农户家做思想工作时，突然被房顶通风孔伸出的一支枪射中，子弹从头顶射入，当场牺牲。

卓尼县志是这样描述的："不幸被匪徒杀害。"其实所谓的匪徒不过是怀有不同意见的村民。然而，由于"匪徒"当时并未获罪伏法，这种无法无天的暴戾之气便在某些村民的心里留存、延宕下来。以致每一个来尼江解决问题的干部都不得不心怀忌惮，时刻担心着从哪一个屋顶上或墙壁后探出一个乌黑的枪口。

这些年，唯一能让杨世栋坚持和坚守下去的理由，是他始终相信，这个死局有一天一定会破掉，这个盖子有一天一定会被揭开，因为他知道自己的苦和愿望，也懂得大多数村民的苦和愿望。人心不可违，国法不可违，党的全心全意为人民服务的意志不可违。

四

俞成辉第一次去车巴沟是 2013 年初。

2 月的甘南大地，即将走出冬天的笼罩，只是山阴的坡地上还有星星点点未化的残雪。空气中已经丝丝袅袅地洋溢着春天的气息。打开车窗虽然还能感觉到刺痛皮肤的寒冷，但对于一些敏感的人来说，已经能够捕捉到阳光深处的温暖，正如一个扇动着明亮翅膀的鸟群，由远及近，以不可阻挡之势迎面扑来。

启程之前，他已经对车巴沟的情况做了系统的了解和研究，对解决江车和尼巴两个村子问题的难度也有过客观的评估。关于两个村子复杂的外部关系以及一些在暗中发挥着推波助澜作用的重点人物，也有了初步的调查了解。至于一些人对自己介入两村问题表示出的轻蔑、反感和抵触，他心里也一清二楚。

这些天他耳边总会时不时地回想起他在州会议室走廊里听到的那句扔给他的话："他的本事还大着呢！看他咋解决尼江问题？"他原本就没有被这些人的话吓倒，而是当作解决好尼江问题的动力。这些，现在他都不需要去细想，"我到尼江是代表党和政府去工作，相信除了少数心中有鬼和既得利益者，大多数群众将会知道我去要干什么，最终是会欢迎和支持我的，问题会妥善解决的。"

现在，他要把注意力集中在一些具体细节的设想上，他在想，这样一些坚持十多年恶斗、至今不肯罢手的人，都长什么样子？三头六臂还是横眉竖眼？他们的生存状态是怎样的？他们的内心和情感又如何？内心的愿望是什么？他们想要什么？会提出什么要求？自己应该以怎样的姿态和心态出现在他们面前？

多年的信访工作经验告诉俞成辉，老百姓的情感、理解力和包容力往往出乎人们的想象。过去很多干部并不真正了解老百姓心理和诉求，动不动就凭借一些表象妄下结论和断言。包括那些长期上访的人，都有一份埋藏在强硬外表下的柔软。很多案例证明，凡是那些表现得刁蛮或纠缠不休的人，往往心中都有大悲、大冤、大苦。

这些年，他把自己亲自处理过的 100 个在全国挂号的重点信访案件，戏称为"那 100 块硬骨头"，并做过详细的分析和总结：在 100 个缠访户中，有 95%以上是合理诉求或部分合理诉求，只有那么几个是真正的无理取闹。但你也不要小看老百姓，不是说群众的眼睛是雪亮的吗？老百姓看干部的眼神刁着呢。只要他和你对视两分钟，就会在短时间内读懂你，你是官架子还是花架子，你是个诚实的人、善良的人还是个虚伪的人，他们能看出来。只要真诚地对他们，尊重他们，凡事从他们的立场出发，他们又是最通情达理的。

这些年，有一些干部一提上访事件就头疼，最怕见上访者，可是俞成辉不怕，一个党的干部就是为群众服务和排忧解难的，不见怎么排忧解难？这些年，不论 30 年的上访老户，还是 20 年的、10 年的上访户，他都要亲自接访，和老百姓直接对话，几百次、上千次面见上访群众。每一次都是去时面对着如冰的冷脸，出来时身后留下笑容和掌声。再复杂的上访案件没有一件是他拿不下来的。

走到车巴沟沟口时，俞成辉突然想起有人在张口闭口妄谈贵族。俞成辉哑然失笑：你懂什么叫贵族吗？你以为贵族就是有钱有地位，可以对别人颐指气使，可以在一些普通人面前仰着头走路？真正的贵族重要的标志就是具有高贵的品质。贵族是经过几代人几十代人传承积淀下来的性格和品格，它是渗透到血液里的一种文化，是骨子里、灵魂里的高贵。是对国家、民族和事业的担当，是对天地的敬畏，是对苍生的悲悯，是在困难面前的不屈不挠，是在危险面前的镇定从容，是对普通百姓和弱势群体的躬身扶掖……

来之前，他就听说车巴沟这地方很多年干部们都不敢进来。不敢来，一是怕来了解决不了问题没法交代；二是怕有人身危险，怕挨黑枪。这次来车巴沟，州委的人建议他带两个公安干警，以防万一，可是他想了想，除了带一个工作人员，其他人一律没带，并且还特意对县里交代，县里的干部一个也不要陪同。只要求乡里去一个熟悉江车和尼巴两村情况的干部，召集群众、介绍人员，兼做翻译。他要让村民们看看，自己是以什么样的态度和方式对待他们的。

俞成辉的突然到来，是江车村的村民做梦也没想到的事情。听说州里来了大领导，要真心解决村里的事情，村里的人都非常高兴。其实，村里的人谁都知道，两个村打打杀杀这么多年，死了那么多的人，是一场实实在在的灾难。可是，明明知道是一场灾难，就是找不到破解的办法。就像一个溺水的人，心里啥都清楚，就是自己救不了自己，越是挣扎，向下沉得越快、越深。这么多年，都盼望着谁能从岸边伸出一只有力的手来呀！

电话一打，村部马上聚集了六七十号村民。简单介绍过双方身份之后，俞成辉仔细地观察了站在面前的那些村民代表。从他们的衣着打扮，从他们的神情和眼神中，俞成辉读出了深深的苦楚和急切的盼望。有几个人的表情一闪现，他感觉自己的心如电击一样，剧烈地颤抖了一下。不知道怎样的经历，能把一个人的面部神情雕刻成如此状态。这也再一次验证他自己的一个体会：要知道黄连到底有多苦，只有尝过的人才会知道；群众到底有多难，只有设身处地之后才能明白。很多时候，困难群众的心比黄连还要苦，想要体会和解决他们的"心之苦"，最好的办法就是把自己摆进去，尝其苦、知其味，懂得群众的急难怨盼，掌握群众的心理心态，这样我们的良心、公心和为民之心就能被充分激活，就能真正做出有益于人民的事情。

尽管如此，俞成辉也深深知道，问题的解决并不能光靠态度，还要靠正确的方法和足够的时间。他对这次见面，是心中有数的，不能定位太高，也不能抱有太多的期待。如果说沉积了 60 年的尼江问题是一本大书，今天算翻开了第一页；如果说这是一道难解的大题，今天才是解题的第一行算式。一切都需要慢慢来。今天的主要任务就是开个场、见个面、释放一个明确的信号，让群众感觉到党和政府对于解决尼江问题的决心和自己的诚意。同时，也感受一下两村群众的真实情绪和愿望。所以，他的开场听起来倒像是春天里实实在在的一声闷雷，不那么惊天动地，却让有经验的人听出，雨水马上就会来了。

当时的俞成辉刚过五十，面相上还没有如今这样苍老、憔悴。精神饱满、身板挺直，说起话来声音也洪亮，一派血气旺盛的劲头："我今天来，主要是和大家见个面，认认门，向大家表个态，告诉大家一声，我从省里下来到甘南，重点就是要把尼江的问题解决好。这件事可能会多费周折，但我的决心比事情的难度还大，不把这里的问题解决好，我发誓，坚决不出车巴沟。所以，以后我们还要常来常往，来往多了，我们也就成亲戚了。"因为两个村子的人，特别是老人们，几乎都不会讲普通话，很多人听也听不懂，所以说几句，他就要停下来，让同来的乡党委书记、藏族干部杨世栋翻译一阵子。

室内除了杨世栋的藏语翻译，一片安静。看来，之前所说的两个村的村民围攻、殴打上级干部的事，也是有一定原因和过程的，不可能一开始他们的情绪就那么激烈。

杨世栋翻译结束，俞成辉接着往下说："事前，我就两个村的情况查阅了大量资料，也利用中午、晚上、双休日的时间多次约见了州县领导、尼巴籍退休老干部，贡巴寺的活佛、僧侣等，广泛听取了大家对尼江问题的看法。当然，仅凭这些还远远不够，最有发言权的还是两个村子的群众。今天，我就是要听听大家的心里话，我们的问题出在哪里，每个人心里是什么感受，大家心里有什么盼望，如何破解这些问题？今天，我就是来听大家发表自己的意见、感受和看法……"

首先发言的是老人组织的牵头人次正，他也是村子里的老干部，20 世纪 70 年代入党的老党员。虽然这些年尼江两村的事情他是主要的参与者和决策者，但说起往事的时候仍然老泪纵横，泣不成声。他拉着俞成辉的手一边流泪一边诉说，似乎他心里埋藏有比别人更多的无奈、委屈和悲痛。接下来是资历稍浅，威信、影响稍小一点的老人，然后是死者家属和普通村民，每一个人说起尼江往事，说起这些年自己的生活和精神上的苦楚时，都不能自己，大放悲声。说起死去的亲人，有些妇女甚至表现出歇斯底里的痛苦和绝望。面对此情此景，俞成辉不但没有打断和阻止他们有些偏离理性的倾诉，反而任他们把心头之怨、心中之苦、心底之气倾完倒尽，并一同和他们进入情感的共振，听到伤心处也泪水潸然。因为他知道群众这个诉苦、申冤的过程是一个释放心理压力和不良情绪的过程，有些东西放在心里年深月久是承受不了的石头，释放出来便是随风散去的气体。这个过程也是一个建立信任的过程，只有认真把握这个过程中的每一个细节，才能从中掌握更多事实真相，才能充分了解群众的所怨所盼，才能引起群众的共鸣和呼应，也才能找到解决问题、打开心结的钥匙。

每一个发言者陈述的事情和内心的情感大体相似，从总体上看只是一个事件和一种情感的几十遍重复，随行的工作人员和乡党委书记心里有些着急，几次用目光询问俞成辉，要不要结束。见俞成辉面沉如水，无动于衷，就只好和他一样耐心地、"饶有兴趣"地听下去。等每个到场的村民都讲完，已经日影西斜了。还有下一站尼巴村，那边打来电话说很多村民已经在那里等候了。按照俞成辉的安排，无论谈到几点，今天也要让两个村子的村民都谈完，不能让他们感到接触一个忽略一个，厚此薄彼。只要村民们有这个意愿，只要他们真心想解决问题，不管想说啥都要给他们机会，让他们说够、说透。

等他们到尼巴村时，果然有几十个村民也在那里等着。尼巴村的开场俞成辉当然也是采取了同样的方式、语气和态度，如果有一个江车村的村民跟来旁听，一定会觉得俞成辉是一碗水端平的，没有任何情绪上或语言上的偏差，这正是俞成辉努力追求的效果。还特意强调了大家要放下包袱、开诚布公、畅所欲言，他说："我来到这里就是为了给大家解决问题呢。你们都不要有什么顾虑，只有把想说的话都说出来，我才知道你们的委屈和想法，才知道怎么帮你们。今天，大家有理的说理，有气的撒气，有冤的诉冤。同时，大家也要尊重历史、面对现实，用实事求是的原则评价两个村子之间的矛盾……"

令人吃惊的是，两个村发生的情景宛若按脚本事先排练好似的，几乎一模一样。说起几十年的恩怨和纷争也都是满心的伤痛和满眼的泪水。这说明经过多年的苦难折磨，两村老百姓都已经感到厌倦和无法忍受了，人心向好，脱离争斗的愿望已经趋于一致，只不过内心里仍有一些这样或那样的不平衡。

天已经完全黑了下来，尼巴村的村民们还在不知疲倦地诉说。俞成辉和同来的几个人似乎也忘记了时间。等最后一个村民说完的时候已是晚上九点多钟。在座谈会的结尾，俞成辉做了一个简短的总结，说了他对尼江事件的总体评价和基本判断："源头在草山，根子在杀戮，桎梏在裁决，祸端在枉法，问题在认识，关键在方法，本质在民心，核心在发展。"同时，根据已经掌握的情况和信息提出下一步处理两村之间纠纷的基本原则："尊重历史、面对现实、实事求是，人性人本、依法依策、合情合理，上下联动、多管齐下、多措并举，统筹兼顾、分类指导、稳步推进，端正态度、改进方法、因情施策，争取群众、相信群众、依靠群众。"

对俞成辉能在如此短的时间里对尼江问题，做出如此准确的判断和条理清晰的处理原则，村民们无不感到震惊和振奋。他们凭直觉感觉到这是一个头脑清晰、能力很强的领导。当俞成辉转身道别时，已经是夜里十点多钟，看着这几个消失在夜色中的身影，村子里的人感觉到这么多年，心里从来没有这么亮堂过。

五

尼江问题是一个被两村人用仇恨之火煨熟的山芋。这一点俞成辉心里清楚得很，否则他也不会一开始就把战线拉得如此之长。如果说煨熟一个山芋要花很长时间，等它真正凉下来，同样也需要花很长时间。到底要花多长时间，他还没有把握。随着他对两村群众的深入接触，才渐渐发现，这个山芋的烫手程度，远远超出了当初的想象。因为它并不是单独暴露于空气之中的，它还通过许多明的或暗的根系连着社会的方方面面。

现在，最核心的一个问题是要让两个村的村民接受 2012 年 5 月 10 日卓尼县人民政府印发的那个文件（简称"5·10 决定"）。从 1958 年以来，围绕尼江两村的草山纠纷问题，卓尼县历任班子与两村村民协商出台了几个管理办法。每一个文件或办法出台前都是经过两村仔细磋商最后达成一致意见的，但每个办法运行一段时间后仍然会出现新的矛盾、纠纷，反反复复，几经反悔。

每次反悔都会让已经得到缓解的纷争回到原来的水平，甚至变本加厉，逐次深化和激化。

考虑历史原因和两村村民的认可程度以及历次管理办法的运行效果，"5·10决定"是最趋于合理的一个文件。这个文件的制定并不是简单地重复历史，而是以历史为依据、为基础制定的一个解决方案。除了进一步明确草山的归属权和草山的合理使用方法之外，还增加了减畜、收枪、经济扶持和依法追究历次流血、违规事件的策划者、组织者、犯罪嫌疑人等根本治乱措施。俞成辉组织州县乡三级政府和相关部门反复对这个决定进行论证、推敲，确认只有顺利执行了这个决定，尼江两村才能回归法治轨道和正常的社会运行轨道，尼江两村群众的生活后患也才能彻底根除。

这是一个很难攻克的堡垒，其难度之大不亚于战场上真实的堡垒。但不管投入多少的精力、时间和心血，不管要付出多大的耐力和代价，都必须把这个堡垒拿下来。攻坚战不行，打持久战。再不行，持久加攻坚。这不仅涉及党和政府的尊严，也涉及大多数群众的福祉。表面上看，这是草山之争，是两个村子之间的矛盾，实质上是少数人和多数人之间的利益之争。如果任少数人随心所欲地把持着尼江两村，这辆不受法治约束的"无闸之车"早晚会载着几千个群众一起冲到悬崖之下。

看透了问题的实质，俞成辉终于想到了一个不仅能把所有人都罩住，又很平和的词——大局。现在他要讲大局，讲大局的意义,讲大家如何放下私利和个人想法维护大局。这个大局,就是两村不再发生冲突,两村群众都能过上安生、太平日子;就是让村子重回社会和法治轨道;就是再也看不到群众脸上的泪水。谁不讲大局,破坏大局,谁就是两村群众的共同仇人、敌人。为了营造大局、维护大局,俞成辉成立了专门的尼江工作领导小组,把州委常委、秘书长杨武调整到卓尼担任县委书记。曾获"全国优秀信访局长"称号的刘志勇也从兰州市调到了甘南州,任甘南州信访局副局长兼车巴沟乡党委副书记。于是,形成了"尼江问题"州、县、乡、村四级联动工作机制,长年驻守车巴沟,展开持久战,针对一户户、一个个村民做工作,一个一个地转化,一尺一寸地推进,把不容易消化的"5·10决定"逐条落到实处,历史问题一项项清理,现实问题一项项解决。

在这个攻坚克难的过程中,俞成辉自己也没有当"甩手掌柜",他给自己确定的攻坚对象是村子里的重点人物、重大情况、新动向和新问题。他像一个沉着、老练的"解题高手",面对随时出现的问题,第一时间赶赴现场面对面、硬碰硬,出现一个问题解决一个,一个一个地突破,一个一个地解决。几年来,他就那么不辞辛苦、不顾安危地跑,200多公里的山路,一趟下来要3个多小时,他在几年中跑了130多个往返,仅2014年一年,他就跑了58趟。

每次到车巴沟,俞成辉都要和两村的群众见面。久而久之,他们被俞成辉的真诚所感动，被他不辞辛劳、忘我工作的精神所打动。后来，他们中的很多人就和俞成辉成了无话不谈的交心朋友，不但配合工作组推进"5·10决定"的落实工作、做群众的恩怨化解工作，遇大事还要主动和俞成辉商量。

但有时候，个别群众的不理解、阻挠甚至言语上的刺激，也会让俞成辉觉得很伤感，一种深深的无力感和无奈感也会久久地萦绕在他心里。有一天离开车巴沟已是夜里11点钟了，只有他一台车驶在车巴沟去合作市的路上，在黢黑的荒野上他睁大着眼睛静静地思考。夜深人静，四野苍茫，这应该是一个人最脆弱的时候，他从口袋里掏出手机，在记事本上写下了："苦口婆心腿跑断，心肝全被狼吃了。"这样的情形在他的工作进程中很少见，如果打个比方，也就是响晴的天空里飘过一朵乌云，瞬间的阴影一闪而过。少顷，他又把思路转到了关于尼江问题的思考和部署上来，接着写："跳出尼江看尼江，跳出草山谋发展，走出仇恨的死胡同……"

六

早上 7 点左右，俞成辉准时起床，这是他多年养成的习惯，每天最多只能睡四五个小时的觉。他2012年从省城下到甘南时，已经 50 岁了，对高原上稀薄的空气，一直无法适应。他的不适应，主要反映在失眠上，有时夜里思考点事情，就会整夜睡不着。睡不着他就接着思考，或者把白天没有做完的事情继续做完。曾有人赞美生活在高原的人，只喘着半口气，却干着一口气的活儿。其实，这话只适用于后到高原生活的人，对从小在高原长大的人来说，倒是有一点夸张。

无论如何，对俞成辉来说，每一个清晨都让他很开心，他说，他开心的理由就是又度过了一个夜晚，睁眼时发现自己还活着。活着就要开心，就要阳光灿烂，自己阳光灿烂，就要把这灿烂的阳光传递给身边的每一个人。生活很美好，明天比今天更好。

昨天夜里，临下车时秘书告诉他，他已经第 20 次单独去车巴沟了。他只在昏暗的灯光下低低地反问了一句："是吗？"他自己真的记不清去了多少次。

如果正好是 20 次的话，这一次倒是有重要意义。前天，他刚刚在兰州开完会回到家里，夜里就突然接到尼巴乡那边传来信息。说车巴沟又出事了，两村的村民又要集结闹事，约好次日早晨在扎呵高山口械斗。

　　深夜 11 点钟，俞成辉马上叫车，立即赶往车巴。赶到甘南州自己的办公室时，是凌晨 1 点多钟，他简单地收拾了一点儿必要的东西接着赶路。州公安局副局长听说他要赶到车巴沟，提议随着他一同去，被他拒绝了。这是他一贯的原则，从进车巴沟以来，他已经跑很多趟了，一个公安和武警都没带过，他认定尼江之间的矛盾只是群众之间的打架斗殴，没有必要动那么大的干戈。那么多年，警察常驻车巴沟仿佛也没有真正阻止过他们闹事，反而给他们心里留下了很大的阴影，造成了他们对干部和政府的不信任。哪有干部害怕自己的群众，这不是从情感上把自己人往敌对面上推吗？他来来往往都是单独一人，就是要给群众传递一个信息——他没对他们加以防范，他在心里把他们当成自己人。这是他做出的姿态，也是他先向群众出示了自己的信任。他坚信，你真心对他们好，他们一定有感觉、有感触。如果真的付出爱心，就连一个动物都能感觉到，都能懂得，更何况人！

　　在路上时，就有信息传来，几百名干警、几十辆警车已经布置在尼江两村之间的草山上，专等明天早晨领导的指示，保证第一时间赶到现场制止暴乱。俞成辉一听，立即火了："马上给我撤下去！坚决不能让村民们看到一个警察，我跑了这么久，好不容易把他们对我的信任建立起来，你们这么一搞全完了，村民会说是我把警察引来收拾他们的。我要自己进去……"非常了解尼江两村村民性情的乡干部认为他一个人这么闯进去很危险，所以

75

在电话里劝他坚决不要去："村民们打起仗来，哪儿管得了那么多，他们手里还有私藏的枪支，很容易出大事啊！"他们还是并不充分了解俞成辉的性格，这个从来不听邪、不怕难的人，骨子里天生了一股刚硬之气，明知山有虎，偏向虎山行。事情危急，他才不会顾及那么多呢。

凌晨4点多，俞成辉赶到江车村，立即召集江车村的老人组织开会。据乡党委书记杨世栋提供的信息，这次聚斗很可能是因为尼巴村又占据了江车村的冬牧场，主动集结的一方是江车村。由于村里的干部和青壮年人集体关机，一个人也联系不上，更不知道他们的集结地点。他要向村里的老人组织确认一些情况，还要动员他们和工作组配合，有效阻止这场聚斗。很快，老人们集合到了次正家。

老人们都感到很吃惊也很感动，新中国成立60多年，没有一个干部像俞成辉这么干。面对面跟老百姓沟通的人没有，一趟一趟不顾一切跑来的人没有，孤身一人不顾安危的人更没有。一个外地干部，年岁也不小了，在尼江既无亲无故，也无大儿小女，却像自己家出了事情一样，急急火火地，连觉都顾不上睡。再看我们自己，在自己的家里，我们都做了什么？面对俞成辉那双熬红了的眼睛和那张显得十分疲惫的脸，以及急切的神情，老人们都低下了头。

"赶紧上山去找人，再晚就怕来不及了，现在集结的队伍可能已经在路上了。"突然有个老人提醒俞成辉。问清了大概的集结地点，俞成辉拉上杨世栋转身就出了院子，告诉司机马上上山，不管有没有路，只要车能开动就一直往上开。车转下牧道之后，行走就很艰难了，有几次车差点儿翻入路边的沟里。司机有点儿不想开了，回过头用目光征求俞成辉的意见，这样太危险，搞不好要车毁人亡。

"开，尽快开！我要赶在两伙人到达山顶之前站到他们中间，他们要打就先把我打死！"

司机沉吟半晌没说出话来。接着车便像一头发疯了的公牛一样蹦跳着奔向前去。还有 500 多米的距离，车抛锚在半山腰。俞成辉开始弃车步行，4000 米左右的海拔高度，普通人走得稍微快一点就喘不上气来，一个 50 多岁的人一路小跑往山上爬，爬一会儿喘一会儿，艰难前行。走到半山时，就听到巨大的轰鸣声从两边的山头传来。俞成辉举头一看，两边各有一个摩托队，加一起差不多有四五百人。骑摩托的人个个头蒙着黑布，背着刀或棍棒。有一侧摩托队骑手们头盔上的反光，正好投射到俞成辉站立的位置，给人的感觉就是道道寒光。大约是两边的人都认出了俞成辉，他挡在中间，这仗没法打，稍过片刻，升腾起来的气焰一点点消退，两边的群众稍微安静了一些。

紧接着，工作组成员也兵分两路，一组由俞成辉负责继续做江车村村民的安抚工作，另一组负责说服尼巴村村民按照"5·10

决定"退出冬牧场。在现场，俞成辉再一次重申了稳定的重要性，教育村民要放下历史恩怨，抬起头往前看、往远看，跳出草山谋发展；也通报了州县两级政府正在为改善尼江两村村民生存环境和未来发展的规划，包括减牧补偿资金的落实情况。让村民们认识到只要妥善解决人与人、村与村和草山与畜牧之间的矛盾，尼江两村未来的前景和人们的生活才会变得更加美好。连续三天的透彻工作，使两村秩序重归"5·10决定"。山洪得控，河水入槽。直到第三天夜里12点钟，俞成辉才放心地回到合作市的公寓。

之后，俞成辉就带领工作组多措并举，统筹推进，依法惩治了报复杀人案件中的犯罪嫌疑人，使尼江两村回归法治轨道。

相关刑事案件的依法处置，对"尼江问题"的解决可以说是一个里程碑式的事件，那天，俞成辉睡了几年来难得的一个好觉，第二天一睁眼已经8点多了。黑暗、疲惫、梦幻的一个夜晚，随着新一天太阳的升起又悄无声息地过去了。俞成辉深深地舒展一下腰肢，开始考虑车巴沟下一步的走向和走法。之后的数月时间是一年多来俞成辉过得最安逸的一段时间，他每天让自己的思绪集中在车巴沟未来蓝图的描绘上。

某日，俞成辉又是在深夜一个人坐车从车巴沟回来，面对漫天星斗，他在手机的小小屏幕上记下了自己的人生感悟："天蒙蒙亮时在路上，繁星满天时还在路上。到今天，才感觉自己老去的印痕，也才发现，老的印痕就是在不断跋涉的路上所流失的芳华。生命正是因此而显露它的苍凉、深刻与美丽。一个人一台车，一台车一路情，有喜悦有悲凉，有感动也有愤慨，我们辛苦着也快乐着。自己的幸福来自人民的幸福，而人民的幸福则来自我们共产党人。当我们把自己混同于一般的时候，自己就更一般，并且你复制的一般就会成千上万，当我们向优秀看齐的时候，优秀的种子就会撒播到我们品格的土壤，你的卓越就会让一般偃旗息鼓，让优秀花开满园。虽然我们做不到最优秀，但只要我们做到最辛苦，优秀就会牵住我们的手，人民的幸福就会照耀我们的幸福……"

这段心灵独白，蕴含的信息量很大，短短的不到 300 字里，我们能体会到一个平常人内心的柔软和脆弱，也能感受到一个优秀共产党人的境界与情怀。不知道这段话让尼巴和江车两村的村民看到后会不会领会其中的甘苦，会不会为这个曾为他们呕心沥血的人而感动；可是杨世栋，这个从青春年少一直到不惑之年，把 20 多年最美好的年华都奉献于尼江纷争的基层干部，看了这段文字后却忍不住流下了泪水。谁能说得清，那一刻他心底翻腾的，到底有多少种滋味呢？

七

当涉案的几个犯罪嫌疑人投案自首的消息传来后,尼巴村的加羊东珠的心情很复杂,他知道过往的一切该彻底结束了。虽然自己的弟弟并不是这起案件的受害者,但杀人的人得到了应有的法律制裁,也代表着自己的仇怨报了。至少,受害和受冤屈的人已经有人帮他们报仇了,作为一个普通人,应该可以把一些难以承担的东西放下了。这些年,他深深体会到了把一份仇恨放在心头时的沉重和沉痛。

1999年那个悲惨的场面又一次浮现在他眼前,也许这是最后一次想起,但愿这是最后一次。

那天车巴沟的天是阴还是晴呢?后来有人说是晴天,但是在他的记忆里却是阴天,灰蒙蒙没有日光的感觉。听到弟弟出事的消息时,他还在院子里晾晒青稞。这是一个收获的季节。新婚不久的弟弟,赶着牦牛去田里收青稞。也许那个年轻人边割青稞边惦记着媳妇肚子里的孩子,再过几个月小家伙就要出生了,这个很久没有小孩子的家庭就会多很多的乐趣。

可是,那天加羊东珠在院子向远处望了很久,也没有望见弟弟驮着青稞运回家,而是等来了弟弟的死讯。当村里人慌慌张张跑来告诉他,弟弟被江车村人打死了的消息,他一点儿都不信。村子里那几个年轻人整天惹是生非,总那么没头没脑的,从他们嘴里就没听到过什么正经话。如果说他们中谁死了还有人信，弟弟从来老老实实，不招惹谁，怎么会出事？这也不是搬牧的季节，尼江两村一般是不发生冲突的。他心里虽然不信，但却和做梦一样跟着他们跑出村子。

从 1995 年开始，通往江车村的这条路就彻底断了，两村之间不再有人走动，路面上的草长到了两尺高。江车村那边的人想去卓尼县城，就得绕道几十公里，从碌曲那边走。尼巴村的人也不往江车村那边去，出自己村，走一小段路，到了农田那边就拐进了自己的田地。再往远走，大家也觉得不安全，怕遇到对面的人有麻烦。

加羊东珠随村里的人刚走到地边，就看到了那边的现场，黑乎乎的一堆，倒在地上的是一头牛。再走近些时，才看到地上还躺着一个人。这时他还是觉得不真实，还是恍惚如在梦里。但是，心里的悲痛却如浓雾般涌起，一下子挡住了他的视线，那一刻，他相信自己的弟弟真的不在人世了，心里只有疼痛，只有仇恨。他虽然并不是一个身强体壮的大汉，但身体里一阵阵涌动的力量怂恿着他想抓到仇人将他撕碎。

江车村的人，不但把弟弟打死了，把弟弟的牛也打死了，把弟弟的枪也抢走了。公安介入之后，结论是对方集体作案。县公安局的人来了几趟，问一些情况，走了之后再没有音信。村里的人都知道结果会是这样，因为从 1995 年以后，先后又死了些人，都没找到和处理凶手，这一次他们还是束手无策。加羊东珠也知道，公安处理不了尼江两村的事情，所以他也不抱什么希望。要想找回公道，只能依靠村里找到对方的杀人凶手。但村里的组织也很难找到具体的人，只知道是江车村的人，找到合适的机会和理由打死他村两个人，也就算给死者报仇了。当然，打死的很有可能是完全无辜的人。管他呢！

弟弟走后，他的孩子出生了，是一个女孩。弟弟的媳妇还很年轻，那年才 19 岁，总不能让人家一辈子守寡呀。最后只能动员弟媳改嫁，孩子留在自己身边抚养。这些年，只要一看到那个孩子，加羊东珠就会想起自己死去的弟弟；一想起弟弟就想起了多年前那个令人伤心的场景，一想起那个场景心中就涌起了仇恨。家里人和亲友们不断劝加羊东珠要放下，可是如何放下？一个男人活着什么都不承担还叫男人吗？可是，他真的感觉自己快无法承受了。仇恨之火在胸膛里燃烧时，就感受不到人生的快乐，也看不到生活的意义和未来的希望。那种没有尽头的灼烧，让人看不到任何快乐，也看不到任何光亮，压得人透不过气来。这些年之所以没有做极端的事情，就是不想让年迈的父母再失去一个儿子，也不想让自己的孩子失去父亲。

对俞成辉的到来，说实在的，开始时，加羊东珠和一些村民一样真的不欢迎。那么多年，谁都没办法的事情，到了他这里就有办法啦？很多人对俞成辉寄予很大的希望，有些人还痛哭流涕，像遇到了大救星，可加羊东珠却不那么想。他在想，什么时候这个人把自己的仇报了，再相信他不晚。但俞成辉并不提报仇的事情，天天给村民们说冤冤相报何时了，这跟放下其实是一回事。要是能放下早就放下了，凭什么要放下？一开始加羊东珠听不下去。一个小人物只对自己的事情感兴趣，听那么远的事情干吗？我们就生在尼江，为什么要跳出尼江；我们就指着草山过日子，为什么要跳出草山？

有一天俞成辉说急了，开始骂人，他骂车巴沟的人"死要面子"。这次加羊东珠不再无动于衷，他的心被刺痛了："我们是死要面子，可那不应该吗？我们为亲人报仇是件可耻的事情吗？"但是，紧接着他就没有底气了。俞成辉继续说，让人感到没面子的并不是复仇本身，而是引发仇恨的原因。就那么不值当的一点儿小事，值得你们这么多年打得头破血流、家破人亡吗？一个草场的使用权，这么多年争来争去的，草山没有多出一米，却白白搭上了人命。就为了拼抢一块"没有肉的骨头"，连命都不知道珍惜和尊重了，都不要了，难道这是一件光荣的事情吗？俞成辉的话虽然说得难听、刺耳，可是，加羊东珠这次真往心里去了，睡不着觉时想一想，还真有道理。

加羊东珠是一个不愿意服软的人，虽然心里服气嘴上也不说。直到2014年春节过后，谈起俞成辉，他嘴上才有了赞美之词："俞成辉骂人是骂人，可心软着呢，对我们真心地好着呢！"

那年要过春节的时候，村里的几个老人商量一下，觉得村民这些年过得太苦了，连个像样的春节都没有过过。现在村民都很听话，都不闹了，尤其是那些家里有人员死伤的村民，能不能协调一点经费安抚一下？俞成辉觉得这个建议很好，立即答应下来。可回头一想这钱从哪里出呢？州里和县里都没有这笔经费，一分钱也出不来。咋办呢？想办法！就是自己从腰包里掏，这个钱也得花。这里的老百姓太可怜啦，是得有人伸出温暖的手抚慰一下啦！

那几天，俞成辉苦苦地想了很多办法筹措了慰问金，他和杨世栋一起一家一家去慰问，从腊月二十七那天开始一直到腊月二十九，慰问完都夜里两点了。

慰问金发到加羊东珠的手里时，加羊东珠忍不住放声大哭了起来，边哭边说："我弟弟都死这么多年了，没有一个人来家里慰问过。别处死了一头牛还能得个几千元补偿呢，我们老百姓在械斗中死了都是白白地死。这钱是在告诉我，我弟弟的命也是命啊……"

后来，俞成辉又想方设法让两个村子1000多名村民去华西村，以及天津、兰州等地参观学习，让大家开眼界、变观念、学技能，学会"跳出尼江"。去的时候，大家也不是很愿意去。和那些冤家对头一起坐车，一起开会，一起参观心里不舒坦。可是出去到外边一看，人家都能把日子过得像天堂一样，我们还在这里彼此争斗，心一下子就开窍了。其实，两村老百姓的本意都是想把日子过好，只不过路走错了，为了过好日子反把日子毁了。回来时，大家好像都想通了，一起吃饭，一起开会，有时还给对方端个水、递个东西，都不觉得心里不舒坦了。

现在，两村人走在路上时再也不用担心被人殴打或杀害了，心里放松了，感觉活得也轻松了，再看对方村的人好像也都不是坏人了。以前最能打仗也最能挑起事端的尼巴村的"疙瘩娃"丹智才让，如今也回村里来了，不但被重新选上了村主任，还自己开了一个什么经济开发中心，带领村里人去致富了。也正是因为他首先把自己的牛羊卖掉带领大家走出村子去创业致富，大家才对他刮目相看。他现在的公司里，不仅吸收了尼巴村的人入股，还吸纳不少江车村的人入股。人家那些能人都成合伙人了，普通老百姓还何苦彼此过不去呢？人们的目光和心思都转了。那天，听村子里的丹智扎西说，"疙瘩娃"最近看上了一个江车村的姑娘，张罗要给儿子说到家里当媳妇儿呢。

有一段时间，村民们又开始情绪波动了，他们听说俞成辉要走了，于是就到处打听消息是真是假。见到村干部也问，见到乡里的杨书记也问："俞成辉要走了吗？他走了，我们又没人管了，那咋办？要不你代表我们到县里说一说，不要让俞成辉走啊。"这时江车村的支部书记道吉仁钦也跟着火上浇油："俞成辉是我们心里的活菩萨呀，刚把我们从水深火热里救出来，他一走怕是又回去了……"说着说着还流了泪。看他们惊慌失措的表情，听了他们天真的想法，杨世栋笑了，但还是满口答应着。俞成辉走不走又不是县里说了算，和县里说有什么用？不过，杨世栋还真去县里把群众的意见很正式地做了汇报，县里例行公事也向州里表达了群众的意愿。他们想的是："万一起作用呢？"

后来，俞成辉果然没走，不但没走，还从副书记变成了书记，大家心里很高兴；杨世栋也从乡里调到县上去当统战部部长，但仍然"包"着这两个村子，村民心里也很高兴。村民们心地纯朴、实在，一高兴就直接对杨世栋说："今后，你和俞成辉说咋干我们就咋干！"俞成辉在甘南发动"环境革命"和小康村建设时，尼江两个村子是最积极响应的。新房子还没有建起来的时候，村里的人就开始天天搞卫生，把破房子、土院子打扫得干干净净；公家帮助他们把新房子建起来后，每天打扫得更起劲了，什么时候看都是一尘不染的样子。

加羊东珠是个认真的人，别人家打扫卫生仅限于在村子里和屋子里，他就收拾到了放牧点，夏牧场、冬窝子都收拾得利利索索。不但日用的东西摆放整齐、好看，牛圈也天天打扫得干干净净。湿的牛粪堆成一堆，粪堆方方正正；干的牛粪也码成一个垛，规规矩矩。

偶尔，杨世栋会到村里或牧点检查工作，赶上加羊东珠在收拾院子，就远远地和他开玩笑："我说东珠，你要歇歇呢，不用那么不停地打扫嘛！"

　　这时，加羊东珠会郑重地抬起头对杨世栋说："哎，说啥呢？俞成辉说要无垃圾，我们就得打扫，打扫干净了人真的舒坦了呢。下次你见到俞成辉给他捎个信，就说我真的转变了呢，往后就是他让我去打仗我也不去，我要认真过日子呢！"

第三章

大道至简

一

　　出郎木寺镇，沿白龙江的岸边向西，行两公里就到了才加布的草场边缘。如果继续往下走，几公里的路程就到了白龙江的源头。那里有三眼清澈的泉水，汇集后开启了白龙江远去的行程。才加布每年都要到那里去看一看，有时是怀着朝圣的心情，有时是怀着亲切、依恋的心情。村子里的人或这一代的藏民都把这几眼清泉当作吉祥之物，因为它们不仅是一条河流的源头，也是这一带草原上万物的生命之源。

很多年来，才加布和他的牛羊们差不多每天都走在这段路上，风雨无阻，雷打不动。

这里的一切，亘古以来似乎就那么简单，简单而直接，简单而恒定。就像永远向着一个方向流淌的白龙江，就像无形也无声的岁月，就像永远由东向西地划过天空的太阳，就像草原上永远重演着青而又黄的草……就那么一个简单的动作或一段不变的行程，不断地重复，再重复。才加布就在这种不断重复的节奏里，感受着生命、日子、自然和宇宙的流淌或律动。有些时候，他走着走着就感觉自己已经完全消融在草原的风里，成了一个简单而不断重复的事物，如一缕身不由己的风。

这里的一切，似乎又因为简单、恒定而显得有些神圣。

太阳高悬在天空，从 45 亿年前一直到现在，它只是在照耀，若不是夜色和乌云的遮挡，它就会不停地照耀；由于阳光不断地照耀，河水、树木、庄稼和小草都获得了充足的能量，不断把无色无形的光转化成有色有形的植物，红的、绿的、黄的、紫的……

河水受到了阳光的照射和激发，就在流淌中不断地向天空散发出水汽，于是天空里就有云凝结起来。云腾致雨，又有雨水洒向草原。草因为阳光和雨水的缘故，就会青青嫩嫩地不断生长，若不是被动物的牙齿、锋利的刀以及比刀还锋利的秋风收割，它们也许会不停地长下去。

而牛羊们却总是在埋着头一个劲儿地吃草，咀嚼。如果不是睡眠捏紧了它们的嘴巴或某一把屠刀收割了它们那口咀嚼的牙齿，它们就会一直咀嚼下去。因为有牛羊不停咀嚼，牧民们才有了锅里的肉和口袋里的钱，以及一天天饱满起来的日子……

如果，草原上的所有事物永远没有变化，这世界就永远都是从前的样子，人的心也就不会被浮躁、焦虑和恐惧笼罩。如果，河流不是变得细小、干涸，天空就不会没有云彩，草原上就不会没有雨水，草也就不会因为干旱而停止生长。如果不是人一天比一天多，就不会多出来这么多牛羊；如果没有牛羊数量的增加，草就不会一天矮过一天……

其实，一切都是在不断变化的，只是才加布不知道变化是从什么时候开始的，又是从哪里开始的。

才加布虽然并没有念过很多书，不懂得太多的理论，但他却知道简单的事情往往是最有力量的。有时，就是多了一个或少了一个简单的动作，一切都会变得和从前不一样。因为牛羊一个不断咀嚼的动作，因为人们一个挥舞手臂不断向草原丢弃垃圾的动作，因为那些蜂拥而至的外来客一个不断挖掘的动作，草原就变得千疮百孔，不美也不好了。结果，咀嚼的也进行不下去了，挖掘的也没有动力了，挥手的也没有兴致了。

从 2016 年起，才加布就意识到，再这样下去，高原上的一切都将被败坏掉，草山再不是草山，河流再不是河流。想来想去，他决定要让那些有害的动作或行为停止下来，或在他自己的草原上消失。虽然他的脑子里还没有建立起一个生态体系的概念，不知道宇宙、星系、日月之间有一个宇宙生态体系，山水草木、万物之间有一个自然生态体系，人类社会也有观念、行为、习惯而构成的文明生态体系；更不知道几个体系各按自己的规律或"道"在运行，彼此之间又相互作用、相互支撑、相互制衡，在动态中维持着某种水平，维持着某种状态的兼容和平衡。但他心里总有自己简单的信仰和对自然的敬畏，知道自己什么时候应该做什么。白龙江源头近在咫尺，眼看着情况在一天天变坏，唯一正确的选择，可能就是该收手时就收手。否则，一旦白龙江要清算人类的罪过，便没有人能担得起那么重的罪责。

人不能决定天上下什么、地上长什么，但总能决定和控制自己的所作所为吧。那时，也正好赶上州里和县里都动员牧民们根据草畜平衡情况适当减畜。他就顺势来了一个大动作，把自己家所有的牲畜全部卖掉，用卖牲畜的资金买一台卡车跑运输，把家里 900 亩草场腾出来，租给草畜关系比较紧张的本村牧户。他这样的举动，一方面是自觉和自律的体现，另一方面也是有意为其他人做一个示范，他是要用自己的实际行动做出保护白龙江源头的表率。

2016 年，才加布还是村主任。卖完自己家的牛羊之后，他就组织村里的村民代表和老人一起研究修改村规民约。村规民约事无巨细，有一些条款是从很久以前传承至今的。凡规约必会触及一部分人的利益、生活习惯和文化，要修改并非易事。但时代变了，自然环境也变了，有些规约接受或不接受要比较结果，把能看到或能预见的结果摆在那里供大家选择。村民代表们可以从个人的角度出发行使自己的权利，但才加布心里有数，最后的决定也要少数服从多数。讨论的结果，与其说是遂了才加布内心之愿，不如说内外部环境使然，人心所向。

让人感到欣慰的是，最重要的几条都是关于白龙江源头的这片自然山水。其中有每户村民必须按上级要求的标准控制自己的畜养数量；选择其他从业方式的村民必须将草场租给本村牧民，不允许向外租赁；禁止外来人员进入本村草场挖虫草，挖藏药；本村村民采挖期也不允许超过一个月；村里成立志愿者服务队，定期清理村子、郎木寺和白龙江河道里的各种垃圾；依照村规民约，监督、制止外来人员破坏周边环境……

这个村规民约，才加布自己也清楚，村民代表们也清楚，有那么一点儿拿才加布"开刀"的意思。村子里只有少数人彻底停牧，在大家纷纷减畜的情况下，草场是没有人租或租不上价钱的；又不让挖虫草和药材，偌大的一片草场就不会给主人带来什么收益了。但对才加布来说，经济利益上无所谓。他不是不需要钱，而是不需要在这片风水之地上榨取钱财。只要大家理解自己的意愿和想法就好，以后再要求别人时，就能张开嘴了。

做完这些他还嫌不够，回到家里又借着家人回家过节的机会，给家里人开了一个非正规会议。跟家人明确："今后，凡才加布家里的人，一律不允许到山上去挖虫草和药材，凡违反的就……"他说到这里之后发现有点儿不对头，家里又不是村里，咋又拿出村主任的样子？但妻子和几个子女都理解，答应他不去山上乱挖。才加布家里的人口结构是这样的：大儿子和儿媳在外工作，小儿子在外读书，二儿子念完书在家里待业。牛羊卖掉之后，妻子在家里当专业的厨师长和保洁员，为了让他的心愿实现得更加完美，妻子和二儿子决定立即参加村里的志愿者服务队，有时间就跟村里的人去捡垃圾，配合州县开展"全域无垃圾"活动。

虽然牛羊不在了，有时间才加布还是要去牧场看一看。那么一大片草原竟然属于自己，他经常因此而感到很欣喜。他有时也想，或者它不属于自己，但它就那么好好地存在着，宛如绿色的绸缎覆满山岗，绿茵上还到处闪耀着美丽的花朵，看一看，心就踏实、舒坦。让他感到惊奇的是，仅仅几年的时间，不但草原恢复得和以前一样，浓密而生机勃勃，白龙江也变得水量丰沛和更加清澈了。特别是那三眼已经奄奄一息的泉水，不知道从哪里又生出来那么多水，完全是一副没有穷尽的样子，一泻千里、不舍昼夜地汩汩流淌。真是奇妙啊！这一切都是如何做到，如何成就的呢?

难道就是因为牛羊离开了草原?历史上也一直有牛羊的呀!即便牛羊离去,草会在几年之内长起来,总不至于连气候也变好吧?要么是这几年人们搞"环境革命"捡垃圾、清理河道的原因?就算是这个原因,白龙江河道里的水变得干净,却总不至于把最上游的泉水也整旺盛了吧?关于这个问题,才加布想了很久,他甚至想到了人的愿力。世界上的很多事情,看似很复杂,但有时一点儿都不复杂,只要人把事情做对了,根本不需要知道为什么,希望什么也就有了什么结果。比如,只要把一粒种子埋进温暖、湿润的土壤里,它就会发芽、吐叶、开花、结果。谁知道是什么把沉睡的生命唤醒的?

草原山的这一切,又有谁能说得清都是靠什么成就的?才加布想了很久似乎也没有想明白这些事情,他索性就不再去想。也许,很多看起来非常复杂的事情,原本的成因却非常简单;很多听起来非常深奥的道理,原本却来自没有道理。想不通,索性就不想了。

二

不要说一个没念过几天书的普通牧民，就是一些受过系统教育、当过很多年干部的人，在思考、判断一些看似简单的事情时，也经常想不明白或误判。想不明白，不是因为他们智商低或知识体系有缺陷，而是因为他们总缺少一种时间的关照以及和时间一样抽象的精神关照。他们只知道一生二、二生三，但并不知道三生万物，他们并不相信时间可以把"有"变成"无"，也可以把"无"变成"有"，不相信时间这个魔法师的神奇和伟大。什么叫久久为功？比如一个点，只有依靠时间为它构建一段行程，它才能成为一条起伏波动的曲线；比如一个平面，只有依靠时间为它营建一个高度，它才能够拥有可以容纳、可以承载诸般事物的体量。

在甘南州提出开展"全域无垃圾"概念时，很多人，包括有相当工作经验的干部从内心里不认同，认为这是一项小之又小、低之又低，并没有多大意义的工作。他们当时还看不到这项工作的意义，且别说什么重大意义。俞成辉倒是心里清楚，但不能说得太多，说得简单他们都不相信，说多了就更不相信了。工作做起来之后，随着时间的推移，相信他们自然能够感悟得到或体会得到。所以在开动员大会时，他只重重地讲了一句："三年或五年后，你们再看会是什么结果。"他讲这话的时候，表情十分坚毅，充满了挑战的意味，仿佛他不是在对着具体的人，而是对着甘南的历史打一个胜算在握的赌："信不信我能做到，做出成效？"

2012 年 11 月底，俞成辉从兰州调到甘南州任副书记。客观地说，当时的甘南州，面临着历史上积压下来的诸多问题，错综复杂。作为州委副书记只能按照职责分工，在众多的问题中寻找解决具体问题的办法。而所有的问题要想彻底解决都要牵涉整个行政体系、人文生态体系和自然生态体系。这就很自然地引发他对甘南州历史的与现实的、自然的与人文的禀赋予以全面观察、思考、分析、判断，这正为他数年后担任州委书记抓全面工作打下了坚实的思想基础。

他到甘南后，遇到的第一个不容回避的问题，就是甘南的环境卫生问题。在省城工作时，虽然对甘南环境的脏、乱、差有所耳闻，但偶尔的匆匆来去并没有太深的感触。在他真正需要在甘南长期工作、生活时，才体会到什么是不可容忍之脏、之乱、之差。甘南的卫生环境差，有其客观的历史原因。因为海拔比较高，自然环境比较严酷，长期延续的游牧生活方式，使牧民们有着随地大小便和随地乱丢、乱扔、乱排、乱倒、乱焚、乱烧、乱砍、乱伐的生活惯性。这一块暂且不说。只说作为甘南州首府的合作市，当时也是垃圾满街，有时去街边的小饭店吃个饭都需要从垃圾堆中穿行。如果赶上夏季就更糟糕，苍蝇横飞，酸气、臭气弥漫……给人的感觉是垃圾经年累月沉积下来，就一直放在那里，从来没有处理过。当有外地的客人来州里，带着疑问的目光看他一眼时，他作为州里的领导就觉得脸面挂不住，无处躲藏。那时，他就暗暗地下决心："将来如果有机会让我来管这个州，一定先把甘南州这个'脏'字从人们的印象中抹掉。"

　　另一个问题是自然生态的问题。由于甘南地处青藏高原和黄土高原的接合部，处于以秦岭、淮河为界的南北方接合部、藏文化和汉文化的结合部、农业文明和牧业文明的结合部和长江文明和黄河文明的交汇点。黄河、长江支流、洮河、大夏河四大水系以及众多支流构成了区内纵横交错的密集水网和美丽的风景。独特的地理位置和独特的地质、地貌和人文内涵，决定了它绝世的天资和禀赋，上天赐予了它一张风姿绰约、仪态万方的美丽的"脸"，也赐予了它深厚隽永、千回百转的文化内涵。可惜的是，几大河流域的乱砍、滥伐、滥挖已经造成了沿岸生态的严重破坏；一些河道尤其是靠近城市和乡村的河道里，垃圾堆得一层又一层；沿岸被各种各样的挖沙人经年累月挖掘得"狼牙锯齿"、大坑连小坑；部分草原严重退化，如高原上难以治愈的"牛皮癣"。可怜一张俊俏的脸，被搞得伤痕道道、黑斑重叠、泥污累累。怎么才能让它愁容变成笑脸？怎么才能让它露出泥污里埋藏的俏丽？怎么才能让它对世界笑出万种风情？

　　还有稳定的问题。由于境外组织通过各种手段对信教民众进行策动和渗透，制造矛盾，一些干部因为缺乏群众工作经验，没有充分理由不敢轻易进村、入户、进寺院，怕引起意外的摩擦和矛盾。如此，又进一步造成干群之间的隔阂。如何和群众建立紧密联系，如何让老百姓对干部、对党和政府信任成为做好一切工作的关键，甚至可以说是关键的关键。当时全国的"脱贫攻坚"还没有深度展开，通过什么工作才能让干部走进千家万户？通过什么才能让群众感受到党和国家给予他们的关心和关怀、恩情和雨露？通过什么才能让群众看清事实真相呢？

还有甘南部分干部的自负和惰性的问题。受传统观念的影响，个别干部动嘴多动手少，甚至不愿动手，沉迷于自我封闭，陶醉于自我欣赏。一方面很自负，一方面又很自卑。只要离开甘南，到兰州去，到全国其他地方去，因为语言、观念、见识、形象的关系，以及甘南在外地人心里的印象问题，他们又深感自卑。"世界很精彩，原来是你们的，不是我们的！"那时候，连好多省上来甘南办事的干部，都想办法转到临夏去住，嫌甘南脏乱、落后，嫌甘南住得差、吃得差。现在的问题是要考虑，通过什么让甘南的干部改掉陈腐的观念和陋习？又通过什么让他们奋发努力把丢失在外边的自信找回来？如何让每一个甘南人都获得作为甘南人的归属感、幸福感和荣誉感？

围绕甘南的地域性格、自然禀赋和人文条件，俞成辉进行了一段认真而深刻的思考，他要在最短的时间内找到甘南发展的抓手和稳定的关键点。经过长时间的苦思冥想，反反复复论证、推敲，他终于在自然生态系统和人文生态系统之间，在生活和工作之间，在精神和物质之间，在行动和文化之间，在过去和未来之间，在青山绿水和金山银山之间，找到了一个小小的但坚固的结合点。在甘南州开展"全域无垃圾"活动，通过一场持之以恒、轰轰烈烈的"环境革命"，"打破一个甘南很脏的咒语，创造一个甘南无垃圾的神话"。

当俞成辉将"全域无垃圾"作为"发展之举、稳定之策、民生之计、小康之道"公之于众时，短时间内就传来了很多质疑的声音——

"简直异想天开，在甘南，你怎么可能做到？"

"我们堂堂的一个国家干部又不是保洁工，凭什么要我们也去捡垃圾？"

"还要不要干一点儿正事啦？"

"不抓发展捡垃圾，就是作秀！"

……

俞成辉当时没有急于提及和部署隐在"全域无垃圾"背后的那些工作，是因为还没有走到那一步。"全域无垃圾"只是一个小小的门，只有迈出第一步，入了这个门之后，才可以讨论门里的事情。先易后难，先小后大，由浅入深，是办好这件事情必须遵循的策略。面对种种质疑的声音，他既没有反驳，也没有解释，而是要甘南的干部们一个表态。

"垃圾应不应该捡？"俞成辉问手下的机关干部，问各县市的班子成员，问寺院里的僧人，问普通的牧民群众。

"应该！"面对满眼躲都躲不开的垃圾，没有人好意思说不应该。

"这么简单的一件事情，我们有能力完成吧？"俞成辉接着问。

"能！"每个人都很有数，这个连五岁孩子都能完成的事情，怎么敢说不能，连捡个垃圾都不能，还能干什么呢？

"能带头弯下这个腰吗？"俞成辉继续逼问甘南的干部。

"……"很多干部不敢直接回答。

这就是问题的关键。他们不敢回答，俞成辉替他们回答："必须能，我们每一个干部都要亲自带头去做。捡个垃圾，举手之劳，俯拾即是，连这个都不能，就说明你对工作没有起码的真诚和担当，何谈责任和使命？连这么简单的事情都不能干的人，还能指望他干什么事，能干成什么大事？不要认为捡垃圾是件低级和简单的事，它也是天底下最难的事，不信你就弯下腰试试，你自己，包括与你有关的其他事情，一切变化都会一点点显现出来。"

俞成辉向干部们要的就是这个弯腰的动作。一开始，这可能只是一种仪式、一种态度，但只要假以时日，有一天它将成为一种观念、一种意识、一种习惯和文化。干部们只有真心诚意地弯下腰去，才能把心里的骄奢之气除尽，才会怀着谦卑和敬畏之心对下属、对群众、对事业、对工作；人类只有真心诚意地弯下腰去，才能够把内心的贪婪清除，才会怀着一颗谦卑、真诚和敬畏之心对自然、对山水、对同类、对其他物种。这些话，他不仅说给别人，也说给自己；不仅是对别人的要求，也是对自己的要求。

他知道甘南干部们的性情和风格，也知道改变的难度，为了把事情推动起来，只能身体力行，做出示范。要让那些瞧不起这个捡垃圾的干部看看，州委书记都在干什么。每周五，雷打不动，他都要坚持带领机关干部去捡垃圾。清理道路，打扫广场，擦人行道上的方砖，捡烟蒂……发现仍然有一些干部在观望和躲闪，他就在大会上问他手下的甘南干部们："你们是甘南人还是我是甘南人？甘南是你们的还是我的？你们年龄大还是我年龄大？是你们忙还是我忙？话说丑一点，为了甘南美好的明天，我州委书记每个周末都要抽出半天时间搞卫生，你们不出来、不行动是啥理由？"

俞成辉心里清楚，在甘南开展一场前所未有的"环境革命"，自己必须既是策划者也是推动者，同时还要是执行者。特别是在初始阶段，就要像一台不能停转的发动机一样，盯住干，领着干，亲自干，否则随时都有偃旗息鼓、半途而废的可能。庄严和笑柄之间，只有一步之遥。甘南的生态，就决定了甘南的生死，想发展，想蝶变，不管付出多大代价，这第一关都要过去，过好。不付出伤筋动骨之痛，就难求脱胎换骨之变。对各县市的一把手，他也提出了和对自己一样的要求，亲自抓，亲自管，亲自干。

当时玛曲县的一位主要领导见到俞成辉讲了一些自己的困难："您看，领导，我们县卫生排名总在后边，这也是有客观原因的。我们玛曲面积大得很，却只有5万多人，游客也多，做到全域无垃圾真难啊！"俞成辉看了看他，也没有多说，只说了一句："一个干部，当他心里有垃圾、能容得下垃圾时，他的管区内就会有垃圾！"那位领导就觉得再也无话可说。过后，很多干部在私底下议论："你看平时俞成辉态度平和，关键时刻说话不饶人啊，嘴黑着呢！他在公开场合说呢，哪个县有垃圾，哪个县的县委书记就是垃圾。"显然，这是一种误传，但俞成辉只是笑了笑，不置可否。如果各县的领导们都是这样的认识，倒也能起到自我加压的正向作用。

就这样，一场"环境革命"开始像看不见的潮水一样，舒缓但坚定地在向前推进，先主城区后城市边缘，先城里后城外，先城市后乡村……俞成辉对全州提出的环境治理标准，已经不仅限于一般意义的环境卫生，而是要"垃圾不落地，污垢不上墙，道路无坑洼，网线不遮眼，一天一变样"。而在覆盖面和工作标准上则是"草原湖泊一个样，山川河流一个样，城市乡村一个样，房前屋后一个样，室内室外一个样，白天晚上一个样"。

其间，他向所有的干部提出"每天满负荷，每刻不空转"，而在实际运转中，首先是他本人做到了这一点。回首甘南这8年多的工作时间，他所乘坐的车平均每年要在路上跑12万公里，他每天工作至少 12 个小时，他没有在车上睡过一次觉。很多人感觉有点不可思议，但他知道内在的原因，是那些事情在后面追着他，让他不敢停下来。特别是开展"环境革命"这几年，不管走到哪里，他从来都是"路过、不错过"，在城市，在乡村，在牧户，在车上，他要随时发现问题，随时拿起电话指导、督促、部署工作。

三

谈甘南的事业，谈"环境革命"，俞成辉每次都会充满自豪感地提一提甘南州的四大班子，党委、政府、人大、政协。他说："人合手，马合套，心往一处想，劲儿往一处使，这是我们能干成大事的关键……"

而州长赵凌云在谈起班子团结的事情时，兴致更高，讲得也更生动。他直接就从俞成辉的说法里抽出了一个典故——马合套。

初听起来，马合套就是用同拉一辆车的四匹马来比喻四大班子，感觉很土，很像是从前农业时代的事情；但赵凌云不这样认为，他认为这是一个更加古老也更有文化的典故。

"驷马难追的成语你知道吧？其中的驷马可不是普通的马呢，是拉战车冲锋陷阵的，或拉一些重要的人物干重要的事情呢！"

拉车的马也好，马拉的车也好，反正都是指的四匹马拉着一挂车向前跑的那个事情。至于拉着什么，似乎也不那么重要。拉什么不都是拉吗，就是打个比方而已。拉一车谷物或拉一车金银或拉一个战将，原则上都是必要的或重要的，笼统地说，都叫作事业。但赵州长的心情是可以理解的，他对一起干事情的这些事业伙伴在心里珍惜着呢！对正在干的事情也重视着呢！所以故意要把事情说得美一些，庄严、神圣一些。其实，人在情感上有偏重时，从每一处细枝末节上都能流露出来。

讲配合，驷马确实是一个很贴切也很生动的比喻。现代的年轻人已经不知道古代的马车是什么样子啦。所谓的驷或驷马一般就是指同驾一车之四马。驷马的排列，一般是这样的：有一匹马驾辕，位置在车辕里边，掌控着车的总体平衡和前进方向，同时也要使尽全身的力气与其他几匹马配合共同把车向前拉。其他三匹马排在辕马的前边。在正前方对着辕马位置的那匹马叫"传套"，大约有力量和方向传导的意思，它是辕马最重要的助手或帮手。由于它在其他两匹马的中间，对其他两匹马的走向和状态发挥直接的影响作用。在"传套"左手的那匹马叫"里套"，除了要与其他马匹合力拉车之外，当车需要左转时，需要它首先转向，起引导作用；在"传套"右手的那匹马叫"外套"，除了要与其他马匹合力拉车之外，当车需要右转时，需要它首先转向右边，起向右引导作用。

　　好的组合几匹马配合得十分默契，像心有灵犀一样，启、停、前、后、左、右行走顺畅、自如。需要爬坡或冲出泥潭时，只要辕马一加力量，其他几匹马知道到了关键时刻，立即四蹄紧扣地面，浑身每一块肌肉绷紧，拼着劲儿地往前拉，站在远处都能看到它们筋肉的颤动，汗水从颈项上流下来。如果需要刹车时，辕马向后倒，其他几匹马立即停止前行。也有配合不默契的，那就需要驭手不断地挥舞着鞭子，抽这个一下，打那个一下，跌跌撞撞地往前走。

　　如果按照驷马的职责分工和工作标准来衡量，甘南的四大班子及其主要负责人的工作状态和业绩等级都可以评为优。俞成辉处在辕马的位置，不但准确地把握了甘南的发展方向和资源的合理调配平衡，而且凡事恪尽职守、亲力亲为、率先垂范，团结和带领甘南的干部群众创造了雪域高原上一个个发展传奇。赵凌云这个出色的"传套"以及人大主任扎西草、政协主席徐强两个"边套"，则在落实党委的统一决策和部署上，表现出了超强的执行力，不但出色履行了自己的职责，创造出了优异的成绩，而且依托自己长期在涉藏地区生活、工作的经验，主动参与、积极谋划，在稳定发展生态、文化、宗教和立法保障等方面，为党委的一系列决策发挥了重要的参谋助手作用。

　　当初，自俞成辉一提出创建全域旅游无垃圾示范区的想法时，就得到了赵凌云的积极响应，两个人几乎不谋而合。两个人的想法之所以能够在瞬间同步并发生共振，与他们面对甘南的历史和现实都有过深刻的思考有关。早在赵凌云任迭部县县长和县委书记期间，就对生态文明建设和绿色发展有了一个基本的研究判断和谋划定位，并在迭部率先搞起了"绿色"实验田，组织实施了一系列生态文明建设和绿色转型发展的有效举措，探索总结了许多有益的工作经验，奠定了他的认识基础、思想基础和实践基础。

在赵凌云担任县委书记之前的几十年里，迭部县作为林业大县，凭借森林资源优势，长期伐木砍树，为国家发展提供了大量的木材资源，获得了较好的经济利益。1998年长江洪水之后，国家下达了"禁伐令"，启动了"天然林保护工程"。这就让靠牺牲自然资源维持生计的迭部失去了发展方向和经济支撑点。发展工业？几乎没有工业基础；发展农业？土地资源十分有限；发展牧业？无处寻找充足的牧场。现实的困境逼着这个迭部的当家人要在无路可走的处境中，找到一条可行的出路。

在思考迭部如何走出困境、突出重围时，他很快就从迭部难以破解的困局中跳出来，以更高更远的视角和突破创新的思维，为迭部勾勒出一幅线条清晰的发展前景。原来，他在历史中发现了解决现实问题的灵感和途径。

1935年9月，即将完成二万五千里长征的中国工农红军抵达迭部，在迭部县的达拉沟的高杰村（当时红军翻译为"俄界"）召开了历史上著名的"俄界会议"，决定从这里北上进入陕北。

当时，党中央和中央红军面对的形势极为严峻。外部，为了防堵红军的大会合，蒋介石在甘肃境内设置了松潘至腊子口，天水至陇西、临洮，静宁至会宁，隆德、平凉至固原等数条封锁线，二三十万人。内部，党中央率领一、三军团北上后，张国焘却强令四方面军掉头南下。一、四方面军各处南北，失去了相互配合的可能性，一方面军势单力薄，形势十分不利，一时陷入了极大的困境和险境之中。为了围堵红军，甘肃省军阀国民党陆军新编第十四师师长鲁大昌奉蒋介石之命在此设防围堵。鲁大昌在这里设了两道防线，第一道防线设在小木桥的后面，在东山坡上修筑了坚固的碉堡群和三角形封锁工事，往后是纵深工事。第二道防线在小木桥后 1 公里处的朱立沟。东面突出的山腰上也修筑了几个大的碉堡，重火力居高临下，控制着隘口。红军如若不能尽快突围，就会面临三面合围、全军覆没的危险。必须拿下"天险腊子口"！冲破这一关就是生，冲不破就是死，这是生死存亡的关键。从 9 月 16 日上午到 17 日清晨，通过一个昼夜的殊死战斗，红军夺取了"天险腊子口"，绝境中闯出了一条生路，出朱立沟前往哈达铺，顺利出甘，抵达陕北。由此，历史遗留给迭部的"长征精神"诞生，那就是不畏艰险、突围困境的精神。

　　时代远去，当历史进入了一个崭新阶段，迭部人遇到了新的困境。认真审视迭部的历史和现实的资源，赵凌云发现迭部并非一无所长，他发现迭部有两大宝贵的发展资源，一是伟大的"长征精神",这是最珍贵的红色历史文化资源,二是绿水青山,这是不可替代的绿色生态资源,如果把这两个资源有机地结合在一起,迭部必将进入一个崭新的发展阶段。经过深入的调查研究和科学论证之后,赵凌云提出了"红绿结合、以红带绿"的文旅发展方针。

为了构建产业发展格局,实现产业转型升级发展,赵凌云把握迭部发展的阶段性特征和发展中的主要矛盾,充分考虑和调动各类发展要素,进一步观大局审大势,结合中央提出的生态文明建设要求,对迭部发展思路作进一步的调整完善和靶向定位,提出了以生态文明建设为统揽,以绿色发展为主题主线,促进经济社会全面转型升级的总体发展思路。同时,号召广大干部群众"打破常规谋发展,敢为人先创伟业"。为了让这些发展思路细化、实化、具体化、科学化,赵凌云决定邀请国内生态学领域的重要学者、专家来迭部,向学界智库寻求智力支持和理论指导,为迭部绿色发展把脉问诊。同时,经过多方努力和精心策划筹备,由中国生态学学会和甘南州委州政府联合主办,由迭部县委县政府承办的"首届中国生态文明腊子口论坛"于 2009 年 8 月在迭部腊子口胜利召开,并在腊子口发布了《绿色长征宣言》,启动了"绿色长征",使腊子口由"红色长征"的转折地成为"绿色长征"的起步点,并产生了重大而深远的影响。至 2020 年,"中国生态文明腊子口论坛"已经连续举办十一届,成为全国著名的生态文明学术论坛。

通过腊子口论坛的成功举办，为迭部开展生态文明建设和加快绿色转型发展进行了大胆的理论探索和实践创新，形成了一大批可鉴可行的理论成果和实践模式，产生了较好的经济效益、社会效益、生态效益，增强了干部群众的发展信心和干劲。由此，迭部县"培育生态产业、发展生态经济、建设生态文明、实现绿色崛起"以及"培育文旅首位产业、促进发展转型升级"等一系列发展思路逐步成形见效。

2007 年 7 月，赵凌云还在迭部任县委副书记、县长期间，盛情邀请著名作家雷达到迭部采风。迭部之行，雷达被迭部迷人的风光迷住了、感染了，回去后写出了他的散文名篇《天上的扎尕那》。从此后，扎尕那在全国声名大振，不久便成了人人向往的风光胜地，为迭部旅游发展步入快车道发挥了引领带动作用。

俞成辉提出"全域无垃圾"的工作部署之后，两个人之所以能够珠联璧合，配合如此密切、默契，与他们思想基础和眼界、胸怀都有直接的关系。虽然两个人的起步点不同、工作场域不同、工作的切入点不同，但绿色发展的核心思想是高度一致的，对推动甘南未来发展的急迫心情是一样的，一些重要的工作策略和工作方法也是一样的。

赵凌云与俞成辉的默契，不仅仅表现在州长每周随书记一起上街捡垃圾，也不仅表现在意见一致和精诚团结上，更表现在党政的深度融合上,工作的不断创新和无缝衔接上。俞成辉刚刚提出甘南要"打造环境革命升级版、抢占绿色崛起制高点",赵凌云就马上安排部署工作推进措施,按照俞成辉将环境整治领域大幅度放大——由地面向立面延伸、由城镇向农牧村延伸、由河岸向河道延伸、由山脚向山顶延伸、由公路沿线向草原腹地延伸、由清理垃圾向恢复植被延伸、由房前屋后向窗台、炕台、灶台、炉台和庭院、厕所、圈舍、柴房延伸的工作要求,狠抓落地落实。"环境革命"使甘南城乡面貌发生了历史性巨变,实现了甘南的华丽转身。为了贯彻落实习近平总书记"两山论",坚持绿色发展不动摇,整个甘南州5年间没有增加一座水电站,没有审批一个金矿,既维护了国家生态安全屏障,又实现了绿色可持续发展。

从 2015 年开始,赵凌云围绕脱贫攻坚和全面建成小康社会的奋斗目标,对甘南的发展形势进行了系统调研和认真分析、评估。他认为,要实现甘南脱贫摘帽和全面建成小康社会,最大的难点和短板在广大农牧村。由于甘南地广人稀,村落分散,国家安排到农牧村的投资项目几乎都是以行政村为单位,覆盖不了绝大多数自然村,而自然村基础设施和公共服务欠账很大,即使有这方面的投资项目,也是搞平均主义,撒胡椒面,实际成效很难显现。

如何尽快解决这一难题,补齐农牧村发展短板,让广大农牧民群众最大限度地享受改革发展成果?赵凌云立足甘南州实际,统筹发展全局，大胆探索创新涉藏地区农牧村新发展模式，创造性地提出了以自然村为单元，建设生态文明小康村的构想。即以生态文明建设指标为统揽，融合社会主义新农村、美丽乡村、旅游专业村、脱贫致富村目标要求，形成甘南生态文明小康村建设的目标体系，实施生态人居、生态经济、生态环境、生态文化四大工程。按照总体规划、分步建设的思路，整合各个渠道的涉农项目和资金，集中投入各个自然村，一揽子解决基础设施不完善、村容村貌脏乱差、农牧民增收渠道窄、公共服务和社会保障不到位等问题，并提出了先试点示范、后总结推广的原则。这一构想得到了俞成辉的赞同。经州委常委会议研究，成立了州协调推进领导小组，由州委书记任领导小组组长。至此，生态文明小康村建设作为全州重大战略决策迅速投入了实践。领导小组第一时间主持制定了《甘南藏族自治州生态文明小康村建设规划》，各县市依照规划全面启动了生态文明小康村建设工作。"十三五"期间，这个规划在甘南得到了有效落实和充分验证。生态文明小康村建设成为甘肃省改革开放四十年推荐到国家被唯一采用的典型案例，得到了国家层面的宣传推广。

开始，他们按照"一乡一村"的设计，以生态文明建设指标为统揽，以"生态良好、生产发展、生活富裕、环境优美、管理民主、和谐稳定"为目标，融合社会主义新农村、美丽乡村、旅游专业村、脱贫致富村的标准要求，先行开展了 103 个生态文明小康村建设试点。随着国家乡村振兴的战略部署和工作的深入推进，他们又在建设过程中，反复调查研究、多方征求意见，制定了"965356"建设标准，完善了一整套标准体系、制度体系、责任体系、考核体系、保障体系、督查体系、宣教体系，实施了"生态人居、生态经济、生态环境、生态文化"四大工程，谋划了15个具体的重大带动性工程项目，围绕"七改六化三治两分离"目标，大力整治人居环境，统筹推进农牧村基础设施建设、产业培育发展、村容村貌整治、公共服务和社会保障、基层组织建设和精神文明建设，全力打造"红色旅游型、生态体验型、特色产业型、休闲度假型、民俗文化型"等形态各异、风格鲜明、不同类型的生态文明小康村，走出了一条具有时代特征、甘南特色的乡村振兴之路。规划在"十三五"期间建设1500个生态文明小康村，每年建设300个，在"十四五"期间再建设1500个，实现全州所有自然村全覆盖。截止到2021年3月，共建成生态文明小康村1603个，总投资156亿元，惠及群众10.9万户48.9万人。

这是一个宏大的规划，对甘南州来说，也是一个具有里程碑意义的规划。这项规划投资力度强、建设规模大、覆盖范围广、群众受益多、生态效益好，不仅从根本上改变了农牧村的基础设施条件、生产生活条件、公共服务条件、社会保障条件和生态环境条件，使甘南各地农牧民的生产生活发生了历史性变化，大幅提升了他们的获得感、幸福感、安全感；同时也为涉藏地区广大农牧村改革发展探索了路子、创新了模式、积累了经验、提供了样板，具有开创性、前瞻性、革命性、示范性。完全可以说，这是脱贫攻坚的"加速版"、生态文明的"实践版"、环境革命的"先行版"、乡村振兴的"探索版"，也是利在当代、惠及长远、顺应民意、深得民心的脱贫工程、生态工程、民生工程、振兴工程和德政工程。

然而，这些也并不是甘南的最高奋斗目标。俞成辉和赵凌云立足甘南实际，着眼长远发展，在反复研究论证的基础上，创造性地提出了在甘南建设绿色现代化先行示范区的构想，并委托中科院编制规划，他们的构想得到了中科院的高度重视和支持。于是，《甘南藏族自治州绿色现代化先行示范区规划》诞生了。这个规划详细地为甘南绿色现代化建设勾画出了任务书、路线图、时间表，成为甘南创新发展的又一重大举措，为甘南迈入现代化建设新征程、实现高质量发展创造了历史性机遇。

2017年之后，具有划时代意义的全国脱贫攻坚全面展开，为俞成辉和赵凌云的绿色发展思路和"全域无垃圾"实践，又提供了有力的理论支撑和实现载体。他们抢抓机遇，乘势而上，认真贯彻落实习近平总书记关于扶贫的重要论述理论和习近平生态文明思想以及中央的方针政策，把"绿水青山就是金山银山"的理念和甘南的发展实践有机结合，把"美丽乡村"与"生态文明小康村"建设有机结合，把"精准扶贫"和"全面建成小康社会"

有机结合，迅速把甘南的"环境革命"推向了更高的发展阶段。

紧接着，甘南的"环境革命"开始向更高的目标进发，俞成辉提出了一个与"全域无垃圾"配套的"一十百千万"工程，在全州迅速展开，落地开花。这又是一个由"一"而三、三而万的发展之"道"，经过数年的坚持，不仅产生了数字和目标上的裂变，同时也引发了甘南整体形象和精神面貌的巨变。一个特色品牌，就是作为发端的那个"一"，也是作为归宿的那个"一"。"一"催生出15个文化旅游标杆村，按照15个文化旅游标杆村又复制出了100个全域旅游专业村，100个全域旅游专业村又引领出1000个具有旅游功能的生态文明小康村，1000个具有旅游功能的生态文明小康村又培育出10000个精品民宿和星级农家乐。如此，在甘南，在自然赐予的绿水青山和老百姓期盼的金山银山之间，渐渐浮现出一座彩虹之桥。

四

甘南的"环境革命"刚开始不久，有一天有人来对人大常委会主任扎西草说，合作市发动全市的干部和群众集中在市里的大街小巷捡烟蒂，一天总共捡了700斤烟蒂。又说，一斤烟蒂在1600个到1730个之间。

　　扎西草拿起计算器算了一下，按每斤平均 1660 个计算，700
斤烟蒂总共就有 116.2 万个烟蒂。堆在一起有多大的规模她的脑
子里没有一个清晰的概念，他们说像一座小山一样，那就像小山
吧。但她立即想到了那个弯腰捡拾的动作，每有一个烟蒂，就对
应着一个弯腰捡拾的动作，116.2 万个烟蒂就是 116.2 万次弯腰
的动作。如果把全州七县一市都加到一起呢？如果连续五年 1800
多天计算呢？那将是几十亿次的弯腰。当然，到了后来，烟蒂已
经越来越少了，总的规模应该没有那么大，但在心里稍微想象一
下那些场景和画面，扎西草就觉得十分震撼！

　　有一段时期，俞成辉平均每天在合作市的街上要捡 300 个左
右烟蒂。他带头打扫卫生，每周一次，两年多从来没有停下过，
算下来也至少捡过上万个烟蒂，弯过上万次腰。这是他以万次弯
腰引领了甘南几十亿次的弯腰，而整个甘南州则是以几十亿次的
弯腰换来了崭新的面貌和几代人梦寐以求的自信和尊严。

　　从小生在牧区长在牧区的扎西草，最熟悉藏族牧民的生活状
态和生活习惯。因为世代过着游牧生活，很多藏民并没有城市人
心里那种卫生的概念。

　　在茫茫无际的高原上，地广人稀，举目就是草原和牛羊。人
畜过后，所有的排泄物很快就被雨水和阳光降解为有机肥料，还
用特意为那短暂的逗留建一个像模像样的厕所吗？后来，即使有
一些牧民有了固定一点的房子，也是一年之内只住半年，一段时

间后，因为草场上牧草长势的变化，还可能把这个临时的家搬到更远的地方。频繁迁徙的生活方式，让牧民们的观念和意识里根本就没有城里人头脑里那些生活理念和模式。单一、单调的生活、缓慢的节奏和远离群体的生存状态，决定了他们在生活方式和生活观念上都离城市生活更远些。有的牧民冬夏就那么一件藏袍，热了脱掉一只袖子，冷了再穿上，白天当衣服，晚上当被子；有的牧民终身不洗澡，下雨的时候淋一淋，就算是借机清洁一下身子……从前，牧民和草原之间一直保持着一种自然的、纯朴的兼容与和谐，他们吃的、穿的、用的一切都从自然中来，废弃之后也很快被降解，基本不存在着污染的问题。

可是，随着人口的增加、牛羊数量的增加，牧区和城市、牧民和城市居民、牧业文明和城市文明之间发生大幅度的交融之后，原有的平衡被彻底打破，一切都变得不似从前，一切都变得出乎人们的意料。人一多，牛羊一多，每家每户的草场、生活范围、可供利用的空间骤然减小，人畜之间不能分离、随地大小便，污浊之物就得不到有效疏散，污浊之气就越来越严重地影响了人畜之间的生存质量和健康；快速消费品、日常用品和工业品大量进入牧民的生活，也增加了越来越多草原无法"消化"的物质，增加了环境污染的速度和深度；长期不换衣服、不换鞋、不洗澡，不但影响自己，也会影响到其他人。交往、住宿、聚餐、公共场所的活动、坐火车、坐飞机……当别人捂着鼻子走过身边或坐在对面时，不会伤到自尊吗？

怎么办？要坚决改变，时代变了，人类的整体生活方式变了，现代的交通和信息渠道，已经不可阻挡并迅速地打破了人与人之间、地域与地域之间的隔离和独立，也几乎把所有人之间的距离拉得近在咫尺。连人都已经被暴露得无处藏身，更何况那些自以为隐秘的生活方式和生活状态？但祖辈流传下来的生活方式已经成了一种根深蒂固的习惯，一直渗透到了每个人的灵魂或骨子里。开始时，就连扎西草这样的干部都觉得，这场"环境革命"像一个不太现实的神话。她和其他干部群众的想法几乎是一样的。那么多的事情要干，哪有心思和精力腾出手来捡垃圾？城里的干部要研究工作，要研究发展呢！牧区的牧民要忙着看护牛羊呢！职位还没来得及提升，钱还没有挣到手，要改变什么呢？

干部们虽然心里不理解，但为了个人的进步和服从工作安排也要想法说服自己，理解并执行。不但要很好地执行，还要帮助、带领落后地区的农民和牧民清理环境卫生。所以，开展"环境革命"的初期，干部们不仅要清理自己周边和心里的垃圾，还要到包保的村子和牧户，帮助他们清理垃圾、打扫卫生。很多时候，牧民们不但不领情、不配合，还以一种抵触的情绪冷眼旁观或说几句风凉话。有一次，扎西草去牧区自己的亲属家做动员工作，亲属就毫不客气地对她说："一个干部来牧区打扫卫生，可笑不可笑？难道你们实在没正经事情可干了吗？"

让所有人包括扎西草想不到的是，一件简单的事情坚持了几年之后，出现了神奇的效果。

以前每个人走在单位的走廊上，走在马路上，走在广场上或其他公共场所，都是仰着头走路，谁也看不到周围的环境，更看不到脚下的烟蒂和垃圾。当俞成辉和其他领导说每天要在路上捡几百个烟蒂和垃圾时，扎西草心里还在暗暗纳闷，哪里来的那么多垃圾和烟蒂呢？可是后来，随着她捡垃圾的次数增加时，突然发现自己的眼睛变得明亮了，每个很细小的垃圾都看得清清楚楚和不可容忍。每天，她上班临出家门时，都要顺手把一副一次性手套和垃圾袋揣在衣袋里，路上看到垃圾随手拾起，在进单位大门前把拾得的垃圾放进门前的垃圾箱。她也终于发现，人的习惯一旦养成之后，确实很难改。有一次她去深圳出差，发现深圳街上很多垃圾，不由自主地就一个个捡了起来，用纸包上，扔到附近的垃圾箱。

同行的人和她开玩笑："垃圾捡到深圳来啦？是成瘾了吗？"

扎西草答："是啊，我想把全国的垃圾都捡掉呢！"

在机关，同事们不仅个个和她一样养成了垃圾 "零容忍"的习惯，对人、对工作的态度和热情也发生重大变化。观念在更新、能力在提升、效率也明显提高了。过去机关里常见的懒洋洋的风格、拖拖拉拉的办事效率、一派当官做老爷的派头，消失不见了。过去，一个基层来的办事人员到机关常遭遇的态度是爱理不理，现在却随处都是谦虚的态度、适度的热情、温和的微笑。工作的运转速度明显提高，过去就连她这个排在前排的领导要个小小的材料至少也要一两天的时间，催一遍回复"哦呀，哦呀！"再催一遍，还是"哦呀，哦呀！"可就是不见人把材料送来。出差回来报账，一般没有半个月或一个月出差费用肯定报不回来。据说有一个县，竟然把副县长的出差费用压了8个多月，不予处理。由于甘南是重要的生态地区，是全国重要的生态保护屏障，国家早已经给了他们全部转移支付的优惠政策，财务上绝不会没有钱，但就是报不出来，一问"哦呀，哦呀！正在处理！"再一问仍然是"哦呀，哦呀！正在处理！"眼见得牦牛一样的效率和意识，领导们毫无办法。外地人，只要和甘南的某些干部或职员打上交道，多数是铁青着脸，把头摇得和拨浪鼓一样，苦不堪言。现在，机关才真正像了一个机关的样子，那种"哦呀"型的干部和职员明显减少。

更让扎西草感动的是，原来对自己意见很大的牧区亲属，不但自觉地把自己的屋内屋外和院内院外都收拾得井井有条，彻底从牛羊粪便的污秽和气味中解脱出来，还学会了垃圾分类。

扎西草要随全国人大的考察团去各地考察了，这次她显得特别兴奋。以往这些地方的人大常委会主任聚到一起时，都转着弯子宣传或夸耀自己地方的工作：这个"全国知名"啦，那个"全国第一"啦，那个又是独一无二啦！每逢这时，扎西草都沉默着，

119

因为自己的甘南州实在是没什么好炫耀的。因为这些年从来没有什么在全国排在前边过，有两次出名的事件，还是负面的，有什么可说的呢？她多数时候都在心里希望团员们理解和体谅她这个来自落后地区的同行，别总是夸耀自己的过去，谈谈未来不好吗？甘南有好山好水不假，扎西草心里清楚，那是自然存在的，也不是人的功劳，况且，一提起美丽的自然风光总是有人会说一说甘南的脏乱差。有说自己哪次去了甘南，没想到那么脏、那么不讲卫生："那个味道啊，简直不可闻！"有时又有人说，甘南的人没有过去纯朴了，到家里照张相还追着要钱……总之，不是这个不好，就是那个毛病，那么好的风光似乎放在我们手里被糟蹋掉了一样。

现在，扎西草感觉自己有了很大的底气。自从 2015 年开展"环境革命"以来，甘南的名气越来越大，很多大城市做不到的事情甘南一个小地方做到了；很多的外部环境那么好地方也做不到的事情，甘南做到了，几乎创造了一个神话。现在一提甘南的"全域无垃圾"活动，几乎全国各地都知道，原来瞧不起甘南的都争着到甘南来参观学习呢。西藏的、青海的、四川的，以及本省的……哪里的都有。《人民日报》、中央电视台、《光明日报》、《经济日报》还有甘肃省的各家媒体，盯着甘南宣传报道；中央的、省里的几个口的现场会都放到甘南来开；还有省里的、外省市的领导逢会就讲，甘南的"全域无垃圾"是涉藏地区的一个传奇，作为甘南人的代表扎西草当然有底气感到自豪了。

"让以往的自卑和怯懦见鬼去吧！"扎西草在心里暗暗地说。

这次各地巡查之前，扎西草就在心里琢磨，关于甘南的成就和传奇，是对大家讲还是不讲呢？要是不讲，就是很谦虚、低调的意思；要是讲呢，就是无私地与大家分享。结果，那次她把甘南的"全域无垃圾"搞成了一个中心话题，一路上大家反反复复都在谈这件事情，有好几个地方的人大常委会主任当时就要和扎西草敲定时间，要带队去甘南学习、取经。扎西草说，那次她也表现得特别大气，一一答应并保证来者不虚此行。

正在甘南的"环境革命"稳步推进，即将进入转段、升级阶段，开始谋划打造"五无甘南"（无垃圾、无化肥、无塑料、无污染、无公害）之际，有消息传出，俞成辉可能因为工作的关系离开甘南。于是，有一些干部便壮着胆子来问扎西草："如果俞成辉离开甘南，咱们的'环境革命'会不会停下来？"

"不会！"扎西草并没有回答俞成辉是否离开的问题，而是坚定地回答了另一个问题，"甘南的今天是州委一班人带着大家干出来的，更是我们每一个干部群众情感和心血的结晶。我想，因为我们每一个人都真心付出过，所以我们每一个人都知道这一切来之不易，更懂得它的价值和意义，也就能够懂得如何守护和珍惜。"事实上，作为代表人民的最高权力机构，上一任人大主任安锦龙就主持对与"环境革命"相关的制度、条例、规定等进行了立法，其中《甘肃省甘南藏族自治州生态环境保护条例》等已经通过了省人大的批准和批复；如果真有人从个人目的出发，试图另起炉灶，那就要问问甘南人民是否答应，问问人们是否愿意回到过去。但扎西草是一个内心柔软爱动感情的人，所以她不愿意把话说得很生硬。

情感丰富、表述生动的人往往有个毛病，就是容易把一个庄重的话题拉入感性轨道。扎西草谈完甘南的"环境革命"的话题，就说了一句很感性的话。她说："甘南今天的变化，俞成辉发挥了不可替代的作用，我们都佩服他永不言败的精神和持之以恒的意志。"

其实，这就已经表达清楚了，但她还要接着往下说："你看俞成辉刚来甘南的时候多年轻啊，腰杆挺得笔直，几年下来，都变成啥样子啦！人也老了，腰也弯了，我一看见他心里就难过。"说难过，她的眼泪就流了下来。

五

在甘南的干部里，另一个与扎西草有同样感触的人是罗永成。但罗永成并不柔弱，五大三粗的一个藏族汉子，黑肤、环眼、厚嘴唇，留着一头又黑又密实的"板寸"，一看就是一个敦厚、刚直的硬汉。

那天，罗永成喝了一点儿酒，酒把人的情感泡软一些之后，就敢说点柔软的话："你说，俞成辉那个老头儿吧，平时挺谦和但也挺有威严的，但有时他一转身，你就会觉得他挺可怜。真的挺可怜，那么大岁数了，每天孤零零一个人，没死没活地忙碌，身边连一个体贴、照顾的人都没有……"说到这里，他就停下了，哽咽了，眼圈儿发红。

没来碌曲之前，罗永成在甘南州委督查室工作。从工作关系上看，算离俞成辉比较近的人，州委有什么工作需要尽快落实，督查室的人要冲在前边，尤其在甘南这个地方，督查工作有其特殊的重要性。但从感情上却很难说近，因为工作节奏和效率的问题，俞成辉就会经常督查这些管督查的人，如果某项工作启动或运行速度慢，首先被督查、挨批评的就是督查室的人。那时，罗永成就怕与俞成辉见面，因为见面就可能挨批，最好躲得远一些。

事情往往是这样的，越是怕挨批的人有可能"脸皮子"越薄。工作上的事情，果真在自己的职责范围内，躲能躲得过去吗？为了不被批，只有一个办法，那就是干并想办法干好，"宁让身受苦，不让脸发热"嘛！时间久了，大家都摸透了俞成辉的脾气，在他心里并没有什么等级观念。在他那里，基本是上级下级一个样，官大官小一个样，藏族汉族一个样，对事不对人，只要你把事情干好，在他那里就能得到肯定、表扬和重视；如果工作没干

123

好,就别想在他那里讨到一个好脸色,一见面就会被"没鼻子没脸"地批一顿,俞成辉的嘴厉害,两句话就能把人的特点和主要行为刻画出来,好记,上口,容易流传。后来大家都有了一致的认识和体会,如果想获得尊严和好评,只有好好干工作这一条路。

在督查室的那几年,罗永成的主要工作就是对全州的"环境革命"进行跟踪督查。说是开展"全域无垃圾",实际一开始就有很多配套工作在同时推进。全域无垃圾实际是一个关于生态和环境的系统工程,想保证无垃圾,各个体系的工作就要一同配套推进,只要有一项跟不上,垃圾就无法彻底消灭。为了确保一个干净、整洁顺眼的目标,就得同时抓管一系列工作,包括山水林田湖草综合治理、系统治理、源头治理;包括新一轮退耕还林(草)、天然林保护、湿地修复、水土保持等;包括城市扬尘、尾气排放、露天烧烤、小燃煤锅炉污染、餐饮油烟超标排放等全都一起提到日程上来。对了,还有全州"禁塑"运动,让一次性塑料用具、塑料物品彻底退出广大干部群众的生产、生活。凡是与环境和生态有关的工作督查室都要管,由于要冲击人们的传统观念和生活习惯,每一项工作的督查难度都很大。

当时,罗永成的职务是州委督查室副主任。大约俞成辉事先也料到了实现"全域无垃圾"的难度,本来罗永成在督查室是有其他分工的,但俞成辉指定罗永成在督查室内的其他分工由别人承担,罗永成就专门抓"全域无垃圾"的督查。当督查工作推进到两个月之后，为了加强督查工作，州委任命阮民湘同志为州委副秘书长兼督查室主任。在之后的三四年时间里，对"全域无垃圾"工作的督查成为州委督查室各项工作的重中之重。或阮民湘和罗永成同时巡查，或二人轮番带队对全州的"环境革命"展开高密度的巡查和督促。每个周一早晨他们坐车出去，直到周末坐车回来，整周时间都是在外面奔跑。城区、乡镇、大街小巷、村组、公路沿线、草原、景区景点、河道水域，此外，还要进机关、进乡村、进企业、进学校、进寺院、进商铺、进景区、进工地……他的任务就是一刻不停地往下走，随时发现问题，随时用手机拍照，随时记录下时间和地点，随时判断问题的性质和类别，从日出出发到天黑停下，找个旅店连夜把一天的取证材料和建议整理出来，连夜反馈给责任单位……跑了一大圈之后，还要对全州各县市的检查情况进行汇总，进行"一月一排名、一月一通报"。在甘南州，要讲车辆跑的里程数多，也就是他用的车能和俞成辉的车 PK 了。

在开始的近一年时间里，很多干部对开展"全域无垃圾"这件事不理解，认识不到位，虽然表面不说，但在心里是有情绪的，特别是被州委督查室通报之后，心里更有怨言："怎么这么大的一个领导就盯着垃圾呢！"有情绪不敢跟俞成辉闹，只能把不良情绪发泄到具体办事的工作人员身上。因为督查室要对州委负责，在处理具体事情的站位上，阮民湘要站在俞成辉的前边，而罗永成要站在阮民湘的前边。罗永成虽然级别最低，但要第一个站出来说话、表态，操办拍摄、反馈意见、排名、通报等具体事项，自然所承受的阻力和压力也就最大。一个副主任，级别不高，却天天到处"指手画脚"，今天监督这个，明天通报那个，搞得基层领导十分被动。每次排名，不仅要在全州的会议上公开亮相，还要上电视、上报纸公布。名字排在前边，自然兴高采烈，无比自豪，一旦排在后边，就觉得面子上过不去："那点儿不光彩的事情几乎家喻户晓啊！"有一段时间，罗永成是一个不受欢迎的代名词，既令人厌烦，也令人惧怕。

阮民湘和罗永成一下子就成了名人，全州没有不认识阮民湘和罗永成的，也没人不认识他们坐的那辆公务车。当然，他们的名声并不是什么好名声。阮民湘调到州委督查室之前，在玛曲县任县委副书记，他有一个 200 人的工作群，调走之后，他没有退群，也没有发声，仍然关注着玛曲的工作。那年清明节即将到来时，人们开始讨论以阮民湘为首的州委督查室会下来检查环境卫生还是会去扫墓。众说纷纭，其中有人说他们都是石头缝里蹦出来的，不会去扫墓的。这话，看似说他们来去神速，但显然另有含意，暗指他们无情无义无亲情。

轮到罗永成头上，干脆明里暗里直接叫他"一根筋"。实际上，他也确实是"一根筋"，谁的面子也不给，谁拿他也没有办法。就连过去从一个部门出来的同事或同学在某个县里当了领导，想在这个事情上通融一下，都没门。一旦哪个地方让罗永成抓住实证，谁来说情都不管用，什么老领导、过去的同事、亲属、朋友，对不起，都必须公事公办。有的县为了不被罗永成通报，不被排名在后边，就在巡查节点派人到必经路口去盯着罗永成的车，只要他来了，全县立即进行突击卫生打扫，不管平时保持得如何，为稳妥起见，都要重新打扫一次。有时也有不明意图的盯梢者，大约是受到罗永成传导在自己身上的压力，心中有怨恨吧！想想这件事情也正常，工作上的压力，肯定是要层层传导的。县里的领导在州里受了批评，回来就要收拾影响了全县的那个乡；乡里挨了收拾，就会去找落后的村子算账，最后的责任总是要落实到人头上。老实的人，发现自己有毛病马上改正；不老实的人不但不改，屡次受到批评或处罚后，会把责任和怒气迁到别人的身上。这种事情，罗永成发现过几次，但都没有发生什么意外，也没有过分渲染。他相信邪不压正，自己干的这些事情，又不是为了自己，都是为了甘南好，相信大家早晚会理解的。后来，俞成辉知道了这些事情，便也不止一次地鼓励他："小罗呀，你不要怕，该咋干咋干，你的背后还站着甘南州委州政府呢！"

干部中也有一些特例，并不是人人都忌讳和躲着罗永成。当工作局面最难打开，罗永成表现得脸最"黑"、手最"狠"的那会儿，时任合作市委副书记的扎西才让就要专门请罗永成吃饭。他请罗永成吃饭不是要巴结他，让他在督查和通报环节对他们高抬贵手，而是让罗永成下次在会上重点批评他们一次，多点几个关键问题。原因是合作市的"全域无垃圾"工作由扎西才让分管，但当时的主要领导一直不是很重视，在人员、资源和时间上总是把这项工作放在最后，大致是可有可无、可干可不干的导向。在自己几次强调和建议无果的情况下，他只好借助罗永成的口强调一下这件事。这件事，根本不用吃饭，都是为了把事情干好嘛！罗永成不但爽快地答应，而且帮得很细致，效果也很好。几个关键问题解决之后，合作市的排名很快就从中等靠后的位置跃居前列。通过这件事，罗永成更认识到干一件事情心无旁骛、不打折扣的意义，也坚定了他恪守这种品质的信念。

其实，罗永成也不是铁石心肠，不懂人情世故。有时，他自己内心也受着情感的煎熬。有一个县委书记是罗永成过去的顶头上司，对罗永成有知遇之恩，两人个人关系也不错，每次见面他都要恭敬地叫一声"老领导"。可偏偏就那次他们县上的问题多，一一点出来，再一公布排名，肯定会对老领导有挫伤。但实际情况就那样，通融的可能性是没有的，为了安抚一下老领导，他只好事前和他打个招呼，告诉他这次督查的情况和结果。老领导为人宽厚，爽朗一笑说："别有顾虑，如实通报！"结果在通报情况时，他眼看着老领导的汗顺着额头和两颊淌了下来，他当时心如油煎，感到好像那个无地自容的人应该是自己。

过后再见老领导，对方像什么事情也没有发生过一样，一如既往。这样罗永成心里释然多了。

　　数年之后，罗永成重温往事，回首自己走过的路，觉得心里更加踏实、坦然："敬畏和尊重自己的事业本是每个人的应有之义。如果自己不能尽职尽责，干得一塌糊涂，也许就不是被别人怨和怕的问题，而是被人瞧不起。人活着怎么也要干一点儿有意义的事情。俞成辉那么大岁数这么拼命地干，也不是为了他个人。如果仅仅为了个人，像他这样的身份和地位早就有资本歇着或游山玩水去了，他不也是为了事业嘛！"

　　就在罗永成把那些监督、检查、通报、排名等得罪人的事情干到第三年的时候，之前那些不友好或躲闪的目光突然消失得无影无踪，取而代之的是当面或背后不断传来的赞许，因为每一个甘南人包括那些曾经被批评的干部，都因为"环境革命"的一抓到底和罗永成的"一根筋"而拥有了更多的荣誉和赞扬。于是，罗永成一时成了很多人特别是那些正在事业途中的年轻人心目中的英雄。

　　罗永成心里清楚，自己的一切不过是为事业付出了真诚和敬畏，事业也给了自己最高的回馈和褒奖，但如果没有俞成辉这样的领导作为桥梁，付出与回报之间也可能无法兑现。所有的事情都在按照自己的规律或"道"在有序轮回，职务提升之后，又到自己讲感恩、讲奉献的阶段了。当罗永成出任碌曲县的常务副县长后，一些年轻人开始在背后悄悄琢磨起他在事业上成功的秘密。

他到底依凭什么走到了今天呢？有人说依凭的就是一股劲用到底，始终如一；有人说无非是一条道跑到黑，一心一意；有人说那叫一以贯之，一个心眼、一根筋……

总之，也就是那个"一"。"一"是一个开始，"一"是一种方式，"一"也是一个人不改、不悔的初心；只要有这个"一"在，就可能生发出一切，包括人间奇迹。

第四章

与命拔河

一

600 年时光过后，临潭人竟然自己也不知道年年岁岁的拔河赛到底为了啥。是和 600 年前的屯田将士一样，为了"教战"锻炼将士的斗志和体魄？还是为了通过那场"激战"夺回一年或一生的好运气？抑或为了怀念那些远去的先人和时光？

临潭的拔河不叫拔河,流传下来的名字一直叫"扯绳"。临潭县文联副主席敏奇才是中国作家协会重点关注、扶持的作家,他不但对文学怀有浓厚的兴趣和热爱,对当地的文化也有系统的关注和研究。他不但是临潭扯绳赛的参与者,也是这项文化遗产的记录者,他曾专门写过一篇名为《洮州万人扯绳闹元宵》的文章,描写一年一度的扯绳赛盛况。现在,他不是写,也不是读自己的旧作,而是亲口讲述,他和从县文广新局"改任"到三岔乡的丁志胜一同,追述、对谈临潭扯绳赛的历史、变迁和体会和感受,这是倾注了心绪和情感的现场再现。

最早的扯绳赛,始自 600 多年前的明洪武年间。

洪武十年,西番十八族叛乱,洪武十一年(1378 年)农历八月,朝廷封沐英为征西将军,与蓝玉等统兵征伐,大战于洮州,也就是今天的临潭县,俘虏西番十八族头领阿昌失纳。后又在东笼山筑城,擒获酉长三副使瘿嗉子等,平定朵甘纳儿七站,拓地方圆。洪武十二年,置洮州卫,建洮州旧城。驻旧城期间,他们以"牵钩"(拔河)为军中游戏,用以增强将士体魄,大约也有另外的用意——激发战士们争先恐后、勇敢杀敌的士气和斗志。后来,为了整固和充实边防,明朝实行了屯田戍边制,"从征者,诸将所部兵,即重其地。因此,留戍。"(《洮州厅志》)于是,大量江淮将士携家带眷、就地落户,一转身就成了永居的洮州人,扯绳之俗遂由军中转为民间。《洮州厅志》又记:"旧城民有拔河之戏,用长绳一条连小绳数十，千百人挽两头，分朋牵扯之。其目的是以扯势之胜负，占年岁之丰歉焉。"牵钩的内涵也由此发生了变异。

拔河，早期叫施钩、牵钩，后来叫扯绳，近年又称拔河。实际上，拔河这种旨在教战的军中活动，源头不在 600 年前，还可以追溯到更加久远的年代。唐御史中丞封演在《封氏闻见录》中记："拔河，古谓之牵钩，襄汉风俗，常以正月望日为主。相传楚将伐吴以为教战。……古用篾缆，今民则以大麻绳，长四五十丈，两头分系小索数百条，挂于前，分二朋，两相齐挽。当大绳之中立大旗为界，震鼓叫噪，使相牵引，以却者为胜，就者为输，名曰拔河。"谁也未曾想，这朵曾在中原盛放又凋谢的文化之花，却在几千里外的洮州找到了生长和传续的土壤。经过时代传承，不仅花朵艳丽依旧，而且修成了可以载入史册的正果。2001 年"万人扯绳"被载入吉尼斯世界纪录。2008 年，临潭县被国家体育总局、中国拔河协会授予"全国拔河之乡"荣誉称号。2020 年，这项活动又被正式列入《国家非物质文化遗产名录》。

随着岁月的流逝、时代的变迁，世界各地的很多文化遗产都已经失去了生命力，只能像一个文化标本或木乃伊一样，保存在传说、文字或历史影像资料中。而临潭的扯绳赛却是活的，不但活，而且随着时代的更迭拥有了不同的面貌和精神指向。这就需要有敏奇才、丁志胜这样的亲历者对它进行贴近灵魂和活灵活现的追忆与描述。

临潭的扯绳赛，一直像一棵不曾休眠和枯萎的老树，每年一次如期绽放它诱人的花朵，一直到"大炼钢铁"和"破四旧"的1958 年，才被迫停止。"老树"被腰斩，大约有 20 年的时间，无花、无果、不发芽。丁志胜于 20 世纪 60 年代末出生，再早些的地域、文化记忆都是来自父辈们的口口相传。他能够亲自见证这个传说中的活动始自 1979 年。那一年，从 1958 年到 1978 年一直停办的扯绳赛终于在人们怀念和期盼中恢复了。在丁志胜的记忆中，从前的万人拔河规模远不及现在，直接参与的人也不一定有万人之多。那时，扯绳赛每年举办的时间定为正月的初五、初六，地点在县城西门外的河滩上。

开赛的日子一到，万人空巷，男女老少齐聚西门外的河滩之上，黑压压的人群沿河滩坡地排出数里。现场气氛异常火爆，人声鼎沸、锣鼓喧天。人群中间的空场上，两根数十丈长的粗麻绳铺在地上。大麻绳的尾端，又分出两股细一点的麻绳，继续向远处铺陈，这两股细麻绳称"双飞燕"，其主要功能也不仅仅是为了好看或好听，而是为了更多的人参与其中腾出伸手的空间。新中国成立以前，万人扯绳赛由临潭县商会组织，凡县城的居民都要缴纳钱物，富的出钱，穷的交麻或绳索，用以制作大绳。绳分两段，两段麻绳的对接点在正对西城门的位置，一根向南，一根向北，两绳头部各结一个大铁钩。比赛按城南城北的居住区分队，以西城门为界,城南居民叫下街队(包括城南所有乡村和牧区),城北居民叫上街队(包括城北所有乡村和牧区),由群众推举的数十个剽悍小伙做"连手",负责连接绳头。以前的操作很简单,两个绳头的铁钩一搭,比赛即告开始。在后来的演变过程中,绳头的连接方式发生了变化,铁钩被木销所取代,扯绳赛的名字也就从牵钩赛,变成了拔河赛。

1979年活动恢复以后,比赛的地点、时间、规模、组织方式等都发生了很大的变化。为了提高群众参与度、烘托元宵节气氛,组织者将这一活动时间推移到元宵节,并由原来的两天变成三天,正月十四、十五、十六晚上举行,每晚三局,三晚九局。组织者也不再是商会,而变为由临潭县城关镇政府组织,由城隍庙、各清真寺负责人、各村委会协助举办。为防止扯断,将以前的麻绳换成了钢丝绳,直径14厘米,长1808米,重约10.05吨;地点也从城西的河滩上移至城关镇的中心十字街;参赛者也不仅限于本城、本县,更不限身份民族等,甘南各地包括卓尼市、合作县等地的居民感兴趣者都可以赶来参赛。近年来,临潭的元宵节扯绳活动,规模之大,场面之壮观,人数之众多,更加呈现了前所未有之盛况。2007年活动达到历史高峰,各地前来临潭观摩、参赛的群众达15万人之多。

由于参与的人数太多,参与者与观看者也无法分清,比赛便只以绳长为限,参与者数量不限。有人对拔河两端的人数做过大致的清点，基本上相差无几，因为参与扯绳的，人与人之间需要拉开一点距离，人过密反而无法施展、用力。这实在是一场耗时耗力考验人们意志和毅力的活动。一场比赛下来，有时要耗时两三个小时，正月的天气虽然依旧寒冷，参与拔河的人却无一不是汗水湿透冬衣。

临潭的扯绳赛看似一项民间的体育活动或民俗活动，实际上，已经成了有一点预言意味的文化仪式。在为期三天的九场比赛中，每一场比赛的输赢都暗示着双边群众一年的运势和收成，所以每一场比赛都实实在在地牵动万人之心，因为没有人不关心自己的运气，没有人不关心一年的丰歉。当然，最后的输赢未必就能对应上南北半城人运势的强弱，但胜出的半城人一年的心情和信念就多了一份有力的支撑；败了的那半城人则哈哈一笑，只把比赛当成一场有趣的游戏。即便是有人因为败北而心有不畅，也会把希望寄托于来年。临潭人似乎永远不缺少意志和耐力。他们相信，只要时间在手，就是希望在手，就有转败为胜、时来运转的机会，就像这一年年不曾间断的拔河赛事，总有那么一年，总有那么一次，胜利是属于自己的。

二

自 1998 年以来，中国作家协会开始对临潭县进行文化帮扶，直至今日。

如果把这漫长的 23 年时光连成一条虚拟的绳，则这条绷得很紧的绳索，另一端一定连着另外一种强大的力量。是什么呢？因为绳子的这一端已经清清楚楚地显明是"文化润心，文学助力，扶志扶智"，那么绳子的另一端就一定是和这些意旨相反的事物。这是一场必须铆足长劲、闷劲的文化拔河。

转眼，王志祥已经来临潭挂职一年又六个月的时间，为时两年的任期，渐渐临近，他突然有了一些复杂的感觉。此前，他已经围绕甘南的"环境革命"深入全州各县市开展了一个多月的调查研究，想利用在甘南的最后一段时间，为这件对临潭、对甘南甚至对全国未来发展方式都将产生重大影响的事情添加一点儿力量。他的初步打算是要写一部有价值的文学作品，但采访刚刚结束，堆积在一起的大量信息还没有来得及消化、理顺，从何起笔，如何定调，以及整体结构还需要一些时间进行慢慢构思。另外，眼前的诸多繁杂的事务也让他一时抽不出时间和精力。

在新一天刚刚开始时，他只能放下自己的计划，把注意力转到日常工作当中。他想起的第一件事情是，要抽时间准备一下去州里开会的发言材料。这个关于文化扶贫的经验性材料，需要他认真地把之前的工作好好理一理，进行系统总结，也需要对下一步工作进行一个方向明确的规划。他信手翻了一阵手头的资料，竟然产生了一些从来没有的感触，也有了一些不曾有过的发现——如果把中国作协 23 年的文化扶贫工作比作一场拔河，最初的那个起点已经向着自己发力的方向移动了很大一段距离。仅凭直观判断，完全可以说他和他的同事们已经赢得了这场比赛。摆在他面前的那张表格清清楚楚地告诉他，23 年来，中国作协这样一个清水衙门直接向临潭县投入帮扶资金已经超过 1000 万元；组织中国作家采风团 5 批；建立育才图书室 20 个；捐赠各类图书近 10 万册；培养临潭县当地作家 16 名；出版临潭文学专著 15 本；培训临潭县宣传、文化、科技、农村人才，基层干部 423 名；帮助临潭县把池沟村成功打造成"全国旅游小康村""中国乡村旅游模范村"。更让他有一点儿"沾沾自喜"的是，所有的成果都是经过多年以来日积月累取得的，但他有幸赶上了一个闪着金泽的秋天，通过他任职期间的努力，临潭县终于取得了"文学之乡"的称号；"万人拔河"也终于被列入《国家级非物质文化遗产名录》。

一年多来，从低海拔地区来到高原的他，始终没有适应高原缺氧的环境。夏季空气含氧量高时还好一些，冬季空气含氧量降低后，他的身体基本处于"半气"状态。但由于每天诸多的事情在身后追赶着，他只能忘却身体的不适，和自己的那口气争着、抢着把应该做的事情一一做完。他在办公室中的每一天都是忙碌的。像为会议准备发言材料这种事情，对他来说，属于私事的范畴。他需要把来找他办事的人和需要与领导、部门协调的事情以及本职之内、办公室外的那些事情都处理完，才能抽出时间来做需要自己独自完成的事情。材料，很大的概率是要在下班之后，回到住处去熬夜赶写。

他看了一下办公桌上的记事本，上边已经列了九条今天需要处理的事项。来临潭工作的一年多时间里，他基本上就没有时间好好记日记了，要记的话，就把一些很重要的时间和感悟直接写成一个短文，用于发表。而现在每天根据当天的情况把第二天需要见的人和需要处理的事一一列在记事本上，就代替了以往需要详记的日记。

今天他约好的第一拨人，是上班后 10 分钟开始与两个作者谈谈他们的近期创作。一个作家协会的工作人员，无论从专业性质上说，还是个人特长上说，发现、培养和推介当地的作者还是他的分内之事。当初，他刚来报到时，就为自己的工作定了一个基本的调子——作为一个挂职的文化扶贫干部不需要对地方的工作全面参与，也不需要有什么地位和身份的确认。和自己一样的同事，都是副处级职务，到临潭任职都是村子的第一书记，自己担任了副县长还觉得有一点儿高高在上的不适感。一个作家或一个作家机构的工作人员，首先要有底层情怀，要有群众观念。

到了地方基层，先要俯下身来，向当地的干部群众学习。只有走到基层，走到农村和牧区，走到平时难以触及的乡间，才能真正了解和融入当地的文化。也只有真正了解和懂得，才知道从何入手，如何对当地优秀文化进行整理挖掘，才知道哪些内容需要扬弃。职务虚高之后，他也怕自己到哪里都弯不下那个腰，渐渐忘掉自己的初衷和本色。

昨天，他认真读了几个人最近的作品，感觉在文学创作技巧和主题导向上还需要做一定的调整。当然，他要谈的这些并不是对他们的创作进行干预，他在和这些作者打交道时从来不以老师或领导的身份、口吻说话，反而经常称一些资历较老的作家为老师。他是想以一个读者或编辑的视角和他们探讨作品或创作是否有改进的可能性。约见的时间已经过去了 20 分钟，但要见的人还没有赶到。这让他心里感到不是很好受，不好受不是因为对方爽约破坏了自己的感觉，而是这种常见的拖沓和慢节奏已经形成了一种惯性，同样会伤及整体工作和地域风格。如果说，这方面的问题也属于文化工作应该覆盖和改进的范畴，这将是他最大的遗憾，因为在短短的两年时间里，他自知无法靠个人的力量改变这些。

本来约好要用一个小时的时间与他们交谈，看来时间需要压缩成半个小时，因为他马上就要赶接下来的两个事情，一个是去城关庙看望一个 78 岁的丁姓老先生。老先生是一个执着的地方文化发掘者。这些年，他坚持用自己的业余时间自费搞文化研究和传播，在做了大量的调查和材料收集整理工作，以"洮州十八龙神"之一的安世魁为研究对象，并把研究成果整理成一本小册子，免费对来城隍庙游览的游客发放。老先生之所以对安世魁这么感兴趣，是因为他发现在"十八龙神"里，安世魁并不是排名靠前的龙神，却一直深受当地回、藏、汉三个民族百姓的崇拜。原因是安世魁在洮州执政期间为民族团结和发展地方经济特别是在民族团结方面做了很多可歌可泣的事情。安世魁死后，有关他的事迹和民间传说，一直被洮州百姓口口相传，直至今天。

临潭乃至甘南，民族团结和社会稳定始终是高于一切的主题，也是各族人民心中最大的愿望。因为临潭的民族成分更加复杂一些，辖区内回、藏、汉民的比例差不多平分秋色。民间早有"三石一顶锅"的说法。因为最早的人类，就是把三块石头上架起一顶锅就可以生火造饭，在军营就是一个团队，在民间就是一个家庭。临潭人就把这三块石头比作三个民族，意思是这个地域三个民族一个都不能少，谁也离不开谁，离开了日子就过不成，不能成为一个完整的"家"。王志祥之所以要特意拜见一下这位老先生，也是因为他敏感地发现了民族融合和民族团结的文化主题，对临潭或者甘南地区都有十分重大的历史意义和现实意义。

此前，他也曾经长期关注过侯显这个历史人物，曾多次去过侯家寺，搜集整理过很多关于侯显的历史资料。侯显和安世魁是

躬身——缘起于甘南的"环境革命"与人文传奇

一个类型的历史文化人物。作为大明王朝的重要使者，侯显穷其
一生只做了一件事，那就是当好和平的使者。他一生不仅致力于
促进中国和亚洲各国之间的经济、文化交流，也致力于促进汉藏
两个民族的感情沟通、文化交流、经济往来和民族团结。只此一
事，便足以名垂青史。王志祥要把临潭这些潜在的文化要素和文
化品格好好梳理、总结一下，尽自己最大努力把这些优秀的文化
基因通过各种传播方式和传播渠道宣传出去，使之进一步发扬光
大，成为临潭人特有的文化禀赋。

围绕这个主题，他至少要写一篇有分量的长文，争取发到影
响比较大的国家级报刊上。一方面是尽一个作家的天职，另一方
面，对临潭也是一个推介和宣传。此前，几任来挂职的作家干部
先后都留下了自己的作品。挂职县委常委、副县长的朱钢出版了
反映临潭人文的诗集《临潭的潭》；创作了近10万字的散文，大
量的新闻、摄影作品，发表于《人民日报》《人民文学》《十月》
等报刊。挂职池沟村的首任第一书记陈涛出版了《甘南乡村笔记》，
并在《人民日报》《光明日报》上发表大量文章，还做客电视台
推介临潭。挂职池沟村的第一书记翟民，也在挂职工作之余，作
为杂志编辑部副主任，积极为临潭县当地作家改稿，并联系发表
渠道，推介作品；同时他根据亲身体会，写下大量文章。一年多
来，王志祥本人虽然也在《人民日报》《光明日报》《解放日报》
《文艺报》《诗刊》《文学报》等报刊发表一些写临潭传统文化、

人文风情和脱贫攻坚的文章和诗歌，但还没有大部头的著作问世，看来正在创作中的一部关于临潭历史、人文的长篇小说，要等离开临潭之后才能完成出版啦。

想到自己要做的事情太多，而自己的力量又如此单薄，精力又如此不足，王志祥轻轻地摇了一下头。个体生命的短暂和个人力量的微弱是人类无法回避的事实，看来一切都只能尽本分由天命啦。人类所有大事业的成就，也都只能靠群体的共同努力和代代相传啦。几个约见人到来后，王志祥稳了稳自己的情绪，并没有对他们提出批评，而是把自己事先想好了的意见，用简洁的语言对他们一一做了交代。等约见的几个人一走，他马上叫车直奔城隍庙，丁老先生怕已经在那里等急了。他此去一是要了解老先生的研究进展情况，关注、学习他的研究成果；二是要代表县里给老先生鼓鼓劲，我们的民族、国家和事业，确实需要这些默默无闻的基层奉献者，他们的坚守和付出的劳动都应该受到广泛的认同和尊重。

在丁老先生那里，大约逗留了 40 分钟。王志祥抬腕看看手表，差 20 分钟到 11 点，他得抓紧往临潭第二中学赶。那里今天有一个简单的赠书仪式，顺便他要结合全州的"环境革命"对学生进行半个小时的环保意识教育。在路上，他需要简单地确定一下自己的讲话内容，他要考虑一下，以哪种方式切入更容易被学生们接受。在去往学校的路上，他突然接到了县委办一个副主任的电话,通知他明天的政府工作报告讨论会由于领导要去州里开会,调到下午 2 点召开。又是一下午的会议。这个会,从去年开始,他就得唱主角,县委书记高晓东和杨县长知道他对文字擅长,两个人就认准了他,只要会上研究材料,不管是重要讲话材料、政府工作报告或经验材料……两个领导都是打个场子就把他推向前台。他也并不太推辞,一个人有用、有价值才会被使用,否则人家找你干吗?但是下午原定要给几位最近在作家出版社出了书的作者开研讨会,看来时间上就得往后移了。他立即给县文联的专职副主席敬奇才打电话,通知他研讨会时间的变更。

还好,当他赶到临潭二中的时候,比约定的时间刚好提前 10 分钟。看看手表,他表示对自己还满意。他很重视和孩子们的交往,尤其注意不能将成人常犯的毛病传递给孩子们。他一向自诩为守时、守信的人,所以平时对不守时、不守约的人不太赞赏。他认为那种人就是不懂约束自己,更不尊重别人。想到了这里,他突然有了灵感,今天可以把对学生的讲话调整一下,不只就"环境革命"讲"环境革命"或生态保护。讲得稍微大一点儿,稍高一点儿,讲敬畏。一个简单的捐赠仪式大约用了 10 分钟,紧接着他就进入了自己的主题演讲时间。由于那天讲的话题正是他平时喜欢的也是极力倡导的,所以演讲得顺畅。他不仅给孩子们讲了要敬畏自然、敬畏环境和周边的人和事物,更要敬畏那些微小的、弱势的、自己认为远比自己低级的事物,万物平等,万物尊贵，所有的一切都值得人类尊重和敬畏。"人肯在哪里把腰弯下来，就能够在哪里得到成就！"最后，他以这句话做了一个有力的结尾。

下午从驻地往办公楼走的时候，王志祥在路边看到了三个烟蒂和一片包装纸，他顺手从口袋里掏出了事先准备好的一个可降解的小袋子，装了进去。正在他弯腰拾取那片包装纸的时候，挡住了与他同向前行的一位年轻妇女的路，因为对方走得匆忙，差一点儿就撞到他的身上。他直起腰的时候，一回头刚好和那人打了一个距离很近的照面，但对方并没有表现出惊慌失措或怨尤的样子，反而嫣然一笑。这一笑，王志祥并没有误会，他知道其中的含义，那是一种由衷的好感，网络语言叫"赞"。因为这一笑，他的心也随之灿烂了一下。没想到，挂职两年他已经变成了一个地地道道的甘南人，在"环境革命"整体氛围的熏陶和影响下，眼睛里连一个烟蒂也容不下了。只是不知道回到北京之后，这样的习惯还会不会继续保持下去，也不知道以后当自己弯腰挡住别人去路的时候，会遇到怎样的表情。

一下午的政府报告讨论会，牵涉县里方方面面工作，其他的工作因为各有领导分管，王志祥也不好在内容上干预过多，他重点是在报告的架构和文字表述上把一下关，但涉及自己分管的文化教育，他还是要提些建议，明确几点重要内容。他觉得有了今年的基础，自己离开临潭后，一些重点内容应该会被陆续重点关注的。尤其是文化，必须经过人们长期强调、坚持和推进，才能让某种与地域、人群相契合的优秀文化落地生根，并长成参天大树，荫庇后世。他在会上重点提出，要把"万人拔河"的精神确定为临潭精神正式写进政府工作报告。他认为，拔河精神的实质就是恒久、绵长，永不松劲，永不懈怠，永不言败，只要有一点儿希望就不会放弃。这样的一种精神，也是与甘南州的整体追求、整体工作风格高度契合的。有了这样一种精神，无论是"环境革命"、"全域无垃圾"、脱贫攻坚还是小康社会建设，没有过不去的坎儿，没有克服不了的难题。这就是现代版愚公移山精神：只要你交给我足够的时间，我一定给你一个满意的结果。

三

青云山如一匹青鬃烈马，沿洮河之北一路奔驰而下，至九巅峡水库的入口处一个腾跃，又一个回旋，便定格成一帧美丽的风景和滋养一方生灵的温馨臂弯。

当地人把这一段突然隆起于众山之间的山峦称为照山。照山的"照"字大约可有两解：一是照壁的照，站在山峰和洮河河谷之间的平川上，举目远观，一峰突起，宛若谁家院子里一面巨大的照壁，照壁后大约还藏着人们平时看不见的神仙；另一解，是因为照山虽高，却不遮挡山前的阳光，日出即照，利于稼禾，光虽然不是它发出来，也把一个亮亮堂堂的名字奉送给它，这叫感恩。也有人说叫照山不对，应该叫眺山，因为登上那座山峰之上，就可以尽情地放飞视野，北眺康乐莲花山，东眺岷县木寨岭，南眺迭部雪山，西望川流不息的洮河水，方圆数百里，无遮无挡。

还是叫照山吧！照山在后，高度达到海拔 2700 多米，众低矮山峦沿左右两翼前伸环绕，总体上把山下的平川围成了一个标准的半月形，将磨沟、梨园、中寨、王旗四个村落拥入怀抱。这样的一个绝妙去处，任谁到这里转一圈，都会心生艳羡，如果可以自由选择的话，怎么说也要把家搬到这里来，垒土造屋，尽享自然的恩赐。

这样的好地方怎么会没有领主？古人在选择繁衍生息之地时，既不缺少现代人的智慧，又比现代人多了很大的自由选择空间。据说，北宋以前吐蕃首领董毡就曾在这里盘踞过很久，占领洮河西岸方圆地，形成地方割据势力，不受朝廷管制，独霸一方。其部下大将鬼章，也钟情此地并长期盘踞。还在这里修建宫殿和各种军事设施。如今，铁城堡、梨园堡、阳田堡、坪子堡、山城堡、暗门土桥、边墙河土围墙、暗门烽火台、照山瞭望台、梨园金銮殿、梨园堡至金銮殿间的暗道等遗迹尚存。

实际上，鬼章来此地已经不早了，在他以先的人早就发现了这块风水宝地。2008 年 7 月，甘南爆出了中国考古史上的重大发现。甘肃省考古所在对九巅峡库区进行抢救性挖掘当中，发现了迄今为止全国最大的齐家文化墓地。挖掘从当年 7 月开始到 11 月止，共挖了 346 座墓葬，出土陶、石、骨、铜器物 2600 余件（组），据碳十四测定，这批文物年限上限在公元前 2300 年左右，下限可能已进入商代，即距今 4300——3500 年。不仅如此，经前期调查还发现了仰韶中晚期、马家窑、寺洼等文化遗存。从考古发现可以看出，这一小片山水间的平川，几千年之前就已经有人类在兴高采烈、热火朝天地生活了。毫不夸张地说，自远古以来这里就是一处适于人居的美好家园。

那些年，四个村子里的人，特别是离洮河岸边台地只有几百米的磨沟村，更是近水楼台。不断有村民从自己的田地里和山水过后的山坡上捡到一些古旧、拙朴的坛坛罐罐。据磨沟村的王胜军讲，那些年，只要山上下了大雨，大雨过后总会有很多的陶器从土里裸露出来，有一些已经残破，有一些则完好无损，没有人把那些东西当回事。有一些会过日子的人，找来几件稍大一点儿的拿回去装米、装油；有的嫌碍事，一脚将其踢到路边的沟里。有一些顽皮的孩子把那些东西捡到一处，当靶子，练弹弓，打碎一个听一声脆响，哈哈一笑。村里没人有这方面的知识，不知道这些东西是从哪里来的，又有什么用处。更不知道从前这块土地上住着什么人，当时的生活情景是啥样子，那些人和自己到底有什么关系。后来，有外面的人进来，开始收购这些坛坛罐罐，一两元一个被人收走了很多。直到 2008 年，这里的人才知道那些东西都是值钱的文物，那么多的文物也足以证明，自己居住的这块地方自古就是一块备受人们青睐的繁华之地。

然而，当时光延宕到当代，这块被世世代代人们所看中的风水宝地，却呈现出一派沧桑、衰败的景象。在全国开展脱贫攻坚战之前，临潭县是国家级贫困县，王旗镇是临潭的重点贫困乡，中寨村则是四个村子之中的重点贫困村。可以称得上贫困中的贫困，或准确地说是贫困的"立方"。不仅贫穷，还穷而脏，穷而乱，穷而破。甘南"环境革命"刚开始那个阶段，县里和乡里下来检查的人都认为，在环境卫生方面，这里应该是全县的重点治理和监督部位。最初，乱到什么程度，乡里的干部说他念了这么多年书，都找不到合适的词把那里的脏乱描述清楚。笼统地说，就是污水横流，垃圾遍地。

为什么会这样？就是因为这块土地太好了。没来的总想进来，来了的就不再想走，人越聚越多，土地和环境的压力越来越大。人与自然的关系恶化之后，致使资源匮乏，人与人之间的关系也在竞争中恶化。恶化了的人际关系和人文环境，又吞噬了人们对生活的信心、对未来的期待和对美好的憧憬。

一切都在不自觉的恐慌和贪婪情绪中迅速展开——人们开始对无言的自然进行疯狂的掠夺。土地上布满了人的足迹，一年接一年、一茬接一茬地耕种让土地没有丝毫喘息的机会，越施越多的化肥让土地有机含量逐年消耗，但过多的人口依然无法存活。于是人们开始把斧头对准了山林，伐木卖钱，伐树烧火，先伐大树，后伐小树，然后灌木，最后连高一点的草也从山间消失了。中寨村退休老支书说，以前这里四周的山上都长满了大树，粗的有两人合抱那么粗。不过40年的时间，山上连草都不长了，连草根都被人们挖出来烧火了。当自然被伤害得千疮百孔、体无完肤之后，自然给人们展现出一个丑恶的面孔，人类日日与丑陋不堪的山水相向，心态和心性也就一点点变坏、变丑陋了。

2015年甘南州启动"环境革命"时，鲁耀科还在中寨村担任党支部书记，他知道村里脏乱成这个样子是应该好好管一管了。正好上边有要求，就借机好好管管，清理一下，否则也实在太难看了，让他这个当支书的也没有脸面。如果平时上级没有要求，无缘无故地管起卫生来，还真有点儿突兀，毕竟大家手里都有很多的活计和事情。况且，日子一直过不好，人们的情绪也烦躁，动不动就发火，脾气大、很难管，一般的事情差不多就行了，也不能要求太高。

王旗镇包括照山下的几个村落，绝大多数的居民都是汉族。汉族人在环境卫生方面，应该都有自己的传统和观念。从古至今的农业文明熏陶和大面积集居的人文环境，让他们懂得讲究卫生对自己生活和形象的重要。好多地方的人甚至都把对卫生问题的强调列入家教，一代代向后人灌输"穷也要穷得有尊严"。如何有尊严？就是穿着、居家不管多困难起码要干净利索，身上即使穿着打补丁的衣服也要整洁。人不怕穷，而怕没有志气，怕没有一个向好的意愿。中寨村的居民和那些藏族居民的情况就有所不同，藏族居民多数是表里如一。外边干净的，屋子里也会干净，外边脏乱的，屋子里也差不多。而汉族人很可能情况相反，很可能外边干净了里边不干净，也可能里边干净了外边不干净。

　　从镇里开完会，鲁耀科特意到村里四处转了一下，以便对这次清理卫生的工作难度做一个评估。之前知道这里村容村貌搞得很糟糕，但并没有认真看过。这一看不要紧，惊得他倒吸一口凉气。本来觉得挺熟悉的村子，原来竟然是这个样子。几乎家家户户，把那些难看的、难闻的东西都堆到自家的院子外、村子的街巷边，什么猪圈、鸡窝、粪堆、柴草垛、破砖瓦等等，还有那些歪歪斜斜的简易棚子和临时建筑，简直不堪入目。为了让村民们尽快重视和行动起来，他先召开了一个会议，传达了州县的文件；过后，村委会的成员还分片去各家各户进行了督促和落实。这么一动员，村民们确实很快行动了起来，把能清理的尽量清理了。但离上边文件的严格要求，还有一大段距离。如果较真的话，肯定难以过关，但这也是没有办法的事情，要彻底达到标准，就要大动干戈，就要伤筋动骨。干得太冒进了，怕将来收不回来，村民意见过大，自己这个书记也担待不起。这就需要看看上边的动静，如果上边和其他村都动真格的，再大动干戈不迟。

　　第一个回合结束后，鲁耀科觉得心里还是有点儿不托底，清理垃圾、打扫卫生的事情过去也经常搞，每次兴师动众干那么几天就过去了。这次，好像和以往有很大的不同。虽然鲁耀科的文化程度不高，但细琢磨一下这次上边发的文件，还是觉得这次搞的"全域无垃圾"活动好像和以往有点不一样。无论名称上，还是具体要求上都不太一样，难道这次是想来一个大的、长久的活动？如果按照文件里的要求严格去做，没有个一年半载达不到要求。有一些要求，恐怕一年半载也达不到。到底应该搞到什么程度，他一时也拿不定主意了。为了稳妥起见，他决定去镇里讨一个准信儿。那阵子从县里调来的镇党委书记，正忙着自己调出的事情。也许他自己也没有认识到位，也许根本就没心思想这个问题。面对鲁耀科的询问，他头也没抬地回了一句："你们看着办吧。"鲁耀科想，都把决定权力下放到村里了，能有多大的事情？如果是大事的话，还等我过来问？早追到村子里去抓落实了。

　　两个月之后，鲁耀科突然发现风向变了。镇里换了新领导，新领导黑着脸领着一伙人来村里指导"消灭垃圾"的工作。不仅仅是清理垃圾，而是要让村子面貌一新，不仅环境焕然一新，人的思想也要焕然一新，这可就要吃重啦！好家伙，原来以为就背一袋子糠，结果竟然是实实在在的一袋子粮。据说，在这件事上，整个王旗镇的工作都落在了后边，挨了上边的批，也挨了重重的罚。新书记上任后放出了狠话，今后几年，"环境革命"就是全镇第一件大事，各村都给我听好，谁不重视、不好好干，谁让镇里难堪，我就让谁难受。接下来的节奏就更让鲁耀科感到紧张和紧迫。不但镇里的，县里的、州里的检查组、督导组，像鞭子一样，一下下抽下来，每隔一段时间就过来督导、检查一次，不但指出存在的问题，一些包村的领导，还住在村里看着大家干。

现在的问题，不是在干与不干之间选择，而是如何干能真正干好的问题。村里的工作不比镇里和县里，这是纯粹的落实，不但要督导、督查，还要领着村民一起干，干完村里的还有自己家的一大堆事情，自己家要首先达标。但事到如今，说啥都没用了，就是干呗。于是，一轮轮发动，一轮轮督导，不但要村民的屋子、院子和村街弄干净，还要每周组织村民去村外，到公路边，到洮河边去清理垃圾。那垃圾，不清理就罢了，一清理才发现，都是一些陈年货，也不知一层层堆在那里有多少年了。鲁耀科领着村民们干了半年多时间，才看出个干净样子。

中寨村垃圾清理这项工作的推进，是本着先易后难，先小后大，先表面后深层的顺序向前推的。小的、表面的、好弄的清理完之后，剩下的都是一些难处理的。甚至在"垃圾"这个概念上，各种层次的人都有了分歧。那些破砖烂瓦、铁丝麻绳、猪圈鸡窝、粪堆煤堆，特别是那些为了让自己院子宽松一点，非法挤占公共空间的临时建筑，都存在着不小的争议。你认为那些东西是垃圾，村民却认为那些都是能用得上排场的有用之物；你认为那些影响公共卫生和公共环境的东西应该清理掉，村民却认为那是伤害他们个人的利益，要么保留，要么补偿。平时不涉及自己利益时，你说啥他都不反对，一涉及个人利益，马上就翻脸不认人，什么难听的话都说得出来。你说那些猪圈、鸡窝要拆除，他就会说"难道猪、鸡要放在你家里去养？"你说那些棚子和杂物都要清理，他就说"缺了东西找你去要？"再往深了说，他就全盘否定这项工作："你们咋啥都管？这些都是我个人的事情，又不违法，凭啥听你们的，凭啥接受你们的管教？"

直到这时，鲁耀科才领会到，上级为啥要求农民转变思想、转变观念。这些年，一直在村里工作，直接和农民接触，鲁耀科的经验是对农民要像对待孩子一样，既不能太软，也不能太硬；既不能全软，也不能全硬；既要哄着，也要罚着；既要耐心地讲道理，有时也得和他们不讲道理。总之，要讲技巧，讲方法，讲原则，讲策略，灵活机动，因人施策。尽管转变他们的观念和行为很难，但只要初衷不改，坚持不懈，只要让他们看清大的方向和趋势，都会一点点由被动接受转为主动改变。可以说，中寨村能有今天的面貌，鲁耀科是费尽了周折、喊破了嗓子、想尽了办法，硬拖上正轨的。

谈到农村工作的难，王旗镇镇长徐睿也是深有感触。农村工作的难点是干部有干部的难，农民有农民的难，一难俱难，一易双易。比如这个"环境革命"，刚开始的时候一些配套政策还没有落实，农民们看不到这件事的意义和能给自己的生活带来的变化，仍沉浸在一种萎靡不振的情绪中消极抵抗。他们难不难？真难。经济上、观念上和情绪上都在一个低水平运行，连日子都过不好哪有心思整治环境？干部也难，面对着上级的明确要求、未来的规划和图景，工作局面却迟迟打不开，是上边的总体设计有问题，还是政策不适合这个地方？还是自己的重视程度、工作力度、工作能力有问题呢？这里的关键问题就是如何打开这个"难"的死结。

这就需要有一个弯腰的动作，如何弯腰呢？就是干部首先要把老百姓的难当成自己的难，先把他们的难心事解决了，他们才会对干部以及你要干的工作有个深刻的理解和认同，才会和干部们一同努力把干部的难也解决掉。2017 年之后，随着脱贫攻坚的全面展开、甘南州"一十百千万工程"的推进和农村公益岗的大量配备，以及一系列惠农措施的落实，农民的难首先得到了解决，"环境革命"带来的红利和各种收益渐渐显现。

现在，王旗镇各村的农民们地里都种上高附加值的经济作物，黄芪、党参、当归等，土地产出比以往高出四五倍，每个困难家庭都有一个公益岗。此外，县里和镇里还与外地大企业签订了劳务用工合同，外出务工人员不但可以获得劳务收益，还可以获得一份务工补贴，家家没闲人，户户有钱赚。这时他们才从心里认识和认同了政府对农民的真心实意。这就没什么说的了，都是为了农民和村子好的事情，凭啥不支持呢？于是村民们的思想、观念和行动纷纷不由自主地转变过来了，支持"环境革命"，投身"环境革命"，主动配合干部们扫除"环境革命"中的各种障碍。村里人再有人为难下来督查的干部，只要有人说一句"你管我干吗？"村民中就有人站出来抢白他："人家吃也管你了，住也管你了，花的也管你了，什么都管了，卫生咋就不能管？"

至 2020 年，王旗镇的环境整治攻坚战基本取得了全面胜利，就差最后一个堡垒。王旗镇的王旗村需要在村边的一个公共场地上建一个公共厕所，但这片地被 12 户村民长期占用，几年都做不通工作。随着农村条件的好转和村民们对"环境革命"重要性认识的提高，有 11 户村民都陆续将临时建筑拆掉了。最后一个钉子户，村里和乡里轮流去做工作，一家人，从爷爷开始，一直做到家庭中的孙子辈成员，还是不同意拆。没办法，村子召开了"两委"会和村民代表会，征求大家的意见，在"两会"和村民代表都同意的情况下，镇里下了最后通牒，限那个村民一周的时间找到建筑的法律依据，如果找不到，一周后强拆。强拆后，如果找到或办理了合法手续，镇政府承诺予以经济补偿。一周后，村里发动村民对违规临建进行了拆除。

甘南州结合"环境革命"进行的旅游示范村建设，一下子打开了广大农牧民的视野和思维，大家逐步认识到，对于甘南这个地域，这场"环境革命"正是打通绿水青山和金山银山之间的唯一通道。在王旗镇这一带，鲁耀科是一个政治上和经济上把握方向比较准的基层干部。"环境革命"开始不久，他通过琢磨州县的一些文件和与中寨村出去的干部探讨，从心里认了绿色发展这个理。这地方的人还有一个特点，就是认死理，只要认定了，就会全力以赴。鲁耀科和村委的人一商量，就觉得中寨村这地方应该发展旅游，只要把旅游发展起来，躺着都可以挣钱。

他们系统地分析了一下，中寨村的旅游资源还真不错。后边有照山，前边有洮河，出门不到一公里，就到了九甸峡水库的边上。往西，不到一公里又是磨沟，著名的齐家文化遗址，多么好的旅游资源啊！可是，当他们抬头看了看周边光秃秃的山，心里就生出些遗憾。转念一想，事在人为，没有树我们可以栽呀。树原来是我们砍的，就应该由我们再栽上。别说我们要发展旅游急需周边的山绿起来，就是没有这个念想，我们也应该把过去欠下的债还上。秃山的面积是大了一点儿，但山下的人是不会断绝的，从我们这一代开始栽树，一代代栽下来，总有一天能把这个山栽绿了。如果我们不动手，下一代又指望下一代，哪辈子这山才能恢复它原有的生态呀？

鲁耀科说干就干。每年春天最重要的事情就是发动村民上山去栽树。村里的经费少，买树苗的钱不好出，他就四处去"化缘"，东要一车，西要一车，把自己这些年当村干部的人脉全都用上了，实在要不到，自己掏腰包也要把树苗弄回来。在栽树这件事上，村民们也十分拥护,村里的其他工作叫人时都不一定齐整,可是一说栽树,村民们啥代价都不讲,说几天就几天,乖乖地跟着上山去。连续五年下来,他们已经栽活了 90 万棵树。他们估计了一下,再有五年的时间,动用一切可以动员的力量,差不多能把朝阳的山坡上栽满树。虽然,树栽上后距离长高长大还有一定的差距,但十年后也可成荫了。

站在中寨村举头望向照山,山的最顶峰,一片孤零零的屋宇已经建了起来,那是中寨村规划中的未来旅游景点之一。初看,光秃秃的山上这么一个无依无凭的屋宇真有那么一点儿滑稽,但是看着看着感觉就变了,看着看着就生出了几分庄严和值得敬畏的气韵。

四

从2008年那个漆黑的夜晚开始,敏桂兰决定要一直等下去,虽然她并不知道时间的那端究竟是什么。

在那间就快倒塌的破房子里,她的目光穿过幽暗的窗口,坚定而执着,仿佛在时光隧道那端果真闪烁着隐约的光亮。

四年前,刚满 18 岁的敏桂兰与本村青年马而南结婚,婚后夫妻俩如胶似漆,感情和美。虽然马而南父亲早逝,母亲体弱多病，家境十分贫寒，但有爱情之火的灼烧，两个人并没有因为生活的拮据而冷了感情。他们都有一个坚定的信念，只要有健康的体魄和勤劳的手，就不愁生活没有着落。随着他们儿子的诞生，本就很窘迫的日子，又多了一个花钱的人，欣喜之余，必须要考虑生活来源的问题。

马而南 10 岁父亲去世，11 岁就辍学到外去打零工，那是童工，没人敢用，活儿十分难找，但不出去连饭都吃不上，只能在做买卖的熟人手下打打杂，干点零活赚点微薄的收入，一半靠挣，一半靠讨。由于读书少，又没有手艺，长大一些的时候，基本都是干些物流、搬运以及工地上和泥、递砖的活儿。强度高，报酬低。结婚后，他就更不愿意做这些事情了，可是不做这些，家谁来养，几口人的吃饭问题如何解决？

据在外打工的同乡说，四川那边打工活不那么累，挣得稍多一些，他就跟人一起去了成都，在一个物流公司当装卸工。虽然劳动强度比建筑工地低一些，但工资收入依然很微薄，每月只能拿到七八百元的收入。虽然那时物价还没有涨到现在这么高，但七八百元还是低得不能再低了。结婚生子之后，马而南的牵挂骤然增多，对自己的工作也表现得无可奈何。一段时间以来，他内心最大的愿望就是一年中只有一个月在外打工，钱挣够用了就回家和亲人们在一起。

2007 年的一天，他去一个药材市场卸货，这时过来一个热心人，与马而南搭话，他说自己有一批特殊贵重的药材需要有人单独去边境那边把货带过来，报酬是 5000 元钱，南去云南和出境的手续、往返路费都不用操心。他问马而南有没有兴趣。5000元？这个数字对当时的马而南来说，无疑是天文数字，这笔钱挣到了手，今年就可以回家去陪母亲和老婆孩子啦！他还没来得及问是什么药材，心里差不多已经答应了那个人了，但他还是问了一下那个人到底要运什么货。

"走私药材。"那人支吾了一会儿对他说。

"走私不犯法吗？"

"这个你放心，绝对安全，过了海关就有人接你，你就完成了任务。"那人回答得肯定又轻松。

"好吧。"马而南心里很复杂，有些害怕，也有些兴奋，毕竟跑完这趟就可以回家了。但愿那半个小时能顺利过去。

那天，当他带着那包"走私药材"出关时，迎接他的并不是想象中的接头人，而是两位全副武装的警察。警察的表情很平和，既没有大声说话更没有猛烈的动作，只淡淡地说了一句"跟我们走吧！"马而南只觉得五雷轰顶一般，知道这一走，就不一定会走到哪里了。被捕后，他才知道自己从缅甸那边带过来的是毒品海洛因。如果按照当时的贩毒量计算，够判死刑。事已至此，他无话可说，只能认罪服法，老老实实地等待判决结果。

一年后，判决结果下来，公诉方考虑到他是被贩毒集团利用的无知者，从轻发落，判处有期徒刑 15 年。也就是从宣判开始，妻子敏桂兰决定等他 15 年。此前的一年时间里，敏桂兰不知道会等来怎样的信息，如果判了死刑，恐怕连等都可能是一种奢求。

2008 年 4 月 28 日，妻子敏桂兰有机会给丈夫写第一封信。

亲爱的老公：

你好，近来身体好吗？祝你有个健康的身体，祝你天天有个好心情，你在那么远的地方，我们也不知道你过得好吗。

你已经走了一年零五个月零三天了，你知道这些日子里我是怎么走过来的吗？我一天天等你一天天盼你。大门一响，我以为是你呢，赶紧去看，盼来的却是你的判决通知书。

我看到通知书的时候好像晕过去了一样，那一天的那种难受，我这辈子都无法忘记。太难受了，太害怕了，你知道吗？

我收到你的信是 2008 年 4 月 22 日下午 2 点钟，我看到信就哭了，心里又高兴又难过。收到你的信那天，我就买纸买笔。晚上我就给你写信，我写信的时候，曼苏然（化名）在我身边问，妈妈你写什么呢？我说给你爸爸写信，他问爸爸去哪里了，我没说，就对孩子说，你爸爸去上海了，等过几年就来看我们了。

……

你的老婆：亥娃

2008 年 4 月 28 日

等你，等你

　　敏桂兰读书只读到小学二年级，平时很少看书、看报纸，基本不接触文字，但为了给狱中的丈夫以温暖和鼓励，也为了倾诉自己的思念之情和孤独之苦，她极力克服自己的人生短板，提起生疏异常的笔，给狱中的丈夫写信。十多年间，她以一颗温暖的心、一个恒定的信念和小学二年级的词汇量，先后给丈夫写了100多封充满情感的信，鼓励他重新树立生活的信心，告诉丈夫自己一直都在坚定不移地等待着他回家。读敏桂兰那些信件原文，会发现里面有很多的错别字，有的地方甚至用拼音代替，但字里行间透出来的那种愿力和深情，早已超越了字句本身和漫漫时空。

　　马而南入狱后情绪一度非常低落，25岁的青春年华，一失足就跌进了黑暗的深渊。沉重的打击几乎让他失去活下去的勇气，几次想到了死。但他的管教是一个温厚的人，知道他是一个"老实而善良的娃"，不断找他谈心，鼓励他珍惜大好年华，认真改造，争取立功减刑，早日获得重生。妻子一封封深情的来信，更给了他巨大的安慰和重新生活的勇气。

　　在狱中，管教给他分配的第一份工作就是做衣服。虽然马而南知道在那里做工作是没有选择余地的，但他还是小声和他的管教嘟囔了一句："这种女人干的活儿，男人能干好吗？"

　　他的管教看了他一眼，并没有责怪和呵斥他，只是淡淡地说了一句："一个人，如果想干的话，什么都能干成，只要你持之以恒。你就把一切都当作修炼吧！"

　　这句话，后来成了马而南一生的座右铭。自此，他不仅痛心悔悟，彻底谦卑下来，而且潜心改造，发愤图强，决心把劳改期间要干的每一件事情都做到自己的极限。无论做服装、军用帐篷、飞机的隐身衣还是其他用品，他都一丝不苟、刻苦学习，不但能缝制，还能剪裁和设计。10 年里，他先后获得科研创新奖、进步奖等，还多次被评为劳动模范，并获得了 5 年减刑。

　　在这 10 年的时间里，敏桂兰一边带着孩子，照顾着重病的婆婆，靠勤劳的双手撑起一个家；一边隔着茫茫时空、森森高墙关心和鼓励着丈夫。日子漫长，无穷无尽，日复一日，年复一年地延宕着。十多年前丈夫离开时，她刚刚 22 岁，还青春年少、风华正茂；十多年间，她以剥茧抽丝的方式将自己年轻的生命、心中的情感和盼望都交付给了时光，交付给了那些在时光中往返的信件，就像把一颗奇特的种子交给土地，然后在时间的另一头等待着土地孕育的结果。终于，在她 33 岁这年，命运给了她一个她期盼的答复——马而南提前 5 年刑满释放，重获新生。

　　夫妻重逢，敏桂兰一句话没有说出来，抱住马而南附在他的肩上痛哭，泪水像汹涌的潮水不断地涌流着。这是积攒了十多年的辛酸、苦楚和委屈呀！本不该在最高兴的时候决堤，却偏偏在这个时候难以抑制。那天，敏桂兰哭了一个多小时。哭过了，看看满脸泪水的马而南又笑了，笑过，又忍不住哭了起来……

　　也就是 2017 年这一年，甘南州住建局（脱贫攻坚帮扶单位）

与临潭县城关镇党委、政府为敏桂兰落实了棚户区改造项目，帮助她新建了住房。9 月，当马而南回来时，房屋主体已建成。对马而南来说，这一次的重获自由是一次真正的新生，11 年的劳改生涯，对他来说相当于 11 年的免费技术培训。重返自由生活的马而南，已经学得了一身技术本领，再也不是从前那个只能当力工的马而南。回来的当年，他就利用自己的专长建了一个帐篷厂。为了不断鞭策、警醒自己，他以自己获刑的日子（2007 年 5 月 8 日）为帐篷加工厂命名——"758"帐篷厂。帐篷厂成立后，生意大火，第三年生产能力就达到了 4000 顶，实现利润过百万元。他不仅自己找到了良好的发展之路，还带动了 13 户贫困户共同致富。

随着工厂规模的逐步加大，技术逐渐成熟，第一批来厂里打工的人员经过培训和实际操练都成了可以带徒的老师傅。马而南现在缝制和剪裁都不用亲自动手了，但他在厂里还是要亲自做两件事：一是负责帐篷的设计和材料的确定；二是负责厂内重点区域和厂子在街道责任区的卫生清扫工作。他执意坚持清理环境卫生主要是从两点考虑：第一，因为现在的一切都是党和政府给的，他要表达主动承担社会责任、感恩社会、回报社会的心情和态度；第二，他要给自己的工人做一个榜样，告诉他们一个人不管有多么成功都不可忽视小事，都要坚持把每一件小事做好，或者说，只有心怀敬畏，坚持把每一件小事做好的人才有可能干成大事。

五

你从哪里来？

我从江南来。

你带着什么花儿来？

我带着茉莉花儿来。

……

在临潭的东路花儿《路远歌》里，至今还传唱着这样的歌词。在高原，在临潭，是不能生长茉莉花的，这种散发着淡淡幽香和浓浓哀愁的花，只能如一缕不散的乡愁，生长在人们的心里。

在甘南藏族自治州，临潭当属"少数民族"区域，县内大部分人口是汉族。最近一次人口调查结果显示，在全县15.3万人口中，汉族占70.8%，回族占15.8%，藏族占13.2%，其他民族占0.16%。而占比高达86.6%的汉、回两个民族的原乡和文化之根，绝大多数是来自中原，来自江南。最早的临潭也就是古洮州的归属，一直在各朝代、各民族间流转。秦朝为中原人所据，汉朝又被羌人所占，三国时归属魏国，姜维于此地被邓艾所败，后来归了吐谷浑，再后来又归了匈奴和蒙古人。明朝洪武年间，沐英率部平定十八番叛乱之后，朱元璋考虑到洮洲是西域的门户，需筑城戍守便能扼其咽喉，于是便命设置洮州卫，筑城屯田，又将戍边将士家属从千里之外的江南迁移至此，这才有大批江南回汉两族民众入住洮州。现在，只要在临潭找到一个汉民或回民，问他的祖籍在哪里，十有八九的回答是"南京绉丝巷"。后来的很多考据家循着这个线索去南京探源，结果都没有找到传说中的绉丝巷。岁月远去，往昔的一切都掩埋在时光深处，当初的绉丝巷大约也如山西的"大槐树"一样，在族群的记忆中成为一个抽象的地址符号。时至今日，当年的统治者李达和城池的修筑者后裔都在，有一部分依然居住在原来老城旧址之上，保存完好的家谱，一代代清晰地标注着每一个家族繁衍生息的脉络。

几百年时光、很多个时代过去，在临潭县境内走一走，依然能随处感受到丝丝袅袅的江淮遗风，无论语言、建筑、服饰、节庆、生活习惯以及人们的总体性情，依然迥异于这个地区的总体风格。中庸、平和、低调、内敛、保守是他们共有的性格取向，而注重教育，息事宁人、不事张扬则是他们的行为特征。

临潭县另一个特点就是人口密度大，全州七县一市共 73 万人口，仅临潭就占到了 20%以上的比例，土地面积却只占全州面积的 3.8%。这就意味着人多、资源少、消耗大、垃圾多。所以，无论在脱贫攻坚中，还是"环境革命"中，临潭县的压力都要比其他县市的压力大很多。特别像古战这个甘南州最大的村子，2800 多口人，11 个自然村，想搞出个模样确实需要费更多的周折。但一路的暗劲、闷劲使下来，古战不但没有落在后边，反而成为全州能够排得上的旅游示范村。这就是临潭人的做事风格，总是在悄无声息中，拿出一个令人刮目相看的结果。

从古战镇党委书记屈慧娟办公室的窗口望出去，斜对面 2000 多米的距离就是牛头城遗址的古城墙。城墙下的大片土地都已经被翻整过，土质黝黑、发亮，看起来平整而肥沃。土地间有隐约可见的羊肠小路，还有东一组西一组乌黑发亮的金属雕塑沿路布设。据说，那大片的土地从 2019 年开始，就不种庄稼了，每年春天都种上各色花卉，当地人管那里叫花海。因为是冬天，已经无花可看，但想象一下上有古城、下有花海的景象一定很迷人。

屈慧娟虽然不是搞史学研究的，但对牛头城的历史还是了如指掌。西晋永嘉末，鲜卑族慕容氏族大举西迁，占据洮州旧城、古战等地后，修筑此城。据考证，吐谷浑部落到了高原之后，仍延续着北方游牧民族逐水草而居的习惯，常年住在穹庐之中，"筑城郭而不居"，所以牛头城只是吐谷浑戍地的办公场所。早年从古战镇向北行 10 公里，就到了洮河的一条支流——北河。北河上游有两眼清泉，常年从石缝间往外出流水。年纪大一些的人们从小就喝那泉子里的水长大，因为泉水甘甜，即使有了自来水之后，人们还是喜欢喝那泉里流出的水。随着自然环境的破坏，流水渐渐变得细小，近于干涸，只能去源头——瓦窑山下才能取回点水。很奇怪，这一带村里的老人临去世前，几乎都有一个特殊需求，那就是想喝一口瓦窑泉水。一般喝过了瓦窑泉水，也就可以瞑目了。这不是传说，是确有其事，所以村里人想骂谁找死，就说:"你是不是想喝瓦窑泉的水呀?"

屈慧娟说,这几年全州开展"环境革命",考虑到我们这里是基础最差、最难改变的重点乡镇,不仅仅县里的高书记和杨县长,就连州里的俞成辉书记和赵州长每人都来这里十多次,一次次帮我们谋划未来的发展之路,一次次研究如何让我们这只"没毛的土鸡"变成"凤凰"。我们自己也在上级领导的启发、鼓舞下幡然醒悟,一方面着眼当下的生活,一方面尽力偿还自然生态上的欠账,发动全村群众退耕还林和绿化荒山荒地,年年在北河两岸及上游瓦窑山那边栽树,几乎都栽满了。两岸植被得到大幅度恢复之后,那几眼泉水又开始流淌出来了。从前,农民们唯一的生活来源就是那几亩农田,农田供养不出温饱的生活,就得向自然伸手,透支自然资源。结果自然和人类两相伤害,互不滋养。开展精准扶贫和旅游示范村建设后,国家给了农民们起跑线上的助力。重新上路后,人们懂得如何与自然和谐相处了,也懂得如何与政府默契配合了,也更善于捕捉发展机遇了。

行走在古战村的村街上,自东而西的临街房屋都已经建成了门庭高大、气派的农家乐。在紧靠村头的一处稍微低矮的大门前,屈慧娟停下来,用手轻推虚掩的大门,就带领众人进了院子。很显然,屈慧娟并不想事先打招呼,也并没有拿村里最富有的人家来装点自己的政绩。

"这是我们村最困难的贫困户,如今也在政府的扶持下开起了农家乐，今年开业仅半年，就赚上 6 万元了！" 屈慧娟边走便简单地介绍。

这房子的户主叫刘军，但出来和大家打招呼的却是他的妻子牛巧兰。刘军是一个天性腼腆的人，虽然现在已经是一个施工队的头目，但仍然羞于见客人。平时就是自己家来了吃饭的客人，打个招呼或传个菜，他也发怵，总是找个借口躲开。至于镇上、县里或州上来领导参观或检查，他也会躲得无影无踪。这夫妻俩有点儿像唱双簧，女人在前，男人在后，看似一个女人独舞，实际上是两个人的共同旋转。今年 43 岁的牛巧兰，从面相上看，并不是很年轻。一张显得还精干的脸上，印着很多沧桑的纹络。如果了解过他们一家人的奋斗史就会晓得，那些痕迹都是过往辛劳、焦虑、困苦和颠簸的印证。

牛巧兰的农家乐是专门做清真餐的，之前她在镇里也开了一间小小的清真馆。她自己是汉族，为什么要开清真馆呢？当然是市场的需要。她是一个勤奋的人，不仅手脚勤快，也爱观察和动脑筋。一个经济基础很差的家庭，往往是容不得失误的。不失误都不好翻身，一旦失误，就不知道多少年才能恢复元气。开第一个小馆的时候，她进行了大量的市场调查，觉得街面上藏餐馆和汉族菜馆太多，本地回民的人数也不算少，但在这条街上却很难找到清真菜馆。思量再三，她还是觉得自己的判断没有问题，结果一开，果然很火。开这个农家乐，也是沿着原来的路往下走，附近很多人都已经熟悉她家的饭菜口味了,新店开张,老客马上就跟上来了。这是她最近几年的情况,再往前追述,那日子可就艰难了。

刘军家最早在 6 社祖籍地那边住,和牛巧兰结婚后,从原来的家里分出来,去了古战西庄子那一带种胡萝卜。那里的胡萝卜长得好呢!个头大、水分足、味道好,远近闻名,甘南还有几个地方产胡萝卜,都说自己的胡萝卜好,可是一比较,哪里的也不如古战的。胡萝卜好是好,但由于那些年租金高、销量小,价格又低,折腾了几年也没有赚到钱。如果赶上这几年甘南大搞旅游开发,就好了,就不会白干那么多年了。

转眼已经分家出来十多年,大儿子都已经 17 岁了,仍然没有自己的房子,还在租村民的旧房子住。后来,刘军的姑姑家因为种大棚蔬菜,必须要在大棚里守着,怕家里房子空着空坏了,便让牛巧兰一家搬进去住了几年,这算过了几年安生日子。眼看着孩子一天天大了起来,儿子、女儿都需要钱去读书,日子没有个起色咋办呢?

屋漏偏遇连阴雨,这时大儿子又得了癫痫病,每隔一段时间就会在学校发作一次。为了不让孩子辍学她需要放下手头的事情,到兰州租个房子去照料儿子,否则学校就要让孩子退学。不仅如此还要一趟趟往北京跑,给儿子看病抓药。家里的小女儿正在上高一,来来回回的也不放心,那么大的孩子,自己也照顾不好自己，既要学习又要自己洗衣、做饭，咋能放下心来呢？在古战人的观念里，再穷不能穷教育，再苦不能苦孩子。无论说什么，孩子上学的事情不能放弃。但着急上火，首尾难顾啊！牛巧兰得了精神障碍症。

正在这时，精准扶贫开始了，甘南的旅游示范村也开始建设了。牛巧兰一家被列入了最高档的建档立卡户，医药费的问题解决了，生活费用的问题解决了，孩子上学的费用解决了，吃饭问题解决了，房子问题也基本解决了。两口子一咬牙，干脆一次到位，建一个像样的房子，把农家乐搞起来。根据政策，镇里给了4 万元棚户区改造的补贴，2 万元申请开农家乐的补贴，自己再拆借一些钱，用上七年多来两口子攒下的石材和木材，丈夫刘军本身就是搞建筑施工的，找一些村民和朋友帮帮忙，一座不错的房子就建了起来。上房四间、厢房四间、KTV 包房一间，还有水冲厕所，夏天时还可以在庭院里置放一个蒙古包……一个农家乐有模有样地开张了，最多时可以同时接待十桌客人。

一个结子打开，满盘皆活。牛巧兰的病不知不觉间就好了，但她比以前更加劳累了。当她一口气说出自己一年中要干的事情，简直让人难以置信。她说开农家乐别人家要雇一个厨师和一个服务员，而她只雇一个厨师，自己当服务员，招呼客人并传菜，自己还要充当小工洗菜、刷碗、擦地、打扫卫生。每天早晨 4 点钟就要起来擦地、擦桌子、擦各种器具，家里烧水的壶、喝水的杯子从来都一尘不染，没有一点水渍。村里分的分担区，她也要亲自去干。每次她自己的分担区都会打扫得又快又干净，总是最先到，最后走。每次村里表彰、奖励都落不下她。这些还不算，因为丈夫要带一个施工队常年在外，家里啥都顾不上，她还要像男人一样每年想办法把那流转来的 20 亩农田种上。农家乐淡季没客人时，她一天都不闲着，还要去工地打短工。由于她干活有门道，一些拉尺、画线等轻松且有点儿技巧的活都由她来干。

用甘南地方话说，这女人"攒劲"；用普通话说，这女人要强；用成语说，这女人自强不息；用俗语说，一方水土一方人。但这女人终究属于被"江淮遗风"浸透了的临潭，柔和里隐含着刚毅，弱小里隐含着强大。

六

一道清冽、旺盛的河水，从天池冶海的边缘出发，一路南去，过池沟、过庙沟、过冶力关镇，与冶木河牵手，一同汇入东路洮河。河过池沟村时，得了自己的名字——池沟河。从此，它的存在就与莲花山脚下的这个小小村庄结下了不解之缘，小村的一切都映照在了河的心中。

2019 年 7 月，翟民来到池沟村时，甘南的"环境革命"和脱贫攻坚正进行得如火如荼。这个来自中国作家协会的清华大学高材生，当时的职务是甘肃省甘南藏族自治州临潭县冶力关镇池沟村驻村第一书记兼扶贫工作队长。在翟民之前，中国作家协会已经在池沟村"深耕"近十年的时间，先后投入帮扶资金 1319 万元，派驻了陈涛、张建两任第一书记，对这个贫中之贫、困中之困的国家级贫困村进行了持续的帮扶和改造。映现于翟民眼里的池沟村，已经不是多年前的旧模样。当初，这个拥有 1073 人的小村，仅建档立卡贫困户就有 342 人，还有 15 户五保户，58 个残疾人。全村 6 个社，其中 3 个社原来居住在山上，自来水都成问题。精准扶贫以来，2 个社集体从山上搬迁下来，还有 1 个社留在山上发展种养殖业。2018 年底，池沟村就已经整村脱贫。

2019 年的池沟村不但面貌一新，而且头上还罩着"中国乡村旅游模范村""全国绿色小康村""甘南旅游标杆村"等许多光环。初来乍到的翟民经常一个人走在池沟村的街巷之上，虽然整个村庄看起来绿树掩映，小桥流水，整洁安静，一派田园牧歌的景象，但翟民的心里并不很轻松。他知道此行所肩负的使命，也清楚接下来自己的工作难度。经过一个阶段的调查研究之后，他对池沟村的脱贫工作情况、"环境革命"进展情况以及整体情况都有了比较全面的了解。他也对自己接下来的工作做了一个初步的定位和评估——如果把中国作家协会 20 年来的临潭扶贫比作一场"马拉松"，到了他这里应该是最后的冲刺阶段；如果把这个长期的扶贫工程比作一项建筑工程，主体的进度都已经完成，到他这里就是工程收尾、处理遗留问题阶段。主要的问题、看得见的问题全部解决之后，剩下的全是看不见的问题、"疑难杂症"和留下来的"硬骨头"。

出村部，沿街前行，到池沟河边左转，再前行 50 米，在村子的最显眼处有一道残墙，墙被推倒后有一些残存的碎砖瓦还堆放在原地。这样的景象和村子的整体面貌和氛围大相径庭，显得格格不入。翟民每次走到这里心头都那么重重地往下一沉，好像一块石头压在了心坎。这是村子里一个典型的环保"钉子户"，户主姓冯，是冶力关镇某镇长的亲舅舅。因为以前村子规划围墙时占了他家 30 厘米院子，没有协调充分就把围墙修上了。围墙修好后，冯家又强行把围墙拆掉。之后，谁去做工作也难以做通。当镇长的外甥去了几次，每次都被骂得狗血喷头，灰溜溜退出来。不但如此，他家有两万元贷款，已经到期，但到期却不偿还，谁去催要谁被骂出来。面对冯家的蛮横，村干部和镇领导束手无策，只能一天天焦急地等待解决问题的时机。两年了，那堵残墙就那么放在路边，谁也不敢问，更不敢动。

诸如此类的事件，不仅冯家一例，在大家认为岁月静好的时候，就会突然跳出来。村干部们都觉得不可思议，但学富五车的翟民却并不感到奇怪。因为在任何时代、任何时候、任何环境下人的素质都会有差别，就像无论如何干净的庄稼地里，稗子和莠子都不会绝迹一样。另外，也说明物质文明飞速前进的时候，精神文明总会表现出一定程度的滞后。这是不容否认的客观规律，物质层面的变化如果一年就可以见效的话，精神层面的变化往往需要十年的时间才能真正跟上。脱贫也好，"环境革命"也好，要一直坚持到人心、观念、意识和文化彻底改变时，才算大功告成。否则变好之后，还会在适当的时间和条件下"回生"到原来的状态。

翟民到池沟工作后，建立起了一套新的工作制度，要求驻村工作队严守各项规章制度，与村"两委"、包村干部密切配合，实行驻村工作队、包村干部、村"两委"坐班制，形成了很好的工作合力。其间，他们也多次认真研究了池沟村几个环保"钉子户"该如何处理的问题。有人曾建议对其采取强硬措施，因为他们破坏了整个村子的形象和良好的旅游环境，损害了其他村民的利益。他们举了一个例子，以前，洪家村有一户居民，在村子的人行道上搭了一个棚子，放自己家的小车，环境治理时村干部劝他自行拆除，他坚决不同意，轮番做了很多工作之后，仍然无果。最后，村里召开"两委"会讨论，大家一致同意强拆。拆之前，告知他如果能拿出有效证据，可以到村委要求赔偿，或到相关部门反映问题。强拆后，这家的女主人把被褥铺到马路上，睡在马路上阻挡过往车辆，表示抗议。几天后，可能觉得自己并不占理，被邻居一劝也就自己搬回屋子里去住了。建议者想通过这个例子告诉翟民，对待一些蛮不讲理的村民完全可以通过强制手段解决问题，否则，不但眼前的问题解决不了，遇到同类问题，其他村民也可能会通过这种蛮不讲理的手段拒不配合村里的整体工作。

对于这样的问题，翟民不这样看。他认为，村民的觉悟和素质低，村干部不能和村民站在一个水平线上去处理和解决问题。通过强行的办法，明明是村里占理，将来也会因为落下"粗暴"或"欺负老百姓"的印象而处于被动状态。他的想法和其他干部刚好相反，他相信世间没有焐不热的石头、融不化的冰，只要一块冰化了，其他的冰都会跟着融化。做群众工作首先要走近群众，贴近群众，取得群众的信任，然后做过细致的工作，提高他们的觉悟和认识、认知水平，让农民从心里愿意接受干部的合理意见和建议。只有这样才能不留后患，才是从根本上解决问题。为了验证和践行自己的这些想法，翟民决定杀下心来在池沟村做一个自己认为合格的书记。

驻村以来，他吃住在村里，一年只回北京三次，每天完成村里的文案工作之后，基本上把所有的时间都用来联系群众、解决群众生活和思想上的问题。全州开展"环境革命"，村民们反映村里没有处理垃圾的专业车辆和设备，影响旅游环境，他就四处奔波，去争取资金，为村里购置垃圾处理车辆和设备。党员们反映，村子没有像样的党员活动场所，他又去四处协调争取 20 余万元改造提升村级党群服务中心。池沟村现有村级小学及幼儿园各一所，在校学生 112 人。翟民总是惦记着孩子的学习和冷暖，每逢节日都要带领工作队及包村干部看望慰问老师，并在教师节召开座谈会，以其清华大学的学习经历，把自己的教育理念、学习心得，与老师们交流，给他们加油鼓劲。入冬了，他发现村里的低保人员和小学生还没有棉衣，他立即联系志愿者为池沟小学全校学生、池沟村分散特困供养户、低保户每人捐赠一套过冬衣物，并且亲自送到他们手中。村民王虎年是翟民的联系户，由于王虎年患有抑郁症，丧失外出务工能力，儿子在大学、女儿在高中读书，精神和经济负担都比较重。翟民就一趟趟入户，从思想帮扶入手，帮助其卸下思想包袱，树立起对美好生活的信心，并为其在就医、外出务工、办理低保、冬季取暖、儿子实习、女儿高考填报志愿等方面提供帮助。为了加强池沟村党员队伍建设特别是村"两委"班子建设，加强党性修养，提升治理水平。通过积极联系协调，他先后两次帮助池沟村党支部书记李福禄同志赴京培训学习，帮助其开阔视野，增强本领。两年来，他不但对全村每户建档立卡贫困户，逐一走访，不落一户，而且一些有特殊情况的其他村民，包括 15 户分散特困供养人员、困难老党员、思想先进或落后村民、有问题有意见的村民等，他都一一入户走访。就连镇长不敢去的冯舅舅家，他也要每隔一段时间去联络一下。关键时刻，镇长无法协调时，都要找他出面协调。虽然不一定能百分之百解决问题，至少还能给他一些面子，临时做一些让步。

长时间的接触，想群众之所想，忧群众之所忧，翟民与村民们结下了深厚感情。有了感情就有了依靠和信任，有了信任就有了号召力，有了号召力就有了工作的新局面。村子最后一个贫困户实现脱贫之后，翟民把工作重点转移到"环境革命"上来。他知道只有把池沟村的"环境革命"牢牢抓在手里，村子才会有受人青睐的"花容月貌"，才能让"旅游标杆村"名副其实，也只有通过这样的途径才能把池沟村的天然优势发挥出来，让冶海水的旖旎和莲花山的风光，变成老百姓看得见摸得着的"金山银山"和丰稔的日子。况且，环境的优美也正是脱贫攻坚中所要求的"消除视觉贫困"。不知不觉间，翟民的扶贫工作队就演变成了一个"环境革命"工作队，因为村子能否保持永久脱贫的关键，已经转移到人与自然、人与环境能否保持和谐上来。

认识的高度统一、步调上的高度一致和环保氛围的空前浓厚，让曾经苍老、破败的池沟村出落成了莲花山下知美、爱美、会美的青春少妇。如今的池沟村，不管从哪里看都已经不像一个村庄了，而像一个特色小镇。小小的但水流丰沛的池沟河贯穿小村，带来了潺潺的水声，也带来了旺盛的生机，河上的水磨群古朴沧桑，给小村平添了岁月的重量。沿河一座座农家乐典雅精致，仿佛昔日的藏寨，又仿佛复活的城邦。走在池沟河边的木栈道上，宛若走在某个美丽的风景区中，或某个似真似幻的梦境之中。

突然，从马路那边走来了一个人，推着一个带轮子的硕大垃圾桶，他可能把那个垃圾桶当成自己的手推车了，边走边把路边的烟蒂、果皮等小型垃圾捡到他的"车"里。看外形，看表情，一眼就能看出他和平常的人不同。在池沟村，没有人不认识这个人，他叫连六十四。这个名字里隐含的意思是，他爷爷六十四岁那一年，他降生人间。

连六十四是村里的五保户，衣、食、住和平时的一切消费都由政府供养。连六十四不仅有精神疾患，还有轻度伤残。那年，连六十四年纪还轻，因为他一个姑姑嫁到了60公里外的康乐县，他从冶力关步行去康乐县看他姑姑，途中困乏，倒在公路上睡着了，被过往的车辆轧断了腿，伤好后，走起路来就有点儿瘸。之后，同一条腿又因为其他意外的事故断了两次，走起路来就瘸得更厉害了。因为他的特殊情况，村里的人都很同情他，除了五保户的标准待遇，每逢节日和换季的日子，村子还要特别对他予以关照，给他送换季的衣服、生活必需品和一些零用钱。

原来，连六十四住在山上，2014年末从山上搬下来后，正赶上甘南州的"环境革命"。全村人热火朝天清理垃圾的场面不知道哪天触动了连六十四的神经，从2016年的某一天开始，他就迷恋上了捡垃圾。没有人授意，没有人怂恿，更没有人动员，他到街边找了一个红色带轮子的垃圾桶就开始没日没夜地捡垃圾。每晨，人们不知道他几点起床；每晚，人们不知道他几点休息回家，有时可能随便倒在哪里就睡一觉。只要他醒着，就会推着一个带轮的垃圾桶在村子里到处行走，捡垃圾或运送垃圾。每天，他先是挨家挨户问，谁家有没有垃圾需要倒，如果有，就倒在他自己的垃圾桶里，桶满了，他就去找村里开垃圾车的李红平，把垃圾倒到垃圾车上。

连六十四一般不在自己家里生火做饭，他吃百家饭，因为每天游走于各家各户之间，到了吃饭时间，无论是开农家乐的人家还是一般人家，见到了连六十四都会想着给他备一份饭菜。各家的垃圾运完后，他就推着垃圾桶，满村子走，捡村街、巷道、公路边或池沟河边的垃圾，走到哪里捡到哪里，仿佛这是他此生最不能懈怠的一项事业。如果遇到大堆的垃圾，他也不往自己的垃圾桶里装，直接去叫李红平开着垃圾车来清理，运走。

疫情期间，连六十四的正常活动似乎也受到了影响。不知为什么，他戴着一只有点发黑的口罩住进了治力关镇的一个简易棚子里，不再回村。村干部担心他久住外边会发生意外，就去镇里劝他回村居住。几次去，几次劝，都无法把他劝回。后来，一个干部吓唬他说，再不回村就叫警察来抓他，他就乖乖跟着那个干部回到了村里。回村后，他一如既往，还是每天在村里不知疲倦地捡垃圾。从此后，他又多了一件事情可干，他通过和村干部对话，知道了警察的厉害，以后他开始对村里乱扔垃圾的人实施监督，如果谁扔了垃圾，他就去村里报告干部，让干部去找警察。

看到连六十四推着垃圾桶吃力前行，总是让人想起人类思维的复杂和神秘。没有人知道别人心里都在想些什么、装着什么，更没有人能够猜到一个有精神疾患的人在想什么。他走在村子里时就不太像连六十四，而像一个灵魂附体的人，像这个村子某一个方面的符号。

第五章

净土之净

一

　　夕阳照在大夏河上，一条闪着金光的带子就从远山逶迤、横陈而来，把行走的车辆和翘首仰望的人们隔在了河的这岸。冬天的大夏河道里一半是冰一半是水，站在桥的这端向左看，河水、河岸以及耀目的白雪，尽在一片光明的笼罩之中；向右，河水穿过小桥进入顺光段，不再反射明亮的阳光，则愈显澄澈、透明，直接把河底黑漆漆的颜色透露出来。成百上千只赤麻鸭在河道间的雪地上站立、行走、展翅或觅食。在这样的地方，大约所有有翅膀和没翅膀的、有名字或没名字的生命都是一样的，没有分别，可以统统被称作生灵。

对面就是一片举世闻名的藏传佛教地。威严的大殿、经堂、佛塔、牌坊和连片的僧舍在树木的掩映和夕阳的照耀之下，纷纷现出明亮的轮廓。在这里，无论雪白的墙壁、紫色的围檐、绿色的琉璃、金色的屋顶和塔尖、五彩云饰，还是在斜阳里行走的僧侣和信众，无不在向外界阐释着神秘、庄严的含义。

这里就是拉卜楞寺，也是拉卜楞镇，一个音韵响亮的名字响彻 300 多年岁月，将一个寺院和一个地域的声名远播至天边、地极。拉卜楞寺，即是藏语"拉章"的变音，意思为活佛大师的府邸，是藏传佛教格鲁派六大寺院之一，被誉为"世界藏学府"，至今保留着完整的藏传佛教教学体系。所属六大学院，一个显密学院，五个密宗学院，持续不断地为藏传佛教培养着各类宗教人才。

行过寺院门前的主桥，迎面就是一道长长的转经墙，这是寺院实际的外围墙，却因有难以计数的转经筒均匀排列其侧，看起来反而有一种开放的错觉。绕过这道墙，就进入了一个迷宫般的庞大建筑群。据记载，这座始建于公元（1709）年（清康熙四十八年）的寺院，总占地面积达到了 86.6 万平方米，建筑面积 40

余万平方米，主要殿宇 90 多座，僧舍 1 万多间，诸类佛殿、众多活佛宫邸及讲经坛、法苑、印经院、佛塔等等，不胜罗列。其中的"六大扎仓"也就是六大学院——闻思学院（属于显宗）、时轮学院、医学院、喜金刚学院、续部上院、续部下院，正是这座古老寺院的灵魂，在空间布置上，也如这篇建筑群的心脏一样，处于整个建筑群的中央部位。

天色向晚，一大群身着紫袍的佛学院学员开始向大经堂旁边的小广场上聚集。靠近一些时才发现，庄严的紫袍里裹着的是一群年龄 20 岁左右的年轻人。一百多人的一个大群体，有说有笑，有打有闹，也有一脸严肃的相互辩论。这是学员们必不可少的功课——辩经。与广场内人数相当，广场周围也聚集了数量很大的"观众"，从装束上看，这些人多是本县或周边的藏民。在佛学院的学员们辩经期间，场外的信众们开始一个接一个地俯下身来，跪在地上对着那些辩经的学员叩首、膜拜。

磕头、磕长头、躬身、膜拜……在拉卜楞寺，这样的动作或姿态随处可见。这是一个特殊的场域，只要没有走出这片建筑群，似乎对什么事物弯下腰来或前额着地都不奇怪。几百年以来，夏河、甘南甚至其他涉藏地区的信众不断地从各地来到这里，又不断地从这里回到自己的草原、牧区。反反复复，来来往往，把生命里最温柔的情感、最美好的心愿和最谦卑的态度交付给这里的活佛、僧侣以及与他们相关的一草一木、一砖一石；也把压抑在内心的苦楚、愤怒、悲戚和无奈交付给摸不着看不见的空；然后带着生活的勇气和驱赶牛羊的力量回到自己的草原，行走，放牧，歌唱，舞蹈，纷争……独特的生存环境、生活方式和价值体系，构成了独特的地域文化。

独特的地域文化，确立了拉卜楞寺在这一地区的地位和影响，当然也成就了拉卜楞寺300多年的兴盛。鼎盛时期的拉卜楞寺曾拥有僧侣 3600 余人。它不仅成为佛家神圣的宗教禅林，而且也是整个安多地区藏民族的文化艺术中心，素有"第二西藏"之称。

相对于拉卜楞寺，拉卜楞镇或夏河县却显得寂寂无名。仿佛是夏河县、拉卜楞镇坐落于拉卜楞寺之中，而不是相反。其实，早在西汉昭帝始元六年夏河地区就已经立县，那时叫白石县，隶金城郡。清初，夏河隶属循化理蕃厅，辖南蕃 21 寨。康熙四十八年（1709 年），拉卜楞寺建立后，周边寺院陆续归附，原受各寺院控制的部落亦成为拉卜楞寺的属民，循化理蕃厅也失去了管辖南蕃21寨的权力。乾隆六十年（1795 年），拉卜楞寺得到河州总镇衙门特许，设置"臬仓"，直接管理寺院周围13庄政教事务和民事案件。自此，拉卜楞寺就成为一个政教合一的管理体，司管全寺及所属各寺、各部落的政治、宗教、军事等事宜。

旧时代的佛教寺院及其主要活佛由于教权和行政权力集于一身，都拥有较多的土地、牧场、森林、牧畜、房屋等。仅以拉卜楞寺为例，它所拥有的财产就分几大类：属全寺所有，属六大学院所有，属嘉木样佛宫所有，属各大小活佛所有和一般僧人个人财产。其数目十分庞大，很难一一估算。1958 年前，拉卜楞寺出租土地 2.17 万多亩，周围 13 庄 900 余户都是它的佃户。拉卜楞寺在夏河县境内有羊 36500 多只，牛 7400 多头，马 9540 匹，还出租房屋 5100 多间。再加上寺院还从事放高利贷、商业活动、信徒布施、僧徒募化等，使拉卜楞寺拥有巨量的资财、雄厚的经济实力。在整个涉藏地区，在甘南，拉卜楞寺仅仅是最有代表性的一例，其他寺院的情况和拉卜楞寺相比只是规模的不同，性质上并无分别。之所以出现这样的状态和局面，问题的实质不在于资财，不在于物质层面，而在于宗教能够占据和左右着这个地域的人心和人的行为。

随着 1949 年夏河县和平解放，夏河县人民政府成立，一个新的时代开启。寺院退出地方的行政管理和日常事务，专心于宗教事务。但由于文化和信仰的惯性，由于其所覆盖的地域和机构众多，其所关联的信众数量巨大，其对地方政治、经济和文化的直接和间接影响力仍然不可忽视。最近的统计数据显示，甘南藏族自治州信教民众约有 40 万人，占总人口的 54.3%。藏传佛教寺庙 121 座，住寺僧尼 10331 人。而夏河县一地就有藏传佛教寺院 35 座，其中格鲁派 31 座，包括尼姑寺 1 座，宁玛派 2 座，萨迦派、苯波教寺院各 1 座。僧侣 3731 人，常住活佛 105 位，宗教场所遍及全县 21 个乡镇。

　　如此众多的机构，如此庞大的群体，无论开展哪项工作，特别像"环境革命"这种关系到每个人、每条街道、每座房屋、每一寸土地面积的活动能越过这巨大的存在，绕道而行吗？

　　俞成辉心里很清楚，在涉藏地区搞"环境革命"有很多难点和关键点，其中寺庙这一块正是一个难点，关键且敏感。这一块搞好了，对群众会有一个带动和推进作用；这一块如果搞不好，就可能给整体工作的深入推进带来极大的阻力。寺庙，按照一贯的说法，应该叫"净地"或"净土"，出家人本身也有着比较强的环保意识，洒扫庭除、净心、净身，也洁净周边的环境。据说，僧人们自己穿过的袈裟、用品，破旧了也不会随意扔到垃圾桶里或其他地方，哪怕只有一个布片都要焚烧干净；钵中的餐饭，基本要吃到一粒不剩，因为他们深知一切都取自众生，并非自己劳动所获，所以更要倍加珍惜……但他们往往只能管得了自己却管不了芸芸众生，每年千百万的信众和游客来来往往，有观光的，有上香的，有专门来磕长头的，还有在寺院中暂住的。形形色色的人、形形色色的生活习惯、复杂纷纭的个人情况，有人忘情，有人无觉，有人突然之间来了"三急"，有人懒惰为了方便，都会给公共环境带来伤害和破坏。出家人讲究的是善待众生，人家千百里之外慕佛、朝圣而来，或心中已经有更大的悲苦，因为一个临时表现出来的小小过失，怎么好就恶眉恶眼地对其进行斥责和勒令改正？于是，宽容在某种程度上就演变成了纵容。很多寺庙往往都难免垃圾遍地，寺内的巷道、寺外墙边、河道，各种各样的果皮、包装皮、塑料袋、纸片、烟蒂、尿渍、粪便……人人看在眼里，却嘴上不说，明明净土已经被污染，却不得不绕开垃圾在"心净"上寻求慰藉。

就垃圾的定义和对待垃圾应有的态度，有人向拉卜楞寺寺管会常务副主任托海仓活佛提出这样的问题——

假如有这样两个信众来拉卜楞寺朝拜，一个信众看到了寺院中随处可见的垃圾和粪便，视而不见，绕过去跪在叩拜台子上就磕起了长头；另一个看到了寺院里的垃圾之后，心生感动，觉得这样的清净之地不应该有这些污物存在，于是忘记了磕长头，直接在寺院内外捡起了垃圾。那么，如何判断这两个人哪一个更虔敬？

出生于 1978 年的托海仓活佛深晓佛理、持重老成，听了这个刁钻的问题后，沉思良久，没有立即回答。他没有立即回答一来可能是因为这个问题问得比较突然，二来可能是因为以往环境和垃圾的问题没有进入宗教领域，更没有被关注过。突然两个本来没被相提并论的问题发生了不可回避的关联，是要好好思量一下。审时度势，他已经意识到了这是一个必须面对和回答的现实问题，在甘南甚至在涉藏地区，这也是一个未来生活中比较重大的问题。从宗教的角度讲，敬佛只要拜佛就是了，可能不必有那么多的牵绊和考虑；但从人性和人的情感上讲，当你敬重一个人，爱一个人，珍重一个人的时候，你怎么忍心容忍他的脸上沾有泥污？难道说宗教从来都不需要关注、关照人性和人的心理吗？

托海仓活佛最后的回答也是谨慎的、渐进的和周全的。他说，两个人应该都有功德。在出家人看来，两个并没有本质的区别，但从信众和世俗的角度看，还是捡垃圾的人更直接，更爱佛、敬佛，因为他所做的事情会影响很多的人，包括人的情感、态度、理念和习惯。毕竟，物质或行为上的姿态更直接，也更有示范、引领作用；而视觉上的垃圾对人的心理和精神有干扰，并且是一个不小的障碍。

向托海仓活佛提问的人并不是俞成辉。俞成辉拜见的人是拉卜楞寺的寺主活佛嘉木样大师。嘉木样大师，全名为嘉木样·洛桑久美·图丹却吉尼玛。1948 年生，青海省冈察县人，1951 年由十世班禅大师认定，1952 年农历二月十一坐床。1957 年开始担任甘肃省佛教协会会长，以后又担任了中国佛教协会副会长，全国青联副主席，甘肃省政协副主席，甘肃省人大常委会副主任，第十、十一、十二、十三届全国人大常委会委员等职位。在宗教界威信极高、影响力极大；第十一世班禅转世时，他就是转世委员会的重要成员之一。通过充分、细致的交流，嘉木样活佛对俞成辉提出的甘南"全域无垃圾"的工作计划和未来可预见的效果大加赞扬，并表示这是一件能够有效改善地域面貌，提升甘南形象并改进人的观念和信念的善事、好事，宗教界也要责无旁贷地支持和参与，在这项工作上，拉卜楞寺要积极配合跟上地方的工作节奏。

二

清晨 4 点半，加欢加措激灵一下从睡梦中醒来。多年不变的生活习惯让他的生物钟可以和电子定时器媲美。醒来后，他便一刻不停地进入一天中固定的程序，起床、穿衣，匆匆洗漱，温习功课，离开自己的僧房，去参加每日必上的早课。寺庙里规定的早课时间一般在 6 点半钟，在此之前他要事先在自己的房子里自行温习一段时间。如果是日出较早的夏季，他就可能直接离开自己的僧房，去僧堂外边的石头上温习功课。在拉卜楞寺，加欢加措并不是最勤奋的学员，几乎每天他去僧堂的时候，都已经有人聚集在那里了。虽然不算太多，但他也知道自己不是先行者。

即使赶上冬季，每天他都能看到在僧堂外的石头上凝然打坐的师兄弟。他们眉毛和头发上的白霜记录着他们打坐的时间，而加欢加措并不知道他们是几点钟就开始坐在那里念经的。很多时候，加欢加措也早早离开自己的僧房去寒冷的户外坐在石头上念经。一开始也感觉四肢和皮肤冻得疼痛难忍，但入定之后，就忘记了自己的身体和感觉。什么叫修炼呢？出家人就是要练这种物我两忘的硬功夫。早课时间一般在一个小时左右，他经过那段门外的加时精修，感觉这一个小时的时间过得如飞翔般迅速和愉快。

早课后的时间属于自己，餐饭、打扫卫生、方便，都由自己根据情况支配。以前打扫卫生的范围只限于僧堂和堂外的小广场，现在的范围要大很多，除了以往的固定区域，还有寺院内巷道和其他公共区域的卫生。近几年地方开展"全域无垃圾"运动，寺院对个人和公共卫生方面的要求比以往严格很多。以往基本全凭自觉，现在每个人都有自己的责任区。以前，如果其他事情较多，卫生这块便可以稍微懈怠一些，脏点乱点，并没有人深管。现在寺管会那边也和地方一样成立了监督和巡查小组，定期对全寺的卫生情况进行检查、考核。因为寺庙与寺庙之间要搞评比，哪个寺庙都不愿意上"红黑榜"的末尾，特别是拉卜楞寺这样的大寺院，落在其他寺院后边实在是没有面子，所以寺管会那边就得对全寺僧侣进行严格要求。僧侣们也不愿意自己落后别人，也要比平时多留意一些。

开始时，大家还都不以为然，觉得在寺院里搞无垃圾运动，纯属多此一举。因为在这里，脏乱差的地方多得是。要讲干净，恐怕哪个地方都比不上寺院。搞"全域无垃圾"，应该从最乱最差的地方开始，等其他地方都做到无垃圾了，再来寺院也不迟。可真较起劲来时，僧侣们才发现，原来自己的眼皮底下竟然也有那么多的垃圾。更让他们震惊的是，寺院的巷道里不但有形形色色的塑料垃圾、纸片和烟蒂，还有很多的粪便，原来并不是没有垃圾，而是自己看不见垃圾。这也是一种意识。自从眼里有了垃圾之后，才对垃圾有了不可容忍的态度。僧侣们一边清理垃圾，一边口念阿弥陀佛，从一茬又一茬层出不穷的垃圾里，他们也深深感到了存在于人心之中的荒芜。

　　连续清理了半年的垃圾之后，僧侣们不断捡拾垃圾的身影唤醒了人们的觉悟。在游览和朝圣的队伍中，扔垃圾的人少了，随手捡起自己或别人不留意扔掉的垃圾的人多了。慢慢地，僧侣们眼中和心里，又没有了垃圾的影子。加欢加措是一个有心人，偶得闲暇，他会特意在寺院内外走一走，看一看。当干干净净的寺院，到处不见了那些垃圾和污物的时候，他感觉到了格外的轻松和愉悦。没有了垃圾内心仿佛卸去了很重的负担，这才是名副其实的净土啊！

　　转眼，加欢加措已经出家受戒 9 年了。15 岁那年，他母亲突然得了很重的病。医院初步判断至少有三种病交加在一起。可是照了机器就是出不来片子，无法确诊。眼看着母亲在痛苦中衰弱下去，他毫无办法。三四天后，医院下了病危通知书，将他在拉卜楞寺出家的哥哥叫了回来。哥哥回来后，就握着母亲的手，给她以安慰和信心，每天不停地为她念经。片子出来后，医院很快对母亲进行了对症治疗。那年，加欢加措 15 岁，在母亲病危时，他对佛法许了大愿，如果母亲这次能大病痊愈、安然无恙，他就去拉卜楞寺出家还愿。由于当时甘南州有规定，未满 18 周岁的少年要接受国家义务教育不允许出家。等一满 18 周岁，加欢加措就马上来到了拉卜楞寺受戒出家。

　　18 岁出家的加欢加措由于没有任何佛学基础，记忆力也不比少年人，背诵起经文来比较慢，比起很小就出家的那些师父，就显得笨一点儿。但他的理解力很好，又肯下功夫不甘落后，几年下来，经典、空性、戒律等样样都取得了不错的成绩，也深得老师的喜欢。不仅在经典上有精进，在语言上也习得了汉语。因为一个特殊的机缘，他认识了一个大学中文系的老师，便拜了俗家师父。几年下来，又系统地学习汉语，能够讲一口流利的普通话，于是他又有机会给那些不会讲普通话的高僧当翻译。在他眼里，这些都是机缘，都是自己凭借正常的人生经验和理解力难以诠释的。

　　他的学业即将转入高级阶段了，他需要寻找自己的终身老师。这是一个十分重要的节点，这一次选择很可能决定他一生能达到的境界。但这件事又不可强求，也不可完全靠自己的主观臆断来做出选择。在他的表述中，这有点像世俗里的婚姻，你看好的，不一定看上你；看上你的，你又不一定有感觉；两厢情愿的又不一定禁得起磨合。况且，拉卜楞寺的传统，一直是低调、务实、不事张扬，人人都懂得有名气的师父不一定有真本事，有真本事的师父并不一定有名气。虽然这件事看起来比较纠结，但加欢加措说他并不着急，这种一辈子的大事着急怎么行呢？他有耐心等来那个注定的缘分。看起来，他们的处事原则和选择原则，似乎和当下的社会风气恰好相反，真的是不图虚名。在这样的修养、观念和理念支撑下，刚刚27岁的加欢加措看起来格外老成持重，似有相当丰富的人生阅历。

　　加欢加措平时没有什么爱好，如果说有，也就是环境保护。他和夏河县的一个民间环保志愿者协会保持着密切联系，一有时间，他就被邀请和协会中的人一起去清理一些宗教活动遗留下来的垃圾。因为涉藏地区的藏民基本上都信奉藏传佛教，而有一大部分人虽然信，但缺少佛学知识和常识，难免在民间造成行为上的盲目和混乱，一些活动又不可避免地制造了大量垃圾。

　　加欢加措举了一个例子：这个区域的人们从心里是敬畏自然的，每一个村子都有自己的神山和神水。每年都有一个或几个节日要去开展祭拜活动。这些行为相因成习，成就了一种难得的环保意识和生活习惯。但有一些地方，有一些人，因为心情迫切，投放无度，也造成了过多、过滥的现象。因为热爱环境，反而伤害了环境。特别在一些景区，草原也好、河谷或山地也好，到处都是经幡、风马、哈达和莫名其妙的布条、树枝，草地上、树枝上、石头上、山体下，堆满了各种各样的垃圾。放上去的人为了吉祥而放，一走了之，后来的人既莫名其妙，也无可奈何，谁也不敢乱动，怕破坏了别人的好事，怕自己无故招来祸患。就这样，年深月久之后，经过风吹日晒雨淋的经幡、哈达、红布条等都变成了十分难看、影响观瞻的垃圾。有些美丽的景点被大量的垃圾破坏了，有些野生动物被绳子布条缠裹而死，有些牛羊误食垃圾之后，无法排泄生病死去……加欢加措每有休息时间就随着志愿者团队转战南北，到处去清理这些宗教活动留下的各种垃圾。

　　不但清理，他还向老百姓介绍一些宗教礼仪方面的知识，以期从源头上避免垃圾的产生。因为他在寺院学习的课程里也有这方面的知识，他每到一地就从专业的角度耐心、细致地对没有这方面常识的群众讲解，无论经幡、风马或哈达，有的是用于祈福，有的是用于消灾，　并不是在哪里都可以放的，也不是放多少都可以或多多益善的，有时放错了或放多了反而不吉利。比如风马，那是大鹏鸟的化身，如果把它投放在河里或湖里，从寓意上，会对水中的水族构成伤害，从环保的角度讲，也会严重污染河水。也就是说，这些宗教礼仪方面的东西，什么都不能随意乱布、乱设、乱摆、乱放。从普遍意义上说，无论多好的东西，放错了时间，放错了地点，或没有控制地无度乱放，都会成为垃圾或者祸患。

三

　　俞成辉在公开场合喊出"党心比佛心更慈悲"时，惊得很多人都倒吸一口凉气，在涉藏地区历史上，还从来没听有人敢如此讲。讲这话的时候俞成辉还是甘南州委的副书记。

　　质疑的声音很快就传到俞成辉的耳边，有一些省里和州里的干部私下里对甘南州委办的人讲："你们那个俞成辉咋啥话都敢讲，他还想不想在甘南干事啦？"

　　听到这些声音时，俞成辉没有反驳也没有畏惧、退却，而是在心里暗暗地下定决心，要用不可争辩的事实为自己的观点做证。他心里清楚，任何人话都不能乱说，讲话要深思熟虑，讲了就要为自己说的话负责。如果没有对阿木去乎几十次的深入调研，没有对甘南州历史和现实的充分了解，他怎么可能随意乱说。

　　几十次的明察暗访，几十次与僧俗两界的广泛交流意味着什么？意味着深知百姓的心声和疾苦，意味着看透了很多事情的本质和真相。别以为僧院里的僧人就不是老百姓，他们中大多数都来自普通的农牧民家庭，他们的心也和老百姓紧紧相连，也是一颗老百姓的心。在很多的历史、现实事件当中，他们并不是主导者，而是被胁迫者。在讲"党心比佛心更慈悲"时，他也讲："活佛也有三六九等，有真活佛也有假活佛，有好活佛也有坏活佛，有的活佛真正是慈悲为怀，有的活佛专门策动各种冲突和流血事件，与草菅人命有什么区别？还敢谈什么慈悲？连善良都谈不上，那叫邪恶。但党要负责所有老百姓今生的福祉，解除他们现实中的各种问题和困苦。当你受灾了，受伤了，遇到危险和困难了，你能找谁，谁能帮你？你花的每一分钱都是国家给的，你的所有现实的困苦、自然灾害等都是国家帮助你渡过的。脱贫攻坚以来，党让所有人民都不愁吃、不愁穿，保障义务教育、保障基本医疗、保障人人有房住和住房安全，这些佛会管你吗？有些党的干部不敢把话讲实、说硬，是因为他不敢担当，不想有作为，不想代表党践行'全心全意为人民服务'的宗旨，没决心、没气魄。"

　　想当初，他第一次来到阿木去乎的时候，面对的形势可不是今天这个状态。回想当时情景，又怎一个"难"字可以概括？

　　作为一个党的干部，到了他自己管理的领地，迎接他的不但没有掌声和笑脸，反而是一种刀子一样冰冷、拒绝的目光，他内心会是怎样的感受？去拜访老百姓，老百姓除了冷漠就是假装听不懂他在说什么；去拜访寺庙，寺庙拒绝约见，避之如瘟疫。为什么会是这个样子？他要亲自找到原因，也要亲自找到问题的答案。180 多次的坚冰之旅，180 多次的往返、跋涉，他不弃不舍地敲叩着群众的家门和紧闭的寺庙大门，也不弃不舍地敲叩着人们的心扉。他坚信，一个党员领导干部的真诚、善意和想为群众解决实际问题和现实困境的执着，一定能够打开隔在人心与人心之间的屏障，一定能够消除那些本不该存在的误解、偏见和敌视。他坚信没有哪一个春天持续的温暖不能融化覆在地上的冰雪。终于，在他跑到 100 次左右的时候，冰雪散去，大地露出了原有的面貌——哪里有沟壑，哪里有泥泞，哪里有坎坷，哪里有黑暗，哪里有疼痛，哪里有委屈……已然尽收眼底；之后的近百次阿木去乎之行，他是为了在原有的基础上，探讨和寻找一条弥补裂隙、消除隔阂、通往鲜花盛开之境的道路。

　　如果时光能够倒流，你去看一看 40 年前，30 年前，20 年前的阿木去乎，你就会发现，你一下子就走入了另一个世界，它的面貌、秩序、人们的观念、行为，完全超出你的想象。贫穷是它的第一特征。破烂的房屋、混乱的街道、遍地的牲畜粪便和垃圾……很多群众家的屋子极其破烂、狭窄，家里没有碗筷，没有完整的炕面，炕上多是用塑料布和破纸遮盖，大人和孩子之间也是用一块塑料布隔开。人们身上没有干净完整的衣服和鞋子，一个个看起来都像旧时代的马帮或落难的牛仔。村子里逢婚丧嫁娶，帮忙的客人要从自己家带着碗筷，否则吃不上饭。人穷志短，心境和心态就不好，于是进入了越穷越乱、越乱越穷的恶性循环。自己没有牛羊就到别处去偷、去抢。几乎每一个人身上都带着一把刀，不为别的，只为防备阿木去乎人突然闯来强抢牛羊。

很多年以来，阿木去乎人的凶悍是远近闻名的，几乎甘、藏、青、川常在外边跑的人都知道阿木去乎人的厉害。曾有人问甘南本地藏民，车巴沟的人和阿木去乎人谁更厉害，本地人不假思索就给出了答案——还是阿木去乎人厉害。当年有一趟甘肃和四川之间的货运列车要经过阿木去乎。慢车过阿木去乎时要爬一个陡坡，速度极慢，要花去半小时的时间才能通过。这半小时时间就是阿木去乎人扒车卸货的时间，不管车上拉什么东西，只要有东西就行，有什么卸什么，每天半小时的卸货时间是固定的。卸下来的货物村民们都不认识，也不知道价格。因为是盗窃的物资，也怕被公安抓到，拿到市场上尽快出手，不管是什么，实际价值几何，基本上都只能换几包或一两箱方便面吃。

198

　　最让当地政府头疼的是草山之争，村子与村子之间的械斗，基本年年发生，最多时每年要发生十多起较大规模的冲突。南畔村、万有村、娄来村、安国村、扎代村、吉昂村……十来个村子，凡相邻者都有争端。诸多村子中，南畔村草场资源是最充足的，这个村处于众村包围之中，因为邻居多、资源多，冲突自然就多。这个世界的事情总是这样令人失望，资源和利益都可以把所谓的高度文明者变成强盗，更何况物质落后地区的普通村民。有时，这个大村要同时和六七个村子打仗。群斗异常激烈，一场混战下来，轻则很多人受伤，重则就要打出人命。争斗的根本原因还是生存和发展的问题。也难怪阿木去乎镇的人经常为一片草场去拼命，由于种种历史原因，他们的资源确实有点儿少，人均草场面积刚 50 亩。这和人均 200 亩草场、资源丰富的村子比，显然很难维持生计。

　　俞成辉来阿木去乎几次之后就发现，这是甘南一个最为特殊的地方。虽然地方不大，但交通便利，无论公路、铁路，这里都是甘川之间的必经要塞。如果在古代冷兵器时代，这里当是兵家必争之地；在当下的信息时代，这里也是一个承载物流和信息的重要枢纽。出入方便，联络广泛，再加上特殊的历史渊源和国际背景，特殊的民风民情和地域文化，使阿木去乎成为一块敏感而又坚硬的石头。所以，阿木去乎的问题，历来都是当地干部手上的一块烫手山芋。

这是一个堡垒，如果阿木去乎攻克不了，老百姓就没有安宁幸福的日子。面对这么一个复杂的矛盾综合体，这么一个难治的大病灶，持怎样的态度，决定了一个干部的成色和品质。是知难而退，把问题留给后来人，还是鼓起勇气，勇于担当，下定决心把问题彻底解决好？

知难而上。这是俞成辉一贯风格，但难度之大也是俞成辉必须面对和承受的处境。你想想，一个问题那么多年都没有很好地解决，仅仅是一两个方面的原因吗？正面的压力暂且放下不说，单说身后的压力。种种矛盾之中有没有执政者自身的过失？有，就得揭短，就得露丑，就得对以往的工作进行一定程度的评判、诊断和否定，否定以往的工作就要得罪一大批干部。沿着这样的思路想下去，就什么也不用做了，睁一只眼闭一只眼安抚、遮掩几年，把硬骨头留给别人，自己一转身也就溜了，但那不是俞成辉的风格。看见高山不攀登，不征服，那还是俞成辉吗？

说担当也好，说勇敢也好，说不计个人安危得失也好，俞成辉说干，就要实实在在地干，把身子扑上去，把身内身外的一切押上去，完全是一个拼命三郎。要真想解决问题，哪还顾得了许多？哪有时间瞻前顾后？拼啦！不把问题的实质揭示出来，不诊断准了有什么病，怎么开刀？怎么下药？于是，他一口气列举了造成阿木去乎各种矛盾的"扯皮现象"——上下关系两张皮，干群关系两张皮，寺政关系两张皮，等等。这么多的"两层皮"现象的存在，刚好给国外势力的渗透留下了可乘之隙。紧接着他又指出了问题存在的症结："重维稳轻民心，重政法轻统战，重活佛轻干部，重寺院轻乡镇，重临时轻平时。"

确诊之后要做病理分析，辩证分析越深越透，治疗方案才能越精越准。

长期信访工作的背景，使俞成辉拥有十分丰富的群众工作经验。可以说，群众工作是他的"专业"，所以阿木去乎的问题一上手，他就已经了然于胸，阿木去乎的问题，本质上仍然是民心问题，属于群众工作的性质："源头在国外，根子在达赖；问题在基层，难点在寺院；本质在民心，核心在发展，关键在干部。"他发现，很多基层干部的工作作风和观念、站位还是有一定问题的。工作没少做，但效果不好，还经常抱怨出力不讨好，群众不支持，归根结底就是官本位思想在作怪：没有站在群众的立场上想问题、做事情；没有把群众工作这笔账算明白；没有把群众观点这杆秤端公平，使群众不愿意敞开心怀与干部交心、放下包袱与干部对话、真心实意支持干部的工作。如果干部没有一个"将心比心，与群众心意相通；换位思考，和群众同频共振"的良好心态，不能在第一时间读懂群众在想什么、盼什么、怨什么，怎么能打开群众的心扉呢？

这些年，大家也都知道甘南处在反分裂、反渗透、反破坏的前沿阵地，任何一件小事都有可能"牵一发而动全身"，若不及时解决，就会成为影响全州乃至全省全国的大事。为做好甘南的维稳工作，州县乡工作组进村入户、进寺入舍，开展各种形式的宣传教育活动，虽然付出了艰辛努力，但由于很多干部方法不当，生硬刻板，讲政策，只会照本宣科读文件、"依着葫芦画瓢"，导致宣传教育的实际效果大打折扣。更为严重的是，由于部分干部群众工作能力欠缺，致使党的优惠政策的宣传工作很难入脑入心、触及心灵，个别农牧民群众甚至产生了"只拿共产党的钱、不买共产党的账"的想法，这就是不会做群众工作带来的尴尬和后果。

病理分析完成，就要对症下药开方子，阿木去乎的问题，如何解决？群众心中的积怨，如何化解？

接近200次的调研，关于阿木去乎问题的解决方案，俞成辉似乎早已成竹在胸，一张口就说出了几条大的原则："注重从细微之处入手，让群众找到信任感；从协调沟通入手，让群众找到主体感；从融合共进入手，让群众找到归属感；从为民解忧入手，让群众找到依靠感；从满足诉求入手，让群众找到幸福感。"

方子开好，但终究还是纸上谈兵，属于没有实现的愿望，属于没有实践的理论。到了具体的实施环节，每一步都是一个坎，每一步都要人的真心、真功夫。每一味药要到哪里去找？能不能抓到真药、好药、量足质优的药？煎药的人有没有耐性和信心慢慢把这服药煎好？火候掌握得如何？是否用了意念、心思？有没有把药煎煳？煎好后以怎样的态度把药送到病人口边？"病人"

对你的药是否相信？是否愿意服用……一系列环节制约着最后的结果，其中有一个环节出了问题，就很难预料结局如何。

那时，摆在眼前的问题并不是他的方子是否科学以及他用的药是否灵验、有效。似乎一切还都无从谈起，因为阿木去乎的群众和僧众们还拒绝党和政府的干部靠近。别说喝你的"药"，就连你的人他们都深深怀疑。如何让他们知道你的真心和用意都是个问题，更何谈"张开嘴"和你配合。

那天，俞成辉刚出阿木去乎镇就接到了一个电话，说国外又有一个民间组织要来甘南考察生态环境。他知道，这些所谓的"民间组织"多数并非什么民间组织，细查背后都有很深的背景。他们来甘南也并非为了什么环境保护，多是打着环境保护的旗号行渗透和颠覆之事。这些年，达赖集团攻击中国的一个着力点就是环境破坏问题。针对涉藏地区开发建设过程中的环境污染和破坏问题，他们频频发声、出击，称我们把藏族人的神山神水都破坏了，一切的灾难和不幸都从此而来。如果长期让境外敌对势力肆意抹黑，我们终会处于被动状态，为群众办多少好事，也会被恶意攻击所抹杀。

这时，俞成辉突然有了一个灵感，仿佛从浓重的阴云中看到了一丝光亮。在政府和群众之间，他突然发现了一个重要的黏合剂，那就是环境保护。藏族群众的神山神水概念与我们的绿水青山概念不谋而合。只要把甘南的环境保护工作做到超乎所有人包括境外敌对势力的意料，就是最有力的证明和反击，也是甘南人民的根本福祉所在。这是甘南高质量发展的需要，也是践行习近平生态文明思想的需要，也是对敌斗争的需要。那个心潮澎湃的下午，俞成辉独自在心里勾画出了一幅甘南"环境革命"的蓝图。群众和僧众不是拒绝开门吗？那就从谁也不能拒绝的环境卫生开始，敲开他们的门，打动他们的心，再引领他们一步步走向一个更加宏大、开阔的境界。是的，他要从小小的环境卫生开始，从甘南"全域无垃圾"入手干一番惊天动地的大事业。

从小处入手做大事，最容易因为认识不到位和坚持不到位半途而废，所以尤其需要足够的时间、耐力和信心，更容不得马虎和懈怠。对此项工作的难度俞成辉是心知肚明的，但除此之外确实找不到其他的捷径可走。审慎评估周边的人文环境和工作环境，他决定亲自上阵，带领基层干部一起干，言传身教，把群众工作的秘诀和方法传授给他们，把甘南的工作打开一个新的局面。

那就以车巴沟和阿木去乎两个特殊的堡垒做示范吧。示范什么？首先是心态和姿态的定位。在表述上俞成辉是这样说的："就像地里的麦穗，身子越低，承载越重，收获越大。做群众工作，一定要学会眼睛往下看、步子往下迈、身子往下沉、触角往下伸、情感往下移，真正到基层一线牵手广大群众，拜群众为师，向群众问计，与群众打成一片，一身尘土两脚泥。"

表述出来了，就是心里有底了，心态和认识上过程已经完成，但落到实际，真正做出来，难度就更大了。他的车，每年 12 万公里的行程意味着什么？那不是简单的路程，那是时间、心思和精力。自从开展"全域无垃圾"以来，他把大部分时间都放在了基层，放在群众那里。寺庙里的斋饭，有的干部不习惯吃不下去，俞成辉端起来就吃；有些牧民家里又脏又乱又有气味，其他干部住在车里，他却要住在牧民的家里……他所做的这一切，无非是让群众看看他和群众之间的距离有多远，隔不隔心；让群众感觉到干部们在为他们想事、办事，在为他们忙碌、操心、谋划，寻找出路，谋福祉；让群众感受到干部们对他们的真诚和热心。心贴近了，有了情感，也就有了信任和依靠。他就肯听你的话，信你的话，就会相信党和政府正在真心实意把他们从困苦中解救出来；也就会在纷纭的众声中，判断出哪个声音是真，哪个声音是假，哪个声音为善，哪个声音为恶。如此一来，"为了谁、依靠谁"的问题不辩自明，群众知道了你是在为他们做事，怎么会不支持你？怎么会不把你的正确主张变为自觉行动？那么，"听党的话，跟政府走"也就是自然而然的事情了。

四

　　刚开始，夏河县的县委书记杨雄也不太相信一个"环境革命"就能解决甘南的社会问题。在他看来，在甘南，最重要的问题一个是稳定，一个是脱贫。从表面看，这两件事和环境好坏毫无关系，简直是风马牛不相及，但俞成辉说了一句话——"坚持下来，五年后你们再看甘南会是个什么样子"。这个杨雄不敢置疑，因为，时间不到，他看不到五年后的事情。那时，他和甘南的许多干部一样，没有想到人心这个关键点，不知道俞成辉搞的是一个迂回战略，先用一个简单的环境卫生改变人心，再用改变了的人心对待、解决甘南的其他问题。一年之后，他才恍然大悟，这叫"四两拨千斤"。

　　基层工作最讲究的就是执行力，既然州里已经做出部署，那就要不折不扣地执行。更何况摆在眼前的脏乱差问题已经到了让人无法容忍的程度，就算是临时性的工作，也应该下力气抓一阵子。2015年，杨雄刚从合作调到夏河，那时的合作市还没有摆脱脏乱差的状态，呈现于眼前的夏河连合作甚至连临潭都不如。马上要过年了，街上的垃圾成片、成堆。饭后得闲，到街上走一走，杨雄发现某些人来人往的商业场所也脏得下不去脚，人得绕着垃圾走。这样的环境，如何面对大量涌入的各地游客？一个以"佛教圣地"著称的城镇，这样的面貌无疑是对"圣地"两个字的亵渎，有什么脸面自称净土？

春节前最后一个县委常委会快要结束时，常委们不约而同地问杨雄今年春节放不放假。之前的那几年维稳形势比较紧张，几乎每个节假日县里的领导班子都不敢放假，要加强值班，死看死守，怕出稳定、安全等这样那样的问题。2014年之后，情况趋于平稳，都大家觉得可以喘口气，歇一歇了，便盼着能过一个不用加班的春节。杨雄是一个典型的藏族汉子，喜欢直来直去，不绕圈子，他明确地发表了自己的看法："你们说该放不该放？放假是为了啥，为了享受生活，为了心情舒畅。现在县城这么个卫生状况，我们这些领导干部放假回家了，外面人进来看到这个状况，我们能心安吗？春节能过得快乐、舒心吗?州里早已开过动员大会，要求得很明确，那就是4.5万平方公里无垃圾，河流、山川、景点、公路，城镇、村子一抬眼看不到一个垃圾。虽然那不是一天两天就能实现的，但你们再看看我们是个什么样子，连一点儿改变也没有呢！"

从那天起，夏河县就进入了一个全面启动的状态，干部们带头，从自身做起，从身边做起，动手清理周边的环境。杨雄有个生动的比喻："先把自己的脸洗干净，然后再洗脖子、洗澡；先把看见的地方整治干净，再把衣服脱了慢慢洗。先易后难一点点来……"先从基本的卫生入手，清理垃圾和废物，然后深入到大概念的环境，治理山川、河流、草原和公共基础设施等，不但要干净，而且还要整洁、整齐，不留任何隐患，乱堆乱放、乱挖乱采、私拉乱扯，最后都要治理。

为了对全县的环境卫生实现有效监督，县里给全县科局级干部全部颁发了卫生监督证，随时、随地对不遵守规定的乱扔垃圾现象进行监督和制止。不但在居住区设置保洁员，在国道、省道上也选聘、投放了保洁力量，每3公里配一个保洁员，每个保洁员配一台专用的动力垃圾车，负责公路两侧50米内的保洁任务。为了节约资金和稳固、实用、防盗，杨雄还亲自设计了围栏和垃圾箱，沿公路每公里都设置一个垃圾箱。杨雄设计的垃圾箱果然理念独特，铁皮厚、体积大，单个重量达到400公斤，两个成年人一起搬也搬不动，一两个人基本弄不到三轮车或小型工具车上拉走。有几次其他地方的人过来试图把这些很适合用作狗窝的箱子偷走，都没有成功。

一次，杨雄去基层检查生态文明小康村的建设情况，从吉仓乡到阿木去乎镇，没有跟乡上打招呼，从小路走过去。先到村干部家中，发现家里卫生状况极差，暖廊里面烤箱、洗衣盆之类的杂物堆了一地，走路需要绕着走。看完村干部家再看村民家，情况也是一样。他抱着一线希望问有没有谁家有在城里工作的人。村民说镇里的信用社主任家在村里。想着镇工作人员的家里应该会好一点，但是到了以后发现，比刚才看过的那两家还脏，还乱。阿木去乎那边每家的上房里都有个小房间，那是他们的卧室。都已经是下午了，进去一看，被子都没叠，给人的感觉好像是人从被窝里直接被抓走了，来不及叠一样。随同人员告诉杨雄，阿木去乎这边的人就是这个习惯，自古以来没有变过。

这时，杨雄才如梦方醒，原来，小小的环境卫生还真不简单，它竟然牵涉这个地域人们的思想观念和生活理念。环境卫生的总钥匙，不在街道，不在马路，也不在男人那里，原来在隐藏得更深的家庭里，在每个家庭的主妇手里。杨雄回来就给妇联下了任务，就把阿木去乎当试点、当典型，把最差的改造成最好的，中间的也就跟了上来。妇联在县城组织了 20 名女职员和志愿者，去村子里住下来，从早上起床怎么叠被子、怎么打扫卫生、怎么做饭、怎么管孩子、怎么洗衣服、怎么洗头入手，找特别差的家庭手把手教，然后把全村妇女组织起来搞集中培训。有了初步经验后，在全县铺开搞了一个"1＋10＋10＋10"活动：1 个妇联主席带 10 个支委，每个支委带 10 个志愿者，每个志愿者带 10 个家庭。每月每村搞一次卫生评选，前十名的家庭，发放电饭煲、热水器、洗发水等奖品。一开始村里的妇女们很拒绝，甚至很愤怒，觉得受到了打扰，自己家里的脏乱被人看见之后也感觉受到了侮辱。

持续半年以后，人们的观念纷纷转变，不再怕家里进人或被人看见了，家里干净了之后，争着让工作人员去家里看一看，聊一聊。过去，对工作人员充满敌意，现在都成了朋友，大家加了微信，经常互通信息，生活上的事情和思想上的事情，都能开诚布公彼此说心里话，干群关系的密切度和信任度大幅提升。

夏河县因为寺庙集中，每年的法会特别多。正月祈祷法会，藏语称为"毛兰姆"。自正月初三日晚起，到正月十七日止，历时15天。其间拉卜楞寺的全体僧人，每天要在大经堂诵经6次，其中第四次为祈祷，祈祷佛法常在，有情安乐，天下太平等。正月初八日举行"放生"，给准备好的马、牛、羊洒上净水，在耳朵上系上彩带等后放走，凡是被放生的马、牛、羊，不允许任何人猎取。正月十三日举行"亮佛"，将数十丈长的绣制佛像，展挂在王府对面山麓晒佛台，僧众高诵沐浴经，群众肃然，场面盛大。十四日举行跳法舞会。十五日晚间举行酥油花供灯会，各个学院、昂欠县的僧人制作的酥油花，陈列于大经堂周围，并供上酥油灯，使酥油花更显得鲜艳夺目。展出后进行评比，排列名次。十六日"转弥勒"，僧众抬着弥勒佛，在乐队伴奏下，绕寺一周，正月十六日正式结束，费用由拉卜楞寺所属23个部落轮流负担。此外，还有二月法会、四月"娘乃节"、七月法会、九月"禳灾法会"、十月宗喀巴逝世纪念日等等。

正月里的法会，异常隆重，动辄就是几十万人参与。由于近年来干部和群众之间、政府和寺院之间齐心协力搞"环境革命"，互相帮助、互相成全，接触、沟通、交流、配合的机会渐多，关系变得融洽、紧密，不稳定的情况也不再出现，很多社会活动的氛围和方式都发生了根本变化。以往各方面都十分紧张的大规模法会如今也变得轻松、愉快。

这一年，夏河县已经看不到武警在法会上出现了，电视画面里全是群众。从十五晚上 7 点，一直到第二天早晨都有群众在朝拜，不断地朝拜，12 个小时没用一名武警。拉卜楞镇组织的 700 名群众，寺院组织的 400 名僧人，总共 1100 人携手包干了所有法会上的事务。一开始他们还把武警的隔离护栏用作通道，到 2018 年后，干脆就用软通道，直接拉警戒线就行，不用其他的东西了。这样一来，省钱，省力，又省心，皆大欢喜，干部满意、群众满意、寺院也满意。愉悦的心情、和谐的气氛激发了人们内心的和善，也提升了人们的境界，偌大一场法会结束后，现场干干净净，连一片垃圾都不留存。

这就是携手的力量，也是携手的秘密，只有携手才能谈得上融洽和团结，什么事情都不能一起商量、共同做，怎么可能携手，怎么可能融洽。以往的经验告诉人们，对某些少数和特殊性的过分强调正是鸿沟生成的原因。过分的照顾必然成为事实上的歧视，过分的敬畏必然成为事实上的孤立，过分的互不介入必然成为事实上的敬而远之和彼此孤立。"环境革命"最终解决的其实就是这个问题。在日常生活中僧人也是普通群众，也有普通公民应该享受的权利和义务，你把他们当自己人，他们就是自己人；你把他们当外人，他们就变成了外人。

夏河县最成功的做法就是拉卜楞镇的群众一周参加两次义务劳动，拉卜楞寺的僧人也是一周两次，付出同等的劳动，获得同等的尊重。寺院把环境卫生搞好后，电视台一报道，僧人们很高兴，觉得既洁净了自己，又做了好事、善事积了功德，又给普通信众起了带头作用。一片"佛门净土"，卫生干净了，人的内心也更加干净了。甘南在"环境革命"中始终强调寺管会、寺庙、普通社会单位三个同等对待，不但没有增加政府和宗教界的矛盾，反而成为融洽关系的媒介，因为打造一个干净、纯美的甘南是他们共同的目标。

五

伊卓年轻的时候，是阿木去乎一带出名的刺儿头，是最不听话的一个。在他的字典里根本就没有顺服这个词，谁他都不在意，不但敢骂，还敢打。别看他个子不高，但打起仗来十分敏捷、凶狠。那时，他和村里的青年一样，只崇尚那些能打仗的人，谁最凶狠，谁就是他们心中的大英雄。当时有一个青年叫扎西，特别能打仗，每仗必有他，有他必伤人，而他自己则轻易不会受伤，偶尔受伤也满不在乎，不影响他打仗的激情。头上的血淌了一脸，连擦都不擦一下，接着打，一直把对方打得躺在地上起不来为止，后来因为打仗出了人命，逃到外地。那个人，才是他们最崇拜的

"大英雄"。

几个村子的草山之争，每年都以这些生死不惧的小青年打头阵。那时伊卓 20 出头，血气方刚，最喜欢的就是打架，单挑和打群架都可以，来者不惧。至今，伊卓对将近二十年前和其他村的那场激战还记忆犹新。那年春天，伊卓 25 岁。伊卓的村子一共就 47 户人家，规模比较小，人口少，和周边的哪个村子打仗都不占人数上的优势。但村子里有几个年轻人特别能打仗，也特别会打仗，保证了整体战斗力并不差。在历次的械斗中，都没有吃过大亏。这次挑衅的是由五个自然村组成的大村，但伊卓他们并不在乎，人多又能咋样？耗子一窝喂老猫！

那天，伊卓所在的村把 18 岁以上的男人都召集在一起，一共集结了 100 多人，而那边一共来了 300 多人，力量相差太悬殊了。按理说，这种仗是不能打的，打起来也不公平，但领头人也是一个好战分子，并没有知难而退的意思。既然领头的不怕，谁也不是孬种。既来之则安之，狭路相逢勇者胜。动手吧！还是伊卓这边先开始动手，先发制人嘛！那时，两个村子里的人都有土枪。那次开战没有多久，伊卓这边就有人中弹倒下了。当时，人们也无暇顾及他的死活，战斗继续进行，两边打得差不多时，才发现中弹的那个人已经死了，子弹从他的额头射入。

这一战，因为伊卓他们村死了人，谈判时对方本着"人道主义"原则做出了让步，将自己的牲畜赶回了原来的草场。

2005 年之后，甘南开始缉枪治暴，两村之间打仗不再用枪，近距离的用拳脚、棍棒，远距离的投掷石头。牧民们投掷石头，有一种专门的工具叫"抛尕"，说白了就是"袍哥"，四川的"袍哥"就是从这个词引申来的。用"抛尕"兜着石头投掷石头，要比徒手投掷远几倍。至2018年甘南州开展了"一十百千万工程"，阿木去乎被打造成了旅游景区，就在当年两个村群殴的那个地点，一片洁白的帐篷式高档旅游宾馆拔地而起。

甘南一家很有实力的旅游公司——九色甘南香巴拉旅游公司，投资1000万元打造了一片特色草原宾馆，不但两个村子的牧民直接入股分红，而且遇有大型活动，村子里的牧民还直接向旅游公司提供各种特色食品，藏包、奶茶、酥油、煮肉、糌粑等，收入大幅增加。2019年旅游公司承办了一个全国性大会，四五百辆汽车蜂拥而至。其间，仅一个村每天就吃掉烤全羊42只，全村每天总收入平均达到28万元。牧民的生活来源多元化之后，不再依赖草场，很多牧民卖掉了牛羊做起了其他生意，加之全国性的扫黑除恶，村子之间不再为草场相争，也不再聚众打架。牧民们用来驱赶牛羊和打狼的"抛尕"还在，但袍哥已经彻底从这里消失了。

伊卓年龄渐大的时候，终于赶上了太平日子，盘点一下自己的产业，深感后顾无忧。终于不用每天提心吊胆、打打杀杀，也不用为四处透风的日子去遮遮挡挡了。

"还是这样的日子好啊！"当他发出这样的感慨，谁都能看出他从内向外洋溢出的心满意足。

政府支持牧民们建设旅游示范村时，伊卓第一批报名，接受政府资助，办起了牧家乐。他的牧家乐一共有四个房间并可为客人提供藏餐，一年下来，净收入能在 30 万元左右。在阿木去乎，伊卓的牧家乐办得还不算太好，最好的牧家乐一年能赚到 80 万元。此外，他还租用村里的草场养了 70 头牦牛。现在租草场要向村里缴纳租金，这部分钱要分给那些无牧户作为经济收入。2020 年，伊卓卖掉 6 头牦牛，每头 7000 元，收入 4.2 万元，又向旅游公司提供酥油赚了 4 万多元。跑马场那边，每天为游客出租马匹。按照村里的规定，每个牧户只能有一匹马参与出租，这项收入有 1 万多元；毡房宾馆那边还能拿回 1 万元左右的分红；儿子为旅游公司表演弹唱，还有一块收入……总之，过去需要掰着手指头算还有几笔债需要还，现在需要掰着手指头算一共有几个进项。

如今，再说起打仗斗殴的往事，伊卓都当笑话讲，过去的一切真的是过去了，过去那些他心目中的英雄，现在看来都是些愚顽之人，不足为道。现在，伊卓逢人就讲自己的兄弟，阿木去乎走上正轨才刚刚几年啊，他兄弟就已经是西南民族大学的"因明学"博士了。虽然藏民大多是佛教徒，但村子里的人基本都不知道"因明学"是个啥东西，伊卓就耐心地给他们讲解，若还不懂，他就再讲，一遍遍不厌其烦地讲，自豪之情溢于言表。

阿木去乎的时代变了，伊卓的时代已经远去，现在是弟弟们的时代。在他心里，弟弟才是这个时代的骄傲和英雄。也许是物极必反吧,阿木去乎人被过去的贫穷和混乱压抑得太久了,突然之间的觉醒,爆发出了另外一个奇迹:一个小小的乡镇,不到十年的时间里竟然出了 7 个博士、40 个硕士,其他的大中专学生尚不在统计之列。这才是阿木去乎人真正的自豪和荣光啊!

第六章

白龙之祭

一

　　舟曲周边的山座座高入云端，像一面面顶着天的屏障，将县城团团围在中间。与那些高大、威严的巨人相比，拥挤的建筑和行在街道上的车辆、人流，就是他们脚趾间不动的或移动的玩具。

　　清晨 7 点钟，杨润海开始带着他的环保志愿者服务队清理、捡拾街道上的垃圾。从他们居住的东城社区出发，一直沿着北环东路的斜坡前行，边走边捡，差不多半个小时的时间就接近了"舟曲县特大泥石流追思园"。

十年来，他记不清自己来这里多少趟了，每来一次他的心都如被针刺了一下，抽搐、疼痛一阵子。为了防止泪水流出来被行人看见，他就抬起头来仰望头顶的高山，山无语，也没有表情，他从来猜不透山的心思，也看不出那些山的样子究竟是狰狞还是慈祥。灾难来自它们，呵护也来自它们；杀戮来自它们，恩养也来自它们。

说心里话，从理智上杨润海是不愿意来这里的，但有时内心的情感却如难以控制的波涛，一次次撞击着他，让他不由自主把脚步一次次移向这里。他隐隐地觉得，那些亲人的气息已经缥缈如空，他再也无法感知，更抓不到手里，只有在自己心痛的过程之中，他才能感知到他们依然存在，他们还在自己心的最深处。他也不愿意看到那些山，虽然有时山上开满鲜花，有时又秋叶如金，但这些高深莫测的存在，带给他的总是那种压抑和畏惧兼而有之的感觉。

他在捡拾广场纪念塔下边的烟蒂时，尽量把自己的腰弯得很低，低到自己的最大极限。深深弯下腰时，他眼睛的余光里，再也没有山的影子。如同一个受审的罪人避开了严厉的法官，那些难以言说的畏惧感和压迫感也同时消失。一种阴森又温暖的气息从大地的深处一点点流溢、生发出来，最后将他完全笼罩。

　　就在那个凝聚了人的心思、意念、欲望和某种行为惯性的烟蒂下边，是人们用来把自己和泥泞、也把自己和大地隔离开来的大理石方砖，再往下就是 2010 年 8 月从东边山上滚下来的泥石，污浊而带着怪异、可怕的声响。泥石以不可探测和挖掘的深度掩埋了许多座房屋和许多人，其中就有杨润海的十七八位亲人：他的父母、两个孩子，他的四个兄弟姐妹及其家庭。再向下，就是泥石流发生之前的地表，在那个层面那些嘈杂的岁月，遥远的伐木声、采石声和人们沉重的喘息、亢奋的叫喊都凝成了一层坚硬的沙石和水泥。越过这个层面之后，一道时光的大门倏然开启，一幅幅渐次变化的历史画卷逐页展开——

　　很久以前，这个地方并不叫舟曲，而叫西固。1955 年之后，这里因水而名，改称舟曲。藏语里的舟曲就是白龙江。这个位处西秦岭与青藏高原接合部的高山地区，虽然高处的山势险峻、往来出入艰难，却由于低处的气候宜人、风光奇特秀美，而被人们青睐。自古以来，就有人在这里繁衍生息。因为地理上的重要气候分界线秦岭就在县境之北，这里就隔山为界属于"江南"。由于境内 1173—4504 米之间的海拔落差，使舟曲的地形、地貌和温度、气候湿度等极其复杂，变化多端。白龙江谷地海拔较低，其高度在 1200 米左右，南北两侧的山地高峰则可达 4000 米以上，中部的大草坡、葱花坡、吊草坡一带山势较缓，海拔在 3000 米左右。有人心怀好奇,想亲自体验一下季节穿越的感觉,清晨从海拔 1200 米左右的县城出发,还是初秋,乘车翻过 3957 米的黄家拉则,便有了寒冷刺骨的冬天感觉。从山下到山上,就是从河谷到高原,也是从江南到塞北。

由于气候复杂,关于舟曲的气候划带,就比较令人费解——属温带、寒温带、高寒湿润气候,到底是哪一个,说不定。又由于境内平均雨量充沛,日照充足,完整保存大陆性温带、寒温带生态系统多种植物群落,植被垂直带谱广泛完整,植物群落结构完备,自然地形地貌优美,森林及自然景观独特。随海拔高度递升,依次分布着阔叶林、针阔混交林、纯针叶原始林、高山杜鹃针叶林和高山矮林等林分类型。很多野生珍稀植物如银杏、红豆杉、秦岭冷杉、大果青秆、油麦吊云杉、岷江柏木、四川红杉、连香树、水青树、水曲柳等应有尽有,各种野生灌木、药材、食用菌等资源也十分丰富。丰富的植物群落又滋养出众多的野生动物,金雕、斑尾榛鸡、红腹锦鸡、梅花鹿、兰马鸡、苏门羚、黑熊、青羊等等,常在山峦、林间和草地上往来出没。

从前,人类的活动能力有限,也没有那么多的占有欲,基本上待在低海拔的山下,不轻易到那些空气稀薄的山顶和密集幽暗的莽林。那时,人有人的领地,树有树的领地,草有草的领地,动物有动物的领地,山安静,水安详,井然有序。后来,人类便以生存的名义,以发展的名义,借助牛羊结实的牙齿,借助锹、镐、铧犁锋利的刃口和板斧、油锯的钢牙铁齿，也借助喷着火焰的乌黑枪口，大举向海拔的高处推进、扩张。

从明朝中期开始，朝廷在推行军屯的同时，又推行民屯，从山西、安徽、江苏、浙江等地向西北及至洮州、岷州、西固地旷人稀地区进行八九次移民，亦招流亡人员垦荒，由政府提供耕畜、农具等生产资料和种子。至清中期，人口迁移继续，形成史上持续时间最长、规模最大的农民垦荒高潮，至雍乾时期，开垦规模达到历史高峰。但由于垦地质量差、作物种植产量低，不足以养活军民，遂形成了薄收而广种的恶性循环。为进一步扩大开垦面积，增加产出，清政府又出台奖耕罚荒政策，推迟垦荒起始年限，鼓励农民"遇荒就垦，垦到为止，永为己有"。至此，白龙江谷大片林地消失，据说，今舟曲县城以北的黄土山原来都是成片的森林。

新中国成立后，为了全力支持国家的经济建设，白龙江流域从上游至下游又相继成立了多个林业局，对流域内的树木持续砍伐。因为这一带山大、坡陡、沟深，当年的生产力欠发达，山背后的树木无法运输，就重点砍伐白龙江迎面山坡上的树木，砍倒，滚下山岗，通过水道运出丛山。据说，当年白龙江林业局也实施了限量采伐，规定年采伐量为 4500 立方米，但因为需求大，实际的采伐量经常达到 1 万立方米左右。至"九五"期间，每年的实际采伐量达到 3 万立方米。直至 1998 年禁伐，已经连续采伐了半个多世纪。除此之外，民间的采伐和盗伐几十年来也从来没有停止过，全面禁伐之后，仍在延续，日用、烧柴、房屋、牛栏……靠山吃山，所有的木材都只能来之于山上。以至于白龙江河道两侧的高山，只有一种结局，都变成了不折不扣的秃山。

这是人类首先破坏了自然的法则，随之，一切的秩序和规矩都变得紊乱不堪。既然人不再安守自己的领地，自然中的一切都发生了变化，树木、草、泥土、石头、河里的水、山上的水、天上的水、地底的水都不再安守，纷纷离开了自己的领地，改变了存在方式。这些本来不应该有的变化随之而来。其实，对自然来说，这些变化也只是迫不得已的变化，为适应而产生的变化，但作用到人类身上的时候，即被定义为自然灾害。《甘肃自然灾害史》载：新中国成立前300年间，白龙江流域共发生特大旱灾33次，大水灾8次，尤以清光绪五年（1879年）白龙江洪水冲圮西固西南城垣为盛。雹灾无计。18世纪后，旱灾次数和程度屡屡加重，18世纪14次，19世纪29次，20世纪出现连续大旱……灾害的频次逐代提高，灾害的形式不断变化，灾害的破坏力逐步加大。

2010年8月7日，舟曲发生了特大泥石流灾害。此前，舟曲县城周边先后发生4次强降水过程，由于山体松动，土不附石，山洪夹裹着泥石从三眼峪、罗家峪等四条沟系呼啸而下，将流经区域夷为平地。泥石流长约5公里，平均宽度300米，平均厚度5米，总体积750万立方米，海量的泥石混合物封死了白龙江河道，形成了堰塞湖，对幸免于难的居民构成了新的威胁。灾后统计，这场泥石流造成 19 个乡镇 176 个自然村不同程度受灾，受灾人数达 61875 人，直接经济损失达 36.08 亿元。其中，有 307 户 830 人房屋受损，108 个自然村交通中断，119 个自然村电力中断，农作物受灾面积达 1151.95 公顷，灾难中共有 1557 人遇难，284 人失踪，2315 人受伤。

杨润海的父母和亲人们都居住在泥石流冲击、吞没的重点区域，属于失踪人员之列。泥石流发生的当天，杨润海和妻子驾着自家的运输卡车去武都拉水泥，由于路途遥远，午夜时分他们把车停在路边休息。清晨时分，他们发现有很多军队的车辆从身边飞驰而过，不祥的预感突然而至，他们逐一给自己的亲人打电话，结果一个都无法接通。当他们赶到县城时，周边已经开始大规模救援。放眼望去，原来家的位置已经空空荡荡，被一片巨大的泥浆湖取而代之。灰白色的表面泛着死亡之光，看一眼就足以令人心胆俱寒、毛骨悚然。

它像一个巨大的谎言，告诉杨润海，他从来没有过自己的家园，也没有过任何一个亲人。杨润海欲哭无泪，泪水被巨大的悲痛压缩成了高密度且极其寒冷的石头，死死塞住了他的心和泪腺。让他看起来像一块冻僵了的雕像一样跪在废墟上一动不动。直到多年后他才知道，那些塞在心底的石头是在未来漫长的岁月里，一点点被新生活焐热，一点点融化，一点点还原成泪水，流了出来。

灾后 10 年，只要一提起那个日子，一想起那个场景，杨润海都忍不住泪眼模糊，衣柜里存放着父母、子女、兄弟们合影的影集，他多想拿出来看看他们的面容啊！可十年来他和妻子始终没有勇气再拿出来看一看，每次一动这个念头都感觉心痛难忍。本以为灾后新生的孩子，能把之前失去亲人的伤痛冲淡一些，可是实践证明那只是一种假设，什么都无法冲淡。只是打个包把难以接受的记忆和伤痛放在生活的一个角落，刻意回避，不敢触碰。

和杨润海夫妇一样在灾难中失去了所有亲人的尚蕊丽，今年24 岁，已经当了 10 年的孤儿。她清晰地记得那年大旱，有一个多月的时间不下雨，各家的大片土地只能挺着，等天上的雨水落下来，但小片土地还是要奋力抢救的。泥石流发生的当天，尚蕊丽随一个家住三眼峪的女同学去她家帮浇地，从放学开始，一直到晚上 10 点钟，尚蕊丽、她的同学及同学的父母，一直在忙着放水浇地。

晚上 10 点不到的时候，突然电闪雷鸣，下起了暴雨。为了躲雨，她和同学家的几口人跑到附近一座无人居住的房子里，在那里她度过了惊魂动魄的一夜，见证了泥石流吞没村庄和城市的全过程。开始的时候，只是涨水，山洪咆哮着奔流而下，她们就从一楼逃到了二楼。再后来，黏稠的泥石流翻滚而下，并一点点上涨。面对着步步紧逼的泥石流，她们只能冒着瓢泼大雨爬上屋顶。泥石流在自己脚下一米多远的距离翻滚撞击着房屋，她们明显感觉到脚下的房屋在颤抖，远处其他房屋的暗影已经纷纷在轰鸣中倒下了，年仅 14 岁的尚蕊丽被吓傻了，她不知道下一秒钟自己会不会和房屋一同随着巨响消失在泥浆之中……

天终于亮了，泥石流终于停止了流动，显现于尚蕊丽眼中的只有大片正在凝固的泥浆。往日的房屋、道路、树木和生动丰富的生活，都已经被这死亡之笔一笔勾销了。为什么呀为什么？那一刻她的泪水像潮水一样涌了出来。她不知道在现实生活这个练习册上，谁犯了错误，错在哪里，是那冷酷的涂抹者犯了错误，还是被涂抹的内容本来就是个错误。从此她再也没有回到原来的生活，再也没有见到自己的亲人。原来住的房子没有了，亲人们也不见了，所有人包括她自己都知道是被泥石流埋掉了，但在情感上还是无法相信。她要不断地去寻找，去废墟上，去挖掘现场，去过去的熟人和亲戚那里，像一个痴呆的人一样到处去问："看没看到我爸我妈？"

当她被政府当作孤儿收养照料起来之后，开始接受心理治疗，开始像以往一样回到学校读书，但她的心却永远回不到以前了。在生与死之间，在有意义和无意义之间她进行很长时间的徘徊、选择。最后，还是因为一个传统的观念让她揣着痛苦坚强地活下来。她想，如果自己真的死去了，谁来传递家里的"香火"？就这样，她为了告慰自己的亲人，表达对亲人的爱和责任，决定继续在世界上活着。既然为了他们活着，就要活出个样子来，她决心活得乐观、坚强、阳光。她不管到哪里，做什么，读书、外出打工、照顾仅存的亲人——姥姥、回舟曲工作……所到之处都不让别人看出和知道自己是一个孤儿，她不想把负面的情绪暴露给别人，不想赚取别人的同情，因为她不想给自己逝去的亲人丢脸。难过时，她在日记本上写下内心的疼痛和悲伤，她现在只有自己，没有别的抒发对象。然而，再坚强的女孩仍然是女孩，每每回忆起往事，说到伤心处，她还是忍不住流下了泪水。这些年，她自己硬扛着，压下内心太多的委屈和痛苦，把自己打扮成一个坚强的人，欠下自己太多的泪水。她不知道，这世上，欠了什么债也都要还的，欠下的泪水早晚也要流出。真希望能找到一个温暖、可靠的肩膀，痛痛快快地哭一场，把应该流完的泪水一次流完。

失去亲人之后，性格十分内向的杨润海，性格似乎变化很大，开始愿意同别人交往，更愿意帮助别人。杨润海的新家就在灾后的安置小区里，小区里的居民都是在那次大灾中失去家园和亲人的人。刚住进来的时候，杨润海还精神恍惚，很多时候，看到走在前边的老人，就觉得背影很像自己的父母，看到天真活泼的孩子，就感觉像自己孩子的背影，可是追上去看个究竟，每每大失所望。尽管失望，也觉得有几分亲切，恍惚中，仿佛他们就是自己曾经失散的亲人，恨不得亲自为他们做点什么事情，心里才能好受些。

有一天，杨润海突发奇想，串联小区里的居民成立了一个志愿者服务队。服务队得有一个宗旨吧？没有，干什么都没有限定。无论社区、社会或是某一个人，只要需要，服务队就无偿提供帮助和服务。可能小区里这些失去亲人的人都在救灾和家园重建中获得了人生的另一种感悟，因为感受到了来自外部的真情和温暖后，人性深处的温情与友善被更多地激活。他们都有一种想为别人做点儿事情和提供帮助的愿望。或许，这正是心理学中所说的，因为他们曾经陆续获得了很多不要求回报的关心和帮助，就有一种报恩的愿望堆积在潜意识里，从而成为一种向善的能量。服务队刚成立时 53 人，不到一年的时间发展到了 100 多人。

服务队在杨润海的带领下，成了社区和附近居民的及时雨，不管社区里或其他区域的人有什么需求，只需按照他们提供的联络方式打个电话，他们就马上到场。挪动一个较大的物件也好，护送病人也好，有了伤者也好，只要是力所能及他们都会不讲代价地伸手相帮。2015 年，全州开展"环境革命"之后，杨润海突生感念，看到了环境保护的重大意义。

回想起 10 年前的那场灾难，是一场纯粹的自然灾害，列举的四条主要原因分别是：地质地貌原因、汶川地震震松了舟曲的山体、长期干旱使山体出现裂隙，短时间内降雨太多、太急，似乎一条也没有人的责任。但杨润海突然想明白了，这四条原因中除了地质地貌外，哪一条都是人类的责任。如果山上的植被和生态不被破坏，山体就不会那么疏松，也不会出现长期干旱；如果密集的植物根系盘根错节，紧紧裹住山体，即便干旱也不会出现那么多的裂隙；如果植被茂密，下多急的暴雨也应该能被有效吸收、化解，应不至于暴发那么严重的泥石流。就算一切的理由都成立吧，人类为什么要选择如此凶险之地居住？还不是因为群体数量太过膨胀没有更多选择的结果。从那时起，他便在漫无目的做好事中找到了明确的方向，服务队很快就把植树和捡垃圾两项工作调整为主要任务。市里要求职工和市民每周五集中清理垃圾，杨润海的服务队每周一、三、五都要组织起来捡垃圾，不但社区内，市里的街道、广场、体育场、公园，哪里人多容易产生垃圾他们就去哪里。

最重要的，还有这个舟曲特大泥石流追思园，他更在心里惦记着，每次路过他都要去转一圈。在他的心里，这是一个人们与自然关系的反思园，他要像擦拭一面镜子一样，将它擦拭得一尘不染，让它随时照亮人们的警醒之心。当他在那里捡起最后一个烟蒂时，突然直起了腰身，仰天长叹："人类欠下自然和环境的账太多，早应该向自然低头悔改啦！"

二

其实，在舟曲这样的地方，先于杨润海觉悟的人，又何止千百？人们虽然并没有公开声明，但早就开始尽自己的微薄之力，去弥补人与自然之间的裂隙了。

家住东山镇石家山村的刘启文老人 1939 年生人，到 2021 年初已经 82 岁高龄，仍然在一心牵挂着他那些山上的树，如果有方便的车辆可以搭乘，他还是要去山上走一走，看一看，让那些绿色的植物愉悦一下自己的眼目和心灵。

他如此珍惜和热爱树木，是因为他活得足够长，人生的感触和阅历足够丰富，他深知失去那些绿色植物之后的苦楚。他这一生做得最多的梦就是自己又走在古木参天、绿树成荫的大地之上，鸟儿婉转啼鸣，小兽在林间嬉戏跳跃，人可以和太阳捉迷藏，只要不让它看见，半天的时间都可以躲在树荫里睡觉或行走……

这样的情景，原来并不是梦境，正是他小时候的生活经历和实际生境。直到 20 世纪 80 年代初，东山镇 48 个自然村，村村如此，大家共同生活在远离市区的高原平坝上。风调雨顺，衣食无忧。虽然下山的路又远又难走，但没事情下山干吗？山上什么都有，砖瓦厂、木材、百货……简单平常的日子人们过得心满意足。如果山下是人间生活的话，这片比山下海拔高出 1000 多米的平原，就是神仙之境。那时，两人合抱的大树到处都是，人们烧菜和建房需要木料都躲着那些大树走，嫌伐倒一棵那样的树太累人。为了节省力气，人们要在林中选择那些大小、粗细正合用的原木。那时的人们，一个个的，内心里都很骄傲、很挑剔。

后来，这里的人越聚越多，有进无出，并且对生活要求越来越高。过去一个季节只穿一件衣服，现在要穿一柜子的衣服；过去只需要一双手工的布鞋，现在需要各种各样功能不一的很多双鞋子；过去有一辆自行车就可以，现在要有一辆汽车；过去住一座很小的房子就可以，现在需要每个人住一间房子；过去不需要存款，年吃年用足矣，现在要很多很多存款……总之，人们对物质的需求没有止境。但这么多的东西从哪里来？人们先是变着法儿去找土地要，合理密植不够，就多施化肥；多施化肥还不行，就研制良种；良种也用上了，仍然换不来足够的钱，就进行覆盖地膜提升低温……

所有的手段都使上之后，有限的土地彻底显现出了它的局限、疲惫和无能为力。人们一边抱怨土地不养人，一边把目光和心思从土地上移开，尝试着走出一条新的、向外扩张之路。立足脚下向远处、更远处扩张，站在今年向明年、后年和更远的未来扩张。开发矿山，砍伐森林，拦河筑坝，破土淘沙，饱和放牧，向山、向水、向树、向草要钱。大树伐没了，伐小树；小树伐没了，砍灌木；灌木砍光了，割蒿草；蒿草没有了，就养那种连草根都能刨出来吃掉的土山羊，榨出山上的最后一分利。

不出 30 年，一座座草木葳蕤的青山，就变成了一座座光秃秃的黄土坡。到 20 世纪 80 年代末期，山上的原生树木都已经不复存在；那种叫树的植物，之所以还没有彻底绝迹，是因为人们在房前屋后、田间地头总要栽一些树，以供观赏和怀念。几十年间，东山镇的孩子们再也没有见过大树和蒿草。在他们的认知里，凡草都不可能没过膝盖，凡树都不可能粗过手臂。

东山镇人的日子也一天天败落下来。过去的骄傲消失殆尽，摇身一变，神仙若乞儿，成为舟曲境内贫困和吝啬的代名词。曾有一段时间东山镇的人远近闻名，谁都知道他们能"划拉"，见什么要什么，见什么捡什么。见到一段树棍，要捡回家去，可做镰刀的刀把；见到粗一点的木棒更要捡回去，会有大用，可做锹把或镐把；见到庄稼的秸秆要捡回家，可以积少成多，做烧柴；见到路上有几堆牲畜粪便，也不能放过，要捡回家积肥种地……那时，人们只知道笑话东山镇人的行为，却不懂东山镇人内心的苦楚、辛酸和无奈。人被生活逼到了没有回旋余地的窘境，又要尽最大努力保持自己的尊严，活成一个文明人的样子，还能怎么做？不去偷，不去抢，不去沿街乞讨，就只能在自己的身上做文章——精打细算，节俭吝啬，一分钱在手中攥出水，关键时刻掰成两半花。可怜就可怜吧，总强于可恶，这也从另一个侧面体现出东山镇人的自律、忍耐和自我约束意识。

20 世纪 80 年代，刘启文还在石家山村当党支部书记，作为一个村子的带头人和掌舵人，他清晰地意识到了自己带领村民们在过去很多年里都做了什么。面对着越来越疲惫的土地、越来越干旱的气候和越来越没有出路的村民，他开始意识到环境和树木对这片土地的重要影响，也意识到应该向自然真诚忏悔和认真弥补。从 20 世纪 80 年代末期，他就提出了"要想富，先栽树"的口号，并且带领村里的 24 名党员进行大规模义务植树。稍后，又发动了全体村民。1989 年，石家山村动员了一切可动员的力量一下子植树 39.8 万株。之后，每年春天开展义务植树活动成为他们生产生活中的必做项目。1994 年，他们又来了一次大规模集中补栽，将过去树苗没有成活的树坑都补栽上了新树。至此，石家山村周边的山又见到了绿色，渐渐地，数年前的小树苗长成了树，并且在承载着人们的期盼和心愿中迅速长高长大。

2000 年，刘启文申请辞去村支部书记的职务，专门到山上去栽树、护林。政府为他在山上盖了两间简易的房屋，他就一个人住了进去。从此，他就再也没有回家住过，在山上一住就是 19 年。这 19 年，他以山林为家，与树相伴。哪里有了空闲之地，他就想办法把树种上，填补空白；哪棵小树被风刮倒或倾斜，他就为其扶正、固根；哪里的树有了病虫害，他就想办法弄来一些药物为它们治疗；哪里有牲畜进了林子，他就想办法把它们赶到成树区，免得幼小的树苗被它们从根折断；哪里有人来到林子里，刘启文就赶紧跑过去，看看他究竟来干什么。一般情况下，人才是让他最头疼的事情，一般都是来盗砍盗伐的。遇到这样的情况，他只能拉下脸来毫不客气地进行驱逐。

山上没有树的时候，村民们连找一段树木做锹把都不是件容易的事情；那些年东山镇的居民为了打一捆烧柴，需要冒险爬到山崖上去，至少有十几个人为了一把烧柴葬送了性命。现在山上有树了，村民们自然想拿来一用。从村民的角度看，也有其合理性，毕竟所有的资源都是为人所用的。如果人不能用，那些资源的存在又有什么意义呢？更何况，栽树的时候人人都出了力，是大家一同努力让这山上的树从无到有的，现在要用的时候怎么就不行了呢？但从刘启文的角度讲，就坚决不能允许这种现象出现。在他看来，不允许村民砍伐树木至少有不下三条理由。第一，国家的法律有明确规定，树木不能由个人随意砍伐；第二，这些树好不容易栽活，还没等成材就往下砍太可惜了；第三，树的功能也不仅仅是为了当木材用，它们在山上生长能涵养水土，固化山体，调节气候。有些事情村民们看不到，或只考虑眼前不考虑长远，只考虑个人不考虑整体和大局。一个两个这样的人出现，没啥关系，可是这样的人多了起来，石家山村群众几十年的努力可能在很短时间又被毁掉了。

在这件事情上，刘启文是不能心软，也不能手软的，一软就会遗恨百年。想当初，他之所以要来山上死看死守，就是料到会有这一天。如果换了一个没有原则或对这些树没有足够认识和情

233

感的人来看林子，这道"堤坝"，恐怕很快就会在一次又一次的迁就和通融中溃毁。

对前来"光顾"的本村或外村群众，刘启文开始都会好言相劝，给他讲一讲爱护林木的意义和好环境来之不易。大多数的人看在老书记苦心坚守的分上，马上流露出惭愧和悔意，并表示以后再也不犯这个糊涂了。也有鬼迷心窍的人，不但不愿意接受刘启文的劝导，骂骂咧咧躲避一时之后又绕着圈子回来，想方设法要达到自己的目的。白天被制止，晚上再来。对这样的人，刘启文是心里有数的，从白天的态度和他们的眼神里，就能读懂他们心里是怎么想的。晚上，刘启文会在他们的必经之路上等着他们。

后来，也有人为刘启文感到后怕，一旦那些盗伐者心生歹意把老先生暴打一顿或图财害命了怎么办？谈到这样的话题时，刘启文哈哈一笑，表示正常人都有起码的良知，一般不会干那种伤天害理的事情。况且村民们只是为了贪图一些小便宜才来盗伐树木，为了几根木头就杀伤一个无冤无仇的老头子，触犯法律，得不偿失啊！不但便宜没占到，还把自己也搭进去了。

山中的岁月，大部分是寂寞的。刘启文自幼学得一手中医本领，认识130多种中草药，手中还积累了一些治疗常见病的成方。在山下时，就经常免费给村民们看病、抓药。上山之后，也经常有村里人生病把他接下山去诊治。偶尔也有人把他在山上的护林房当诊所到山上来瞧病。另外，家里人也会不定期地到山上来看看他，给他带换季、换洗的衣服和一些好吃的东西。这就是他和山下沟通的主要渠道了。刚来山上的那些年，不但生活艰苦，连电都没有，每天晚上他只能靠传统的煤油灯和蜡烛照明。近十年来，他才有了手机，偶尔遇到紧急情况能和山下的家人沟通一下情况。有了手机大多数时间也没有用，因为山上没有电，两块手机电池坚持不到三天就成了没用的摆设。最近几年，有了光伏发电板，县里来人给他安了一块，这才有了电，夜晚有了电灯，手机可以充电了，也有了和山下的不间断的联络。每天，他除了护林、巡山，就在林中采一点儿中草药，给那些找他看病的人预备着。趁着每天光线好的时刻，他还要温习中医书籍，或写写日记，记录一下山上的事情和自己的心情。

刘启文的日记很独特，一半是散文的形式，一半是诗歌的形式。日记不是天天记，所以落在纸上的日记都有很实在的内容。如果没有护林工作的内容就抒发一下个人的情感和感受。有时，既记事又抒情，兼而有之。19年下来，他的日记记满了十来个本子。随意翻开一本，打开一页，仿佛都能听到一个老人的血液伴随着岁月流淌的声音——

2005 年 5 月 20 日，星期五，天毛毛细雨。

近河不得枉使水，

近山不得枉烧柴。

画水无风空作浪，

绣花虽好不闻香。

如果按照文学的标准要求，大概老先生的诗不能算水平很高的创作。他是个环保工作者，不是诗人，他的文字也只是日记。既然叫作日记，就是记录自己的所看所想和内心感受，不能用文学标准评判高下。但不管是成熟的诗还是不成熟的诗，它的源泉还是来自创作者的内心，所谓的有感而发嘛。从诗的内容看，刘老先生的环保意识还是十分强烈的。他的心、他的情感最剧烈的波动还是受着山水、环境的牵动。

2005 年 6 月 11 日，农历五月初五。

今天是农历五月端午，天气很晴朗，坐在林中喝酒观景，与树木为友真是快乐极了。有诗。

坐在林中喝杯酒，

满山青松为好友。

枝叶底下真清凉，

风吹青山草木香。

五月初五，端午节。按照传统的习俗应该是家人团聚，聚在一起吃粽子，采艾蒿，系红线。但刘启文这个最朴素的浪漫主义者，却独自在山上和他的树木一起过了一个特殊的节日。说特殊，其实也没什么特殊，19 年里，经过了那么多传统的节日，大部分都是他独自在山林里度过的。他没有觉得有什么失落，也没有表现出忧伤，而是表现出了出人意料的豁达与乐观。

　　春风和煦，一个人坐在树荫下，饮酒自乐，不顾影自怜，也不摆出姿势，寻求影子的陪伴。举目一望，他栽下和守护的那些树木，都是无声的朋友，以一种不动声色的方式为他送来了清凉和芬芳。此情此景，哪里还能想到个人的处境和得失。关于他内心的理想和境界，在他另一首日记体诗里有所体现："植树管护十九春，百万青松为子孙。坚定理想挑重担，永葆本色写真心。"因为他这份理想，这份真心，更是因为他19年的坚守和这么多年花在山林树木上的生命长度和毫无保留的心血，甘肃省于2018年授予他"甘肃绿化奖章"。

　　如今，82岁的刘启文，坐在那里仍然精神矍铄、腰身笔挺，看起来酷似以往年代里一尊硬朗的雕像，有几分古板，却异常沉稳、踏实，一派能挺得起千钧之重的样子。2019年，他从山上下来时，已经是80岁的高龄，人们动员他下山安居时，他仍对那片山林依依不舍，放心不下，仿佛自己一离开，那山林就会失去安全保障。毕竟已经是那么大的年龄了，继续在山上护林，他自己倒是愿意，但其他人不会答应，那在道义上让所有人都无法接受。让他稍感安慰的是，他离开后，他的二儿子接替了他，继续在山上植树、护林。如此一来，他的心就放下了大半，似乎那片山林仍然和他保持了某种血缘关系。

三

　　出舟曲县城，沿白龙江岸边的公路前行 30 公里，就进入了曲瓦乡领地。此处的山势依然险峻，但面对河谷一侧的山体模样和沿途的景致和舟曲仍很相似——陡峭的山体、狰狞的岩石，间杂着土石混合的小面积滑坡。因为是冬季，草木凋零，眼中很少能见到绿色。间或有几面山坡上散布着一些星星点点的绿色，据说都是近几年人工栽上去的云杉和侧柏。

　　云杉和侧柏是这个海拔和气候带上最容易存活和生长的树种，但由于生长缓慢，几年才能长成有些高度和规模的树。时间往前移三年，它们还是一些高不盈尺的小苗苗，从山下的这个角度很难发现它们是树；如果时间再往前推五六年，它们还没有在这里的山坡上安家。那时，舟曲县已经有计划地逐年往山上栽树，以弥补几十年大规模、灭绝式砍伐留下的自然亏空。但那时还不敢往山上栽种这些柔软、芳香且生长缓慢的树种，只能栽种一些浑身长刺、生长迅速的"乌龙头"。乌龙头是当地人给袍木芽树起的一个土名。其实，袍木芽还有两个更加贴切的学名，一个是龙牙楤木，一个是虎阳刺。因为这种树，枝干上长满了尖刺，只有春天发出的嫩芽可供食用，其他部分别说食用，就是想靠近也是一件很难的事。

　　当地人之所以找到这样一种独特的树种来栽种，主要是为了

238

防范那些防不胜防的土山羊。早在多年前，山上的树木被伐去之后，还有一些低矮树种和蒿草在生长，如果没有大规模山体滑坡和动物啃食破坏，植被还有慢慢恢复的可能。按理说，那么陡峭的山体，一般的牛羊和马匹是无法攀登的，但偏偏就有一种很不一般的动物，那就是土山羊。

《尔雅》成书于战国或两汉之间，那时书中就有对山羊的记载："出西夏，似吴羊而大角、角椭者。能陟峻坂，羌夷以为羚羊，角极长，唯一边有节，节亦疏大，不入药用。"专家认为，山羊几乎是和绵羊同时期被人驯化的，但几千年之后，绵羊彻底成了温顺家羊，山羊还是山羊，野性不改，原始的禀赋不变。由于山羊蹄子尖非常细小，边缘也很坚硬，足以支撑起它的体重，只要能让它在岩壁上找到一丁点儿平面或者凹坑，它就能用蹄子抠住稳稳站住，所以，它们具有超强的攀岩能力。山羊之所以能被人类饲养到今天，自然有着它们不可替代的优点。优点之一，就是肉质滑软可口；其二就是具有超强的生存本领，在饲草匮乏的情况下，觅食力较强，在荒漠、半荒漠地区，其他家畜不能利用的多数植物，山羊也能有效利用，其他动物抵达不了的地方它们也能抵达。

在诸多动物中，只有土山羊近似于异类。一个食草、有蹄的动物，却有着先天的异禀，不但有高超的攀登能力，还有超强的平衡能力。经过系统训练，山羊可以为人类表演走钢丝；即便不经过专门训练，它们也可以轻而易举地爬到树上去啃吃树叶。难怪有一些地方的人把山羊称作山羊猴子，有时它们可能比猴子的能耐还大。在食草紧缺的环境里，它们的表现和能够到达的地点经常超出人们的意料和想象，完全有能力爬上悬崖峭壁去寻找食物。由于山羊会改变植物种群与森林结构，且会将疾病传染给原生的动物，于是自然放养的土山羊基本成了生态克星，国际自然保护联盟物种存续委员会的入侵物种专家小组(ISSG)，很早以前就把山羊列入了世界100个外来入侵物种之一。

为了有效利用陡峭山体上残存的树叶和草，白龙江两岸的牧民大量饲养了这种能爬到悬崖峭壁上吃草的动物。虽然土山羊的生长期长、体形小、相对经济价值不高，但它们的成活率高，肉质好，又有超强的生存能力和自主能力，可以大量节约人的劳动成本。早晨只要把它们往山脚下一赶，不用人跟着，它们自己就沿着光秃陡峭的山体找到了高处的食物，没有露出地表的青草、埋在土里的树根，它们凭着敏锐的嗅觉和尖锐的前蹄，可以把它们从土里挖出来，饱餐一顿。就这样，在土山羊经年累月地搜刮和挖掘下，白龙江两岸的山体终于成了不毛之地。后来，人们忽略了土山羊的本事，竟然在山上栽起了树，结果先期栽下的那些好吃的树苗大部分又被土山羊吃掉。

在无计可施的情况下，人们接受专家的建议，开始栽种乌龙头。根据生态的多样性和物种均衡的要求，也不可能在一个地区只栽种一个树种。单一的树种即便将来长大成林，也不会长久。因为那是最脆弱的一种生态，一旦发生了某种病虫害，便会遭受毁灭性的打击，甚至灭绝之灾。是要长久的生态，还是要眼前的利益？在二者必选其一的情况下，从 2008 年起，舟曲县不得不将土山羊列入淘汰品种，动员和奖励牧民逐年淘汰土山羊。经过十年的努力，全县 19 个乡镇的土山羊全部被淘汰，共淘汰土山羊 9.6 万只，为养殖土山羊的牧户发放淘汰补贴 438.575 万元。

从城马村下道，拐出白龙江谷底，转过一座山就进入曲瓦乡的另一个村——头沟坝村。头沟坝村的赵朝德原来也养了 100 多只土山羊。靠这 100 多只土山羊一年能获得 1 万多元的牧业收入。"养猪为过年，养羊为花钱"，这一年的花销全都指望这 100 多只羊。赵朝德的村子在山后，他们的"前"就是指白龙江，也是指白龙江边通往外面的公路。进入山后的谷地，眼前的景色便明显与山前有很大的不同，甚至是两个世界的感觉。举目观看两侧的山峦，已经看不到有滑坡面的存在，这里林木繁茂、溪流清澈，虽然已经不是花红柳绿的季节，密密麻麻的树木、错杂交缠的枝条还是能激发出人们对繁荣景象的想象。只有走到这里，人们才能想明白，为什么雨季的滑坡和泥石流基本都发生在公路边，却很少发生在人迹罕至的深山里。

赵朝德家的土山羊如果不赶到山前去放牧，是不会伤及山上草木的根系的，因为这里的植被良好，食物丰富，根本就不会逼着土山羊去刨食地下的植物根系。但 2015 年甘南开展"环境革命"之后，县里出台了比较严格的环境治理方案。文件规定，不管哪里的土山羊，都在根治的范围。山前的土山羊刻不容缓，是第一批淘汰对象；山后的土山羊稍有延缓，被列为第二批淘汰对象，前后相差不到半年时间。开始时，赵朝德很想不开，忍不住要和来做工作的干部理论一番："哪里的生态遭到破坏你们就淘汰哪里的土山羊嘛！我们山后的生态并没有破坏，为啥也要淘汰？比起我们的损失，政府的那点补贴算啥呢？另外，淘汰了土山羊我们靠啥生活呢？"

面对群众的问题，政府的人似乎早有准备，回答起来似乎也顺理成章："你们也不能只看到眼前的事情，几十年前，山前的生态也没有现在这么糟糕，都是一点点变坏。你看现在还好，一旦谁都看出来不好时，就已经悔之晚矣。专家说，山后的生态保护不从现在入手，不超过十年也会和山前一样。你觉得你这百十只土山羊不算什么，没有多大的破坏力，但随着生态的逐步退化，到了不养土山羊就无法放牧时，那不就雪上加霜啦？很快就会把山后的生态环境搞垮！草绝了，羊饿死，到那时，生态上的损失和牧户个人的损失可并不是我们能想象的，我们谁都承担不起。你看现在补贴不足弥补全部损失，但期限一到，不处理还要罚款，你算算账哪个更划算。政府也找专家做了咨询，给大家一个时间上的提前量，趁早处理，损失会很小，加上政府的补贴就不会有啥损失。至于之后靠什么谋生，政府也早有规划，我们为生态做出了让步，还要从生态上寻找出路。卖掉土山羊后，我们发展苗木产业，政府出政策、出技术、找市场，你们就放心大胆地干，保证你们的收入比现在高……"

赵朝德几乎是带着怨气把自己的羊卖掉，按照乡政府的路子建立苗圃的。可是一个种地和放牧的人，哪懂得种树啊？这里的土适合种什么树，育什么苗；哪些树需要买种子，到哪里去买；哪些树适合扦插，到哪里收集枝条……什么都不知道，大脑一片空白。第一年，虽然在技术人员的指导下把自己家的 10 多亩土地种上了，但赵朝德心里还是没有底，不知道树苗能不能出来。第二年，虽然树苗已经出来了，他心里还是没有底，不知道政府说话能不能兑现，能不能让这些比筷子粗不了多少的小苗子变成钱。到了第二年的秋天，赵朝德的心就落了底，因为很快奇迹就开始发生了。一棵 50 厘米的小树苗最高卖到 5 角钱，你算一算一亩地几十万棵树苗能卖出多少钱？从秋天到第二年春天，陆续都有人来家里买树苗。大面积的树苗被一买而空，如果不及时种上后续的树苗，恐怕第二年就没什么可卖了。一阵忙活之后，赵朝德盘点了一下自己的收入，一亩地平均收入 13 万元。这还了得，这辈子没梦想过能挣这么多钱啊！

转过年，赵朝德立即流转、租用别人的土地，把苗圃面积扩大到 35 亩。同村的村民看到了苗圃的前途，很快卖掉了自己家的羊,转种苗木。不出三年,头沟坝村就把苗圃面积发展到 1300 亩,而整个曲瓦乡共有苗圃面积 2000 多亩。头沟坝成了舟曲县内白龙江流域名副其实的苗木基地。随着市场需求的变化,各家苗圃为了提高幼树的成活率,纷纷采用了更先进的"钵育"技术,就是每一棵苗木都种在一个独立的塑料杯里,保证移栽时不伤根。这样一来,苗木与苗木之间的间隔加大了,每亩土地出产的苗木数量减少,影响了整体效益。但移栽的成活率极大提高,这也算以另一种方式回馈社会吧。尽管如此,每亩苗木的收益仍然能达到七八万元。

从整个产业链上看,头沟坝村的苗圃只是舟曲生态循环经济中的一环;从整个长江流域看,他们为了让长江的源流更清澈,在上游重要支流顺应自然之道进行了艰难的取舍,所做之事也会成为中国生态发展史上的一个闪光点。但农民们并没有想这么远,也没有想这么多,他们只是恪守本分——把自己的事情做好,也顺势让自身之外的事情得以成就。经受过灾难洗礼的舟曲,从被责罚的沮丧和悲痛中转过身来,调整心态,怀着感恩和谢罪兼而有之的心情,对自然进行了补偿,10 年间全县累计植树造林 22.15 万亩,义务植树 224 万株,使全县的森林覆盖率恢复到 31.77% 的水平。

四

　　没有人说得准曾经受过人类伤害的自然会把惩罚的脚踏向哪里，也没有人知道要去时间和空间的哪个点上查考那个被惩罚的理由。

　　2019 年 7 月 29 日凌晨，一场突如其来的泥石流又向迭部县达拉乡的次哇村袭来。

　　2019 年 2 月 28 日，村支书江巴和村民阿刀晚饭后开车去沟口加油，回来时已经晚上 9:30。刚刚回到家里，江巴就接到了乡"应急微信群"里的信息。通知今夜有特大暴雨，各村要提高警惕，加强防范，不要让村民睡着，时刻准备转移。江巴立即将信息发到所属四个自然村的群里，并给每个村委单独发送了信息。接近晚 10 点，天空出现了比较密集的闪电和雷鸣。

　　在藏族的一些古老的村落里，至今保持着一些旧风俗。每逢灾害来临，村民们便纷纷从家里出来，集中到一处，一边燃烧树枝、树叶，一边燃放鞭炮，吹牛角号，并对着天空一遍遍大喊类似于咒语的土话："闹公英浪，沙洼曲龙；闹公英浪，沙洼曲龙……"这话语，大概就是祈求天公息怒、化险为夷的意思。他们试图把人的意愿通过烟火和声音传达到天上，希望雷神和腾云施雨的龙换一个地方发威或干脆就不要发威了。不了解情况的人还以为在这些村民的观念和意识里，龙和雷神像胆小的鸟儿一样，一吓唬就飞走了。

他们正在"施法",雨就下来了,并且越下越大。人们只好放弃徒劳的折腾,回到屋子里去避雨。江巴到村部转一趟,看看设施完好,下水道没有堵塞,一切尚且正常,也返回了家中。江巴在心神不宁的观望中度过了一个多小时。11:40多一点,江巴突然想起了在山上牧场的妻子,不知道山上是什么情况,山上那些放牧的妇女是否安全。因为山上没有信号,他无法和山上的人通过手机联系,只能亲自去一趟。去牧场的路坡陡、路滑,平时也只能骑着摩托车上去,这么大的雨,任何车辆都不管用了,只能徒步上去。

江巴拿起手电筒,穿好雨衣就要推门出去。临出门,想起来要给乡里报个平安,他匆匆在手机上打了这样一行字,发了出去:"全村一切平安!"可是刚一出门,就听到了一种奇怪的轰鸣,抬头,目光越过敞开的院门,正好看见一米多高的黑色潮水从山的那边沿村街翻滚而来,黑压压如牦牛群一般。江巴也顾不了许多了,用木杠顶住自己家的院门就开始放开喉咙对着村里一遍遍大喊:"洪水来啦,快逃跑啊!洪水来了,快逃跑啊!"一直到把嗓子喊哑,才发现泥石流从山上滚下来发出的可怕声响,像某种巨型机器发出的轰鸣,已经将天上的雷声都吞没了,更何况自己微弱的声音!他感到苍天在怒吼、大地在震动,他判断不出自己身体的抖动来自内在的恐惧,还是来自大地的颤动。和天地间回荡的巨大声响比起来，他意识到自己的喊叫相当于一只蚊子的呻吟。一道接一道的闪电在江巴的眼前闪耀，瞬间把村子照得如同白昼，却听不到雷声，如同没有声音，那些声音一落地就被泥浆吸收，并变成大地上轰轰隆隆的咆哮。

幸好，江巴的声音被村民邓尔草才听到了，帮着他到微信群里去呼叫村民。其实，此时大部分村民早已经开始转移。直到这时，江巴才抽出时间来给乡里报险情，告诉这里发生了泥石流，另外告诉乡里不要来人，进村的道路已经被泥石流封死。江巴的手机因为在外呼喊时已经进水，只能说，不能听，往应急群里发几句话之后，听和说都不能了。这时，估计泥石流已经涨到 10 米高了，主流沿村街向前推进的同时，两翼也在不断地扩展。江巴低头时看见泥水已经涨至自己的脚边，村东阿刀家的蓄水罐已经漂到了江巴家，江巴自己家的大门也随着巨响的泥水浮到他的脚边。紧接着，门前的电线杆和路灯杆一个接一个倒下，眼前一片漆黑。黑暗中电光一闪，有成片的漂浮物随泥浆飞驰而过。该到撤离的时候啦！江巴马上回身进屋，把年迈的父亲和姨妈救出。踩着屋子后边的草垛，爬上北墙就到了更高处，当江巴刚把两位老人拉上后街，前院墙正好被泥浆夹裹着树木撞击而倒，哗啦一声，水花四溅，江巴一惊手电筒掉在跟踪而来的泥水中，瞬间就失去了光亮。

早在 2018 年的 8 月，乡政府组织了一次救灾演习，教会了村民如何在洪水到来时逃生，今年果然就用上了。村民们按照上年演习的路线分四个点就近逃生。灾后清点，次哇村一共 59 户 234 口人，24 户受灾，7 户村民的房子被泥石流冲毁，4 人遇难，19 辆汽车、40 多台农机和 300 多头牲畜被洪流卷走。街边小卖部里一位 60 多岁的老人直接和房子一起被泥石流吞没。据说村东的阿刀是第一个遇难的人，泥石流来的时候，他可能是想出来看看发生了什么，结果一出门就被卷走了。有邻居看见他从屋子打着手电出来，只见亮光一闪就彻底消失了。其余两个人，是外地施工队的人，住在简易的工棚里，瞬间被泥石卷走的。尤其是阿刀的死，给江巴的心里留下了很大缺憾，昨天还同开一辆车一起去加油，今天就永远消失了，活不见人死不见尸，真如一场噩梦。

大灾之前，次哇村整体脱贫，79 个贫困户 442 个贫困人口也已经全部脱贫。一场泥石流过后，又有 17 户 126 人返贫。灾后重建，国家共在次哇村投入 1755 万元，不但修筑了宽 20 米、长 33372 米的防洪大堤，还一并规划建设了涉及民生的 20 多个小项目。全面修复工作从 2019 年 9 月开始，到 2020 年 12 月就有工程陆续完工。不到一年时间，灾毁民房、文化设施、高标准农田、畜牧扶持项目、村街、路灯、巷道等建设全部完成。到 2020 年 6 月，全村的贫困户再次全部脱贫，不但脱贫，房屋、环境和生活方式都实现了升级。

　　村子的重建，集中了县、州、省三级政府的力量和三级专家的智慧。据专家们查考，这地方原来是白龙江支流次哇河的故道，千万年来的地质结构决定了它的性质，到了一定的年限，它还是要通过某种方式重申一下它的"原始设计"。村子的老人们对这种说法却另有解读："人占了龙神的道，所以才被龙神驱逐。"不管从科学角度还是从民间说法的角度，村子里的很多民房必须要迁到高处，躲开低处的新旧河道。不能因为低处平坦、方便、土质好就在低处挺着不走。在人和自然之间，人永远要保持一颗警醒、敬畏和谦卑之心。重新规划的次哇村，预留了很大的安全边际，把低处村民的房屋全部沿山体向上迁移，一次到位，至少离沟底保持 50 米以上的垂直距离。新房子不但样式漂亮而且结构结实、合理、强度大，抗震、抗冲击的水平大幅提高。

　　从"环境革命"和小康村建设的角度考虑，县领导做出决定，顺势也把村子里原来的畜圈全部清理掉，在离开村庄 2000 米的地方集中建设了犏牛繁育基地，全村的牲畜全部集中饲养、管理，一次性实现了人畜分离，解决了多少年想解决而无法解决的问题。当一个破烂的牧村一下子变成了漂亮小镇之后，村民们突然找不到回到过去的门和路了，迷茫一阵子之后，只好按照新的方式转过身朝未来的方向走。扔掉无处存放的破烂东西，让崭新物件和房子保持崭新的状态，按照新修订的村规民约想事、做事……一切都是陌生的，一切也都是崭新的。刚刚过去的灾难以及过去的生活仿佛都是一场大梦，对于次哇村的人们，醒来后竟一时判断不清过去的一切是真实的，还是现在的一切是真实的。既然无法判断，也就容易做出选择，忘掉痛苦和黑暗的一侧，面朝希望和光明的一侧一直前行就是了。

在这次灾害中，江巴家的房屋和另外一些村民的房屋一样被夷为平地。2019年12月10日，江巴家搬进了宽敞明亮的新家。这时，江巴的小孙子宫阙桑珠刚刚于11月27日降生，一生下来就遇到了一个崭新的家和崭新的村子；搬进新居的20天之后，12月31日，江巴的老父亲在新居中去世。这一生一死，仿佛是次哇村的一个象征，预示着一个新时代的开启和一个旧时代的结束。

五

白龙江果然由一个心明眼亮、神通广大的白龙之神掌管着吗？

对此一说，在甘南，有很多人相信，但也有很多人不相信，迭部县新就任的环保局局长姚江明是一个纯粹的唯物主义者，她也不相信龙神的传说。但她却同样认为白龙江需要人们拿出真诚予以敬畏，万不可荼毒和伤害，因为自然中的一切都有自己的运行规律，既然人类要依靠它们，离不开它们，就要顺应和尊重它们的规律，与之和谐相处，否则就要受到自然的反制，也就是人们所说的惩罚。

姚江明是一个认真的人，有时认真到不能通融。

甘南开展"环境革命"之前，她是县里的一个副科级干部，虽然小，那也是领导。那时的领导都是只管大事不管小事，除了开会批文件，基本什么事情都不用动手。2018年她调到生态环境局之后，职务级别还升了，但赶上了"环境革命"就要去带头捡垃圾。"环境革命"虽然是县里的重点工作，需要全面动员、全员参与，但想到最终结果还是落到环境上，她就在心里认定这项工作和自己、自己的部门有着不可分割的关联。不是说干部要做出表率吗？有一段时间，不论在单位、在家里，还是在单位与家之间的路上，她最惦记的一件事情是看哪里有垃圾，说的是捡垃圾，做的也是捡垃圾，只要看见了垃圾，不管想什么办法都要捡起来送到垃圾箱里。如果是在路上看见垃圾，把车停下也要捡；如果在小区里看见垃圾，不管邻居用什么目光看自己，她也会像清洁工一样把垃圾捡起来。有时，有人在前边扔，她就跟着人家在后边捡。对此，读高中的女儿感到十分奇怪，有一天悄悄问姚江明："妈，你是不是在单位犯了什么错误，咋天天捡垃圾呢？"

多年从政的人都知道，环保这个部门是一个综合监督部门。说它重要，比什么都重要，不管哪项工作、哪个部门，都和环保有关系，环保部门都有权监督。说它不重要，它就真不重要，重视就重要，不重视就不重要，而环保问题在很长一段时间里，似乎只有环保部门才重视。上任一个月，姚江明每天都在思考着一个问题，就是如何定位自己这个机构的工作。是像以前一样推着干，还是真正地发挥作用？这个问题似乎不用思考，谁都会回答，就是要发挥作用呗，否则设这个机构干吗？就算不想干什么事情的人也会这样回答。至于干不干，那就看情况再说。但姚江明是一个认真的人，说干就真的会玩命地干。她之所以要思考这么长时间，就是因为这样一个部门想真正发挥作用太难。尽管近些年大环境和小环境都变得有利于环保部门开展工作，但在实际工作中仍然阻力重重。到姚江明任职的 2018 年，甘南的"环境革命"已经搞了几年了，有一些难度较大的环保问题仍然得不到很好解决。因为很多领域里的环保问题都牵涉方方面面，需要多个部门密切配合解决，只要有一个部门撒手不管，不予配合，问题就得不到解决。而很多部门确实就认为，环保问题只是环保部门的事情，和自己没有什么关系。

早在 2017 年中央环保督察组就明确指出了白龙江流域存在的一些问题，其中包括金矿、铁矿、铜矿等矿山资源的开采和山体、河道沙石的无序、无度开采，严重地造成了生态的破坏。之后，省里和州里陆续下发文件，将整改任务分解、落实到了各个口、各个部门。经过一段时间的整治，大的矿山应该关闭的基本都按政策关掉。只有河道治理这一块，因为挖沙采石技术含量低、开采成本小、利润空间大，吸引了大量个体和私人采挖者。虽然整改、处理了一部分，但仍然没有明显的改观，有一些地方的私挖乱采现象不但没有得到有效遏制，还出现了一些新的冒险者。2019 年 8 月，中央环保督察组就要开展第二轮巡视督察，要求第一轮提出的问题必须完成整改，完不成，大家心里都清楚，它将涉及很多人的政治前途。

经过预判，中央这次督察，迭部的白龙江治理问题肯定是一个重点。但这个重点部位到底是个什么样子？姚江明已经沿白龙江岸跑了几趟了，这也正是让她一段时间吃不下、睡不着的一块心病。眼看离中央督察组下来检查还有短短的五个月时间，白龙江上大小 25 家沙厂，大部分没有合法手续和起码的环保设施，并且还在日夜不停地乱挖乱采。有的小业主甚至打一枪换个地方，专拣便于采挖的地方挖，挖完一个沙坑丢下，去另一个好挖的地方接着挖。一路走过去到处是沙坑，到处是堆在岸边没来得及运走的河沙。本来，这件事国土部门可以管，基建部门可以管，水利部门也可以管，但谁也不愿意出面。因为谁管谁就会惹一大堆麻烦，谁就会受到各方面力量的威胁和冲击。凡敢在河道里挖沙的人，都有一定的"道道"，普通老百姓哪有那么大的胆子和能量？

到了这个境地，已经没有退路。此时，不但姚江明着急，县里的主要领导也着急。这些年，之所以没有痛下决心把这个问题彻底解决掉，主要还是因为力量上的不均衡。上边压力不大，下边的反作用力很大，两力权衡，就那么推了下去了，在等待恰当时机过程中，已坐失很多良机。现在不一样了，上面有了巨大的压力，就得想办法把压力变成动力，攻坚克难，否则就得做出一个选择，是自己继续干下去，还是让那些乱采乱挖的人继续干下去？

经过缜密的思考和细致的研究，姚江明决定从建章建制开始治理私挖乱采的问题，不留余地，不留弹性。她决定把所有的沙石厂全部关掉，重新洗牌。在会上，姚江明的想法刚刚提出，还没来得及说出下面的话，就有人提出反对意见。理由是迭部每年也都在搞基本建设，需要大量沙石，如果把所有的沙厂全部关掉，县里大量的沙石需求靠什么满足？总不能守着"聚宝盆"到别处花钱买沙子吧？姚江明的建议是，先关停，再启动，按照国家环保政策的要求实施标准化启动。审批家数、审批条件、环保措施等都要走正规化的路子，要通过行之有效的手段，使白龙江流域的采挖规模、采挖方式、日常管理都实现有序、可控、可持续。新厂不但要按要求规范生产，还要有健全有效的污水处理、除尘设施和规范的场地，保证白龙江的河床不受破坏，流域的环境指标在允许范围之内。

接下来的实操环节进行得十分艰难。25家沙厂没有一家顺利关闭，因为关闭就是断了他们的财路，规范管理就是给他们戴上"笼头"，这两条既损伤了他们的现实利益，又损伤了他们的长远利益。以后再挖沙就要付出代价，原来基本没什么成本，环保措施一上来，就加大了很多成本，还要交环境保护费，利润空间就进一步被压缩。鉴于此，姚江明必然要遭到利益方的激烈反抗。停不下来，姚江明就去和电力公司协调，根据政府的指令对其进行停电，直至办妥相关手续再恢复供电。这期间，对姚江明谩骂、侮辱的有之，争吵、围攻的有之，找人通融的有之，深夜打电话拿生命进行恐吓的有之，到主要领导那里告状的也有之。其中有一家乱堆乱放的沙厂，十几年都是那个脏乱差的状态，以前有关部门也曾多次对其监管，但他始终我行我素。这次也给他发了通知，令其将乱堆乱放的沙子运走或规范堆放，结果还是不予整改和理睬。看来对非常之人，也只能采取非常之策。姚江明就只好来硬的，让执法人员找来推土机和挖掘机进行强行平整。

那人通过关系找到了姚江明在合作市当公安局副局长的丈夫，让他好好管管自己的老婆。丈夫电话提醒姚江明，那人熟人多、能量大，在社会上没人敢惹，要小心他伺机报复。姚江明听了后，反而来了犟劲："我正等着他呢！"面对这样不肯通融的老婆，丈夫也没办法，便给那人回信说："老婆不听话，我也没办法。"姚江明果然是不听话，也不是丈夫找借口。一计不成再来一计，那人直接给县委书记打电话告姚江明的状。打电话时姚江明正好在书记办公室汇报工作，书记的答复很干脆："这是县里定的事情，她只是个执行者，以后大家都要按规矩办事。"

有县委、县政府和主要领导的坚决支持，姚江明的底气就更足了，一路过关斩将，四个月完成沙厂的规范和整治任务。白龙江干流治理差不多之后，姚江明一鼓作气向上游的支流进发。对白龙江支流上的一些牧场、屠宰场、旅游点等影响流域生态和污染环境的单位、建筑进行了整治。

多儿河是白龙江上游最大的一条支流，而多儿河上游最大的一个村庄就是洋布村。洋布是这个村庄过去的名字，现在的名字叫达益。但人们已经习惯了，一提起这个地方仍然就是洋布。洋布村地处多儿自然保护区的实验区，由于保护区的诸多限制，这个风景优美的村子并不具有很好的经济条件。前几年迭部县的农业农村部门为了扶持这个村子，帮助他们建了一个养殖合作社，养牛，也养羊，合作社的带头人也是当地一个朴实的牧民，每年把合作社的一部分收益拿出来给入股的牧民和贫困户分红。但这个合作社最大的问题是紧邻多儿河，合作社为了节约成本，采取传统的牧业生产模式，充分利用了多儿河天然的清水。牲畜的日常饮水在多儿河，牧场污水、粪便的排放也在多儿河。天长日久，多儿河的洋布段一直呈重度污染状态。

作为环保局局长，姚江明也不是不懂牧民们生活的难。几个牧民辛辛苦苦搞起了一个养殖场，几年前贷款 100 万元，到现在还没有收回本钱。如果能够保留，她一定想办法让它保留下来。可是现在的生产、生活已经和自然生态发生了激烈冲突，两者不可兼顾、不可调和。到底谁应该给谁让路，姚江明心里是十分清楚的，很多事物人类也许都可以伤，唯独自然我们伤不起，伤了自然的最终结果还是人类受伤。这个养殖场，只能勒令拆除、迁址。

这样的结果，合作社的出资者觉得无法承受。于是，就带着几个贫困户来县里找姚江明，他不吵也不闹，就坐在沙发上哭。姚江明知道那 100 万元对于一个普通的牧民来说意味着什么，她很同情，很理解，但她觉得自己不能、也没有权利因为同情就丧失原则。最后，她自己想了好几天，想出了一个补救办法，将她管理的一个白龙江综合治理环保项目落实给了洋布村，指定由这个合作社来实施，以劳务和利润弥补一下拆迁损失，虽然并不一定能完全弥补，她也算尽了一个干部的道义。

曾有人在背地里讲姚江明的坏话，说这个女人真是性格刚硬，毫不通融，全没有一点女人应该有的气息，不温柔，也无情。隔墙有耳，有一些话竟然传到了姚江明的耳中。讲就讲吧，姚江明倒是淡定，不怨也不怒，权当没有听见过。她知道一个人要想干成一些事情，总是要付出代价的，不在这方面付出就要在另一方面付出，如果自己办起事情来优柔寡断、毫无原则，又会有人讲"母鸡到底是打不了鸣的！"随他们怎么讲吧！天知、地知、有人知，足矣！其实，白龙江也应该知道，这个女人内心不是无情，她有的是另一种大爱大情，涓涓、潺潺复滔滔，正如这绵绵的白龙江水，承载着不为人知的使命和祝愿，不事辩解地向人们视野之外的远方流淌。

六

五月的岷山山系冰雪消融、春情涌动。一年一度的桃花水下来了,从大山的皱褶,从沟沟岔岔,从草木根系和大地深处,纷纷注入低处的河谷。白龙江因此而变得更加妙曼和丰盈。闪着银光的白龙江在春天里流淌,也在由东而西的大陆架上流淌,一路发出甜蜜、快乐的声音,天上的白云是她洁白的婚纱,地上的鲜花是她妩媚的笑靥……

五月初五端午节,舟曲和迭部两县的人们同时向巴藏聚集。那里是白龙江的上游,那里有从白龙江流溢而出的"曲纱"。在藏语里,曲就是河流的意思,曲纱大意就是仙水,实际上是白龙江上游的一处瀑布。我们可以想象那曲纱就是白龙仙女从高处垂落下来的水质的头发或如雾的婚纱。每年的五月初五,来这里的人们并不是为了悼念屈原,他们来这里是过当地的朝水节,完成对白龙江或仙水的朝拜。

白龙江上游的黄家路山中段,有一条墨色的山溪,人们称为"黑水沟"。黑水沟是舟曲、迭部两县的天然分界线。顺黑水沟行数里,有山岭称后北山,梁上住着百十户藏族人家,隶属舟曲县巴藏乡。出村寨,穿过一段崎岖的小路,豁然可见一座高达千米的悬崖峭壁,在那悬壁中的一条石缝间,有棵千年香柏古树。柏树下盘扎根须的石缝里,一个如碗口大的流泉,四时不息,似一条洁白的哈达从天上垂下。奇怪的是，每逢五月初五这天，溪流会突然变大，泼洒成宽幅瀑布，散如珠玑，溅落于峭壁底下的深泉和周围的林木中。这就是巴藏"曲纱"的出处。

相传，在很久以前，天宫里一位医司仙女与藏族青年巴卡邂逅，并在医病除灾、除妖降魔、广施善举的过程中产生了爱情，两人随即以山洞为家，结为伉俪。因为他们的爱情触犯了天条，王母娘娘一怒将他们封禁在高山的岩洞之中，永不得出。这一天正好是农历五月初五，也就是端午节。山民们心情十分沉痛、悲伤，便在山崖下煨桑、诵经、祭酒、祈祷，以表达内心对他们的敬仰和祝愿，希望有朝一日他们能重见天日，继续为当地百姓医病除灾。精诚所至，金石为开，有一年的农历五月初五，封实的洞口突然爆裂了一个石孔，从中喷泻出一股飞泉瀑布，人们喝了这个山泉后，治愈了身上的各种疮疾和疑难怪病，并且万事走运，所以认定，这股神奇的飞泉就是医司仙女的化身，沐浴和饮用了它，就能医治百病，净化身心，消灾避难。从此以后，每逢这天，方圆百里的人们便汇集在这里沐浴和朝拜"曲纱"圣水，载歌载舞，以祈求神灵为他们消灾赐福。

五月初五的清晨，从两县赶来的人群，早早地聚集到悬壁"曲纱"之下。省级非物质文化传承人郭殿臣作为当地德高望重的长者，也随民众早早来到了现场。今天他是这个节庆的重要角色，有重要的使命在身。时辰到了，他走到人群的最前面，双手捧起青稞酒，以指蘸酒，向着曲纱飞散的崖壁弹了三下，宣告祭祀活动正式开始。

这边，他开始口诵祈福的祷告词，祷告词是古老的藏语，大意是："仙子啊仙子，水神啊水神，今天是个好日子呀，我们来祭祀你们了！老人来了，小孩来了，就代表大家都来了，我们分两个地方祭祀你。年轻人唱歌跳舞给你看，老人小孩唱不动啊，跳不动啊，就到跟前来祭祀你。天要把雨下，人人要平安，天下要太平，河水要丰盈，牛羊要健壮。仙子高兴了，水神高兴了，万物洁净了，灾病消除了，大家高兴了！"

那边，人们开始动手煨桑。袅袅的白烟升起来，将对面的阿让雪山笼罩在一片缥缈的烟雾中，仿佛他们要祭拜的仙子或水神就隐在那片烟雾之中。趁桑烟缭绕，众人依次近前，摆上从家中带来的酥油、炒面、奶油、茶等各种供品。紧接着，男女分开，排成两支队伍，沿着顺时针的方向开始转山，女的要去掉头帕，口诵六字真言，男的则不停地口诵拜神祭词，边走边撒风马，并且男女不停地齐声高喊。喊到一定程度的时候，泉水的水流就会突然增大，以平时三四倍的流量和速度飞泻而出，形成瀑布。

这时候，人们就会大声欢呼，认为祭祀的目的达到了，医司仙子显灵了，她高兴了，知道大家来祭祀她了，知道今天来的人多，用水量大，所以就泼洒出了更多的神水，供大家使用。人们欢声如雷，显得非常兴奋，凡是参加的人都会被一种热烈的气氛所鼓舞。随后，人们便开始在喷泻而下的瀑布下洗浴，大人们洗眼睛、洗脸、洗上身，小孩子则要洗全身，意味着洗去陈年的污垢，在新的一年中身体健康，百病不侵。

在离曲纱瀑布飘落的山根约一米高处，有一排整齐而又奇异的化石和十几眼仙泉台，人们分别给命了名：明目泉、生育泉、聪明泉……老弱病残者可在这些仙泉台上膜拜沐浴。前来朝洗的人们都带着水壶或瓶子，盛遍各泉和瀑布的水带回去，让未能前来的家里人们朝洗。热烈的欢呼声慢慢消失，曲纱瀑布随之渐渐小去。

人们开始陆陆续续地下山了。盛夏的山路两侧，被盛开的鲜花所点缀，像铺展在天地之间的华丽织锦。人们边走，边唱，边跳，意犹未尽。下山以后，还要到山下的白格寺继续举行祭祀活动。妇女们要跳锣锣舞，她们围成一个圆圈，手拉手，肩靠肩，由一年老的妇女领头，三至四人手执一串铃铛，抖动铃铛，脚下缓慢移动，在一个中年妇女带领下轮流唱赞歌。男人要跳摆阵舞。由一个老贡巴带头，他头戴虎皮帽，身穿藏服，腰缠羊毛带，肩扛一只叉着一方腊肉的三角钢叉，叉杆上绑着许多红丝绸带子，用钢叉向天上一刺，男人们马上跟在他的身后，摆起了阵势，众人手挽手、肩靠肩列队在院子里游走。据说这个舞蹈是根据格萨尔王征战的仪式和队列编排而成，刀剑之声、肃杀之气的渲染，无非是想以此种仪式提升一下人们的力量和勇气。

从阿让山上的巴寨西行，很快进入迭部境内。上 313 国道，继续西行不足 100 公里，便抵达紧邻公路的白云村。每年农历五月，这里还会以另外的一种形式祭拜河神。

白云村是迭部排在前列的小康村和旅游标杆示范村，街道整洁，房屋高大，干净漂亮，一切都给人耳目一新的感觉。但细品，却无处不透出一股沧桑、古老的气息。未及入村，就有数十棵高大粗壮的古树扑入眼帘，远远看去，它们三五一组，差不多均匀地分布在村寨之外，如同一个个上古武士，沧桑遒劲，庄严魁伟，护卫着同样古老的村庄。有悬挂着的木质标牌，标注了这些树木的年龄。细看，每一棵树龄都在千年以上。转过头，看村中那些高大威武的房屋，虽然房山和院墙都用现代的涂料打扮得细腻干净，但它们的样式却是典型而古老的藏式建筑，是一种本质上和灵魂上的老。

古树群排列在村子之外的白龙江边。这是一片坦坦荡荡的开阔之地，早被村子辟为一片供游人游览的古树公园。就是在这样一个开放的场所，藏着一项古老而神秘的风俗。每年的农历五月十五，全村的妇女都要集中此地，举行一个祭奠水神的仪式。

藏族人称水神为"鲁"或龙神。"鲁"本属水，为清洁之神，却也是忌污、忌秽、忌邪、忌恶之神。虽然一切污秽都能通过"鲁"而清洗干净，但祭祀时，主祭的妇女必须是从内到外的全然洁净之人。具体地说，身体、衣服要干净，祭祀前要沐浴更衣，忌酒、忌色；不能处于经期，身体不能有疾病；自己和家人没有犯过罪、杀过人或作过恶。否则，会因为人的不洁净冲撞水神气息，不但所求之事不灵，反而会得罪水神，招来重灾和惩罚。还有，在祭祀期间不能被男人看到，一旦被男人看到，祭祀就宣告失败。

　　每年的主祭要经过村中年岁大、有威望的老年妇女严格甄选，像挑选妃子一样一丝不苟。而在历年的甄选中，阿尕先生的妻子拉木都是重点考虑对象，所以这些年她担任主祭的次数最多。担任的次数多了，祭祀的程序都烂熟于胸，各种步骤、禁忌、规矩等便鲜有差错，深得村中妇女的信赖。

　　农历五月十五的前一天，拉木就开始准备第二天祭祀的用品。其中最重要也最费工夫的就是扎龙神，妇女们要祭拜的主神就是龙神。扎龙神，要采集各种各样的树枝捆绑在一起，扎成一个人形，然后，用各种装饰将其打扮起来，打扮得越漂亮越好。虽然在祭祀过程中，其他的神如山神、雷神、雨神、财神等各路神仙都要顺便祭拜一下，但都不用扎出具体形象，只用语言叫出他们的名号即可。

　　五月十五一早太阳初升，拉木就和每家每户的妇女一样，把炒熟的青稞放在水瓢里，然后放些酥油，作为祭神的贡品，还要带些其他象征着宝物的祭品、钱币、种子等。白龙江边的古树群里，有一片宽敞的空地，许多年来就是这个村妇女们的祭祀场所，有专用的煨桑台。仪式总是要以煨桑开场，烟雾升腾起来之后，所有的人都要把贡品摆上煨桑台。大家高声齐诵，行叫神礼："水神、山神、雷神、雨神各路神仙都来吃饭吧！"这时，拉木和另一个被推选出来的妇女就开始一人擎着龙神的一条腿行招魂礼，绕煨桑台左转三圈，右转三圈，然后面对众人接受众人的朝拜和祈求。

这时有人向龙神提问："今年白云村会不会风调雨顺？"龙神不说话，以具体动作来回答是或不是。如果是风调雨顺，就跳一跳；如果不下雨，就倒下。作为主祭的拉木非常虔诚，她坚信这回答就是来自龙神自己，绝对和她这个主祭意愿没有关系。这些年的祭祀，她大部分时间都充当着龙神的"腿"，她说她敢拿自己的性命担保，绝对没有操纵和支配过龙神。从她的本意讲，是希望每年都风调雨顺的，但有一些年份，手里的龙神就是扶不起来，不跳也不立，总往一边倒。

紧接着，妇女们根据自己的需求卜问各种各样的问题。因为在人的实际生活中总是有各种各样的难，这个环节总是进行得复杂、冗长。有人问老人的病会不会好；有人问丈夫出门在外会不会遇到不测；有人问庄稼会不会有好收成；有人问牛羊会不会闹病灾；有人问儿子会不会娶妻；有人问女儿能不能生孩子；有人问家里的孩子能不能考上大学……当妇女们提出问题后，龙神仍然倒着，扶不起、也不跳，提问的人就会很失望；如果龙神跳了起来，就很高兴，祥瑞彰显，就要进贡或向白龙江投宝偿愿。

　　这样的活动，每年都要进行大半天的时间，直到妇女不知道还要问啥，服侍龙神的主祭也已经筋疲力尽，活动才宣告结束。活动结束后，拉木还要把龙神拆解开，将那些树枝放到一个僻静、干净之处。龙神乘风归隐，民众各回各家，白龙江依旧闪着银光兀自东流。揣着大把大把的美好祝愿，人们的日子又将随着季节的轮回开启一个崭新的循环。

第七章

洮水流珠

一

　　仅一道山岭之隔，洮河就与黄河擦肩而过，像一段曲折复杂的爱情，咫尺间错失了牵手的良机。黄河向西，从甘南玛曲县的境内流入青海省的河南县，而洮河却从河南县出发，一路东去，流入甘南的碌曲县。在青海境内时，洮河的起步阶段并不叫洮

叫代富桑曲，是一条不成规模的小溪，由 108 个眼泉水汇集而成
的沼泽地代富桑滩是它的娘家。代富桑曲向南联合了同样从代富
桑滩起步的另一条溪水代富雄曲，牵手向东，在青海与甘南的交
界处李恰如牧场附近与碌曲县境内的哈让曲汇合，更名改姓，始
称碌曲。将藏语的碌曲翻译成汉语就是洮河。碌，就是藏语中的
鲁，是水神。碌曲两个字合在一处就是"鲁神之水"的意思。碌
曲恋旧，折身向北，充当了一段甘肃和青海的界河之后，又流回
了青海境内，再经过数十公里的彷徨，才下定决心赴那场命里注
定的约会，在一个叫作赛尔龙的地方，毅然踏上甘肃的领地，真
正开启了 600 多公里与黄河合而为一的漫漫行程。

　　卓玛甲 900 亩的草场，全部坐落在哈让曲流经的湿地上，从
他的牧场再往下游走，就到了青海省境内，哈让曲在那里与青海
境内的洮河支流汇合。因为夏季来临之后，湿地上到处积满了水，
人畜都无法进入，他只把这里当作冬牧场。他和李恰如牧场的其
他职工一样，牧场要花钱从李恰如牧场租。经过一春、一夏又一
个秋天的休养，冬牧场里的牧草已经密密实实地长到齐腰深，足
够他的 180 头牦牛过冬。当他把自己的牛从夏牧场赶回来，就相
当于把自己的牛赶进了草料库，每天基本不用费什么心力，他的
牲畜历来鲜有挨饿之虞。

　　湿地边缘就是一座平缓的草山，有时卓玛甲会放下自己的牛
群，兴致勃勃地登上草山去看四周的风景和自己的牧场。让他引

以为自豪的是，洮河从源头到青海那边的河口，只流经了他的牧场，这份殊荣让他感到有几分自得，又有几分沉重。沉重的是，这样一条河流关联着下游的广大流域和生灵，如果在自己的手上弄出什么三长两短，比如污染甚至干涸等，怎么向世人交代呢？卓玛甲并不知道这条河原来叫哈让曲，只是洮河上游的一条重要支流，他和这一带的牧民的认知里，这条河就是洮河，就是洮河之源。因为洮河在青海那边过来时并不叫洮河，也是另有名字。"凭什么他们那里是洮河源，我们这里就不是呢？"

顺哈让曲向上不到 10 公里，就到了河流的源头，那里有几眼清泉，被当地人认定为洮河的发源之处。平时他们就像爱护眼睛一样看护着，不但不让那里有任何垃圾，就连喝水的牛羊他们也不让靠近；要喝，就让它们到更远的下游去喝。每到重要节日，他们还要请庙里的活佛来到泉水旁边祈祷、念经，保佑泉水和河流永远丰沛、旺盛。他们知道，一旦几眼泉水干涸，洮河就不存在了。洮河不存，在下游的人们究竟会什么样子他们不知道，也不会评估，至少他们自己的牛羊就没水喝了，草场也可能要遭受无法估量的损失。

卓玛甲固定的房子，坐落在冬牧场的边缘，夏天时，一家人在夏牧场那边搭帐篷。早晨，天刚亮，一家人就要起床，把牛从牛栏里放出，女婿拉毛加骑着摩托车出去照看牛群。女儿格桑拉姆和母亲毛吉开始清理昨夜和早晨牛圈里、院子里留下的牛粪由于草场上野生动物很多，野盘羊、狐狸、狍子、兔子和狼特别多，所以牛群还是不敢离人的。其他动物都没什么关系，但狼一多，对牛群就有威胁了。这些年，国家严格枪支管理，把牧区的枪都收上去了，草原上的狼就没有了制约，经常会到畜群里祸害牛羊。大牛它们是不太动的，但那些小牛就常常成为它们的食物。卓玛甲的 180 头牦牛，每年平均产崽在五六十头的样子，但最后能够存活下来的只有 30 头左右，除去其他管理上的原因，最主要的就是被狼吃掉或咬伤致死。就卓玛甲家的情况来说，每年被狼吃掉的牛有七八头。这些被吃掉的牛大部分是当年出生的小牛，偶尔也有大牛被吃的情况，那是因为小牛被严严地看护起来了。山上有一个养羊的牧民，有一次疏忽大意，羊圈没有关好，夜晚进来了狼，早晨一看，羊被咬死了三十来只，横躺竖卧一大片。有经验的老牧民说，那很可能就是一只狼干的事情。狼进了羊群之后，并不会因为饥饿，就抓一只羊吃饱了事。如果是那样，也就不用管了，那么多牛羊尽着它们吃能吃去多少呢，权当为那些永远处于饥饿状态的动物布施了。可事实上，它们并不是吃，是祸害，它们可没有人们认为的那样具有智慧和生态意识。实际上，它们每咬死一只羊，只把血吸干，并不吃肉，因为没有约束，就接着再咬，直到喝饱了血，也咬累了，才会善罢甘休。

　　曾有人建议卓玛甲把自己家的牧场也加上铁丝网，只要网子足够结实就有防狼的效果。看到很多人家都加了铁丝网，卓玛甲也有些动心，但事到临近，他又开始反悔，觉得世世代代都这么过来的，从来没有人加过铁丝网。另外，把网子一设，那些无辜的野生动物比如盘羊、狍子、狐狸之类一不小心就会被铁丝挂住，缠死，看着心里不舒服，也不太吉祥啊！思前想后，卓玛甲还是没有来"绝的"。他的思想偏于传统，认为对人、对动物或对其他事物，都不应该把事情做得太绝。自然和谐的法则不是人订立的，人没有办法改变。当人把事情做绝，认为万无一失时，实际上却埋下了另一个祸根，总会有另一个更大、更绝的困难出现，让人更无法应对。

政府收了枪支之后，牧民只靠手里的一条木棒和传统的"抛尕"来对付这些凶残的动物。后来有了摩托车，每天骑着摩托看护畜群，既方便迅捷，又因为马达的声音大对那些野生动物起到了震慑作用，狼一看见这种轰鸣的机器，毫不迟疑，撒腿就跑。如果骑马，他们就不太害怕，如果遇到女人骑马它们就更不在乎了。这些动物好像有一种与生俱来的判断力，能判断出对手的力量大小。骑马放牧时，如果遇到狼来袭击牛羊，只要男人从远处大喊一声，一两只狼就会转身走掉。开始，它们会假装不害怕，从容地走，但走一段，或转一个弯，就会加速逃离，一会儿就没了踪影。如果是一个女人，无论如何喊叫，狼就像没有听见一样，连一点儿惧怕之意也没有。常常就是狼没跑，把女人吓跑了，回到家里去找男人来。等男人再来到牧场时，一只小牛或几只羊已经被狼咬死并吃了一部分。

上午9点左右，家里的女人们把牛粪捡干净，开始准备早餐。这时，出去放牛的女婿也回到了家中，大家一同吃个早餐。早餐后拉毛加继续返回草场照看牛羊。如果是夏天，中午之前还要把一些需要挤奶的牛赶回家中。牛回来后，家里几乎所有的人要一起动手挤牛奶。这可是一个需要耐心的活儿，虽然不费太大的力气，却需要大量时间，那么多的牛排队等在那里，光靠女人可不行。藏族的男人，特别是高辈分的男人常常在家里养尊处优。其他活计如果女人和小辈分的人能忙过来，高辈分男人就可以优哉游哉地喝喝奶茶，晒晒太阳。这是传统，有时，就是男人想干，家里的人也觉得不太应该。

本来下午的时光卓玛甲应该在喝奶茶或找人打牌的休闲中度过，但他却是一个懂得体贴、关怀、内心柔软的人。他觉得自己周边的一切包括亲人、牛羊和草场对自己都有很深的恩情，自己要尽最大努力去善待。当家人们各自忙着自己事情的时候，他没有自顾自地享受，开始拎着一个大口袋和一把铁锹去湿地上捡垃圾。家院离公路大约 2000 米的距离，因为顺路、方便，这几年经常会有检查环境卫生的干部和好奇的游客来家中看看。对于环境和垃圾的看法，开始时卓玛甲有自己的理念，并对州里和县里那样的严格要求并不太认同。如果说居家的屋子和用品整理得规规矩矩、一尘不染还有必要，毕竟人在其间，看着和待着都会感觉舒服。可是外边，从古至今牧区都是这样，没有粪便哪来的牲畜？没有牲畜哪来的财富？没有财富哪来的舒服日子？你不能容忍粪便，粪便就不容你过好日子。一般人认为牛羊的粪便是一种不干净的东西，很脏，很臭，但在牧民的眼里，那是一种很干净的东西。特别是牛粪，别看它们样子很丑，黑乎乎、黏糊糊的一团，但在牧区的用途特别大，是好东西呢！将新鲜的牛粪和成泥，抹在墙上可以遮风挡雨，不龟裂，比一般的泥土和出的泥好用。经过一段时间的干燥和晾晒，又是秋冬季节的优质燃料，可以暖屋子也可以烧火做饭。它们已经是牧民们不可或缺的生活物资，何必要清理得干干净净，连个影子都没有呢？

其实，州里搞"环境革命"也从来没把牛粪和羊粪定义为垃圾，只是要求让这些东西存在合适的地方。这么说，对卓玛甲来说仍然不太具体，有些抽象。于是，县里的干部就给他做更加详细的解释。就是说，牲畜生活、行走的地方与人类日常生活的地方要分开。上边对环境卫生的原则其实很简单，就是什么东西放在什么地方。人待着的地方和行走的地方，不能有牲畜的东西，比如粪便和尿液等；牲畜待着的地方不能有人的东西，比如塑料袋、果皮、破旧鞋袜、衣物等。这样一说，卓玛甲理解了，也接受了。

既然接受了，也承诺了，卓玛甲就会做到表里如一，毫不含糊。不用来人检查、督促，他也会一诺千金，像当初答应下来的那样把事情做好。他拎着大袋子，从家门口出发一直捡垃圾捡到公路边，保证这段路上没有各种包装皮、包装袋、零星的牛粪和其他杂物。回来之后，他又拿起两个蛇皮袋，骑上摩托去河边捡垃圾、捡牛粪。垃圾基本上是不存在的，因为平时牧场上没有其他人来，家里的人也绝不会到牧场上乱扔东西。偶尔有几块垃圾，也都是风从远处刮来的。他主要是来捡河道附近的牛粪。

卓玛甲问过前来检查工作的环保工作人员，那些散落在河边和草地上的牛粪会不会对河水构成污染。环保专家回答得很肯定："不会！不但不会，自然分散的牲畜粪便还会作为肥料滋养草地上的草，起到涵养生态的作用。只要牛粪不出直径一米那么大的一个圆圈，就被风化、降解成了有机肥。只要它们不被人为地大量集中，也不会污染空气，更不会污染环境。"但卓玛甲还是心不落底，为了把握起见，仍然坚持把河道附近的牛粪捡回来。时间一久，那些处在显眼处的牛粪和杂物等竟然让卓玛甲感到了心里不舒服，如果不把那些东西转移到别处，他就总觉得有什么事情应该做而没有做。除了保证河水不被污染，他还有另一个考虑。这两年总有人来到牧场上收牛粪，一尼龙袋子牛粪七八元，虽然不算什么大钱，但既换来了零花钱又让河道附近看起来很干净，一举两得，何乐而不为！

冬季天短，五六点钟天就黑了。天黑前，牛群归家，卓玛甲要和妻子女儿一起帮助女婿拉毛加把牛分开关在不同的地方，大牛就在围栏中就地倒嚼休息了，那些不足一岁的小牦牛，一定要关在有门的房舍之内，一是防寒，免得小牛在寒冷中生病或冻坏；二是防止那些饥饿的狼来偷袭。本来家里是养了两只藏獒的，但晚上也不敢轻易把它们撒开，怕万一有陌生人来，就会出大事。所以，它们在外边也只是起到一个报警的作用。

夜晚的草原万籁俱寂，除了远处偶尔传来几声不知名的鸟鸣，基本听不到其他的声音。当然，有一些夜晚也可能传来几声狗吠或狼嚎，那只是偶尔。这时，如果站在牛栏附近，你就会听到牛们"咔嚓咔嚓"的咀嚼声，很多头牛同时在同一个地点咀嚼，便交织成了一种惊心动魄的轰鸣。天空里的星星是高清版的星星，又多，又大，又亮，完全想不到每一颗星都离我们那么遥远，仿佛每一颗都伸手可及。对于高原上的牧民来说，夜晚的一切他们都是熟悉的，几十年的生活经验已经让他们对这些东西熟视无睹，他们感兴趣的恰恰是城里人并不感兴趣的，或者有一些厌倦的。

晚饭之后，卓玛甲一家坐在屋子里看电视，他和妻子、女儿女婿、一男一女两个外孙，老少六口人，其乐融融。可是看着看着，卓玛甲就有了心事，感觉心意有一些浮动，他想到了两个外孙的未来。过去牧区的孩子一般不出去念书，基本都是很早就开始学会骑马放牧，长到了十七八岁就开始婚嫁生子，一代代地传袭，习以为常，并没觉得有什么不妥或需要改变。最近几年，情况发生了很大变化，似乎几十几百年不变、如铁板一块的传统，正在一点点地松动、开裂，他感到一切似乎都不应该像从前一样循环下去。眼看着牧区的其他孩子都去读书、升学，进入大城市过上另一种生活，他也想到了自己的孩子。如今女儿 25 岁、女婿 27 岁，都是一天书没有念过。当牧场清闲的季节，别人家的年轻人都可以去外地打打工，开开眼界，自己家的孩子却只能在草原上游荡，无所事事，他们都出不去，因为连汉语都不会说，怎么与外界沟通、交流啊？等到他们的孩子长大以后，无论如何也不能像他们一样整天与牛羊为伍了。

外面的世界大，外面的世界也更加美好，不去见识见识那不是枉来世上一遭嘛！不要往更远的地方说，就说自己眼前，这几年随着李恰如牧场的知名度越来越大，虽然还没有变成旅游点，但每年都有很多外地游客来这里看风景，看洮河源头，看甘、青两省交界，看两条河流的汇合，也看保留最完好的传统牧场……每有外地人来，一家人就像见到了外国人一样连比画带说单词，还是无法把自己的意思表达清楚，那心情尴尬而郁闷。说不准哪天，这洮河源头也变成著名的旅游景区了，念书的孩子就不会像他们一样无法和外界交流了。

格桑拉姆的大儿子已经 5 岁了，马上就到了上学的年龄。那天，卓玛甲很果断地做了一个决定，趁现在的牛价好，明年一开春就卖掉十头，把钱存在那里，专门用于供孩子上学。然后，托碌曲县城的亲戚，抓紧给找个寄读学校，只要条件一具备，马上把孩子送出去。

二

双岔乡二地村的扎西嘉措是 21 世纪之初成功从洮河边走到城市的牧区子弟。20 年过去，虽然他已经在城市里扎下了自己的生活之根，但他的魂仍属于故乡，属于洮河，仍然带着来自洮河之滨的澄澈底色。回首故乡和童年，遥远如梦又恍然如昨，20年来，他无时无刻不在以自己的方式怀念并祝福着那片梦里的河山。

2000 年的腊月初八早晨，已经 70 岁的老父亲陈来突然兴致大发，要领着他去洮河岸边观看洮水流珠。他边走边合计，这洮河流珠有什么好看的呢？他整个童年时光差不多每天都在洮河岸边转悠，从那里经过，在那里玩耍、嬉戏，如果说洮河里每个冬季有多少流珠他亲自数过那是夸张，但洮水流珠的盛况他闭着眼睛都能描述得活灵活现。

那时他还小，对洮河岸边的风俗也并不是很了解，后来才知道，父亲带他去洮河岸边看流珠，原来有他自己的心思。转过年他就要参加高考了，那一年、那一天父亲是想通过观看洮水流珠给小儿子讨一个好彩头，祝福儿子能在高考中取得好成绩，上个好大学。父亲是碌曲有名的办学功臣和教学能手，在他的倡导和努力下，很多牧区的孩子摆脱了蒙昧和落后，成为有知识有文化的学子和国家的有用之才。父亲平时并不信那些近于迷信的习俗，但为了儿子，他也曾有一次例外的流俗。可怜一片爱子之心啊！

　　洮水流珠,是洮河上的一种奇特的自然景观。每年冬季,洮河的河面上都会有大量的冰珠漂浮其上,河水舒缓,冰珠闪耀,逆光观看,河面一片银光闪闪,蔚为壮观。只有生在洮河边的人才知道,洮河流珠不仅是全国独一无二的景观,而且还因为流珠的存在派生出一些独特的风俗。洮水流珠的成因,说法也有几种。其一说,洮河,从白云缥缈的西倾山脊的托礼岭源出,经危崖峭壁、插天奇峰,像一幅悬挂的银幕,又如一条狂怒的蛟龙,从万仞危崖吐出万斛水滴。水滴在高空中不断地被冻结成冰雹似的冰珠,散落在河水之中,以冰水混合物的形式,一直向下游漂去。其二说,由于上游湍急的河水,将河面上凝结的冰层冲至河道之间,再经河底暗礁、两岸岩石的摔打、雕磨,遂成冰珠,又在宽阔、平缓的河面上聚集,成团、成片、成簇漂浮。其三说:由于洮河水质清澈,特别是秋冬季节,河水清浅碧透,经过阳光照射,河底的鹅卵石白天吸收温度,夜晚释放热气。当河底的鹅卵石释放出的气泡,一遇低温便凝结成一簇簇一团团的冰珠,浮上河面。

　　其实,究竟哪种成因并不重要,重要的是,洮水流珠真实地存在着。既存在,又神奇,人们便把它视为神圣的吉祥之物,在洮河流域广泛流传着"玛瑙大,装不下;玛瑙小,收成小"的说法,他们把冰珠喻为玛瑙。人们认为,如果哪一年洮河流珠来得早,数量多,去得迟,就是吉祥的征兆,应在农耕上,次年一定风调雨顺,大获丰收;应在个人的运势上,一定会万事顺达、吉

277

祥如意。

每年腊月初八，人们拿上干净的碗、盆、罐到洮河里去"请"流珠，将这天赐灵物"请"回来后，放在院中央的案头上，等到天刚亮后，全家人团聚在一起，兴致勃勃地观赏流珠。在另一些地方，人们将河里的流珠称作"麻浮"。每逢寒冬腊月，人们要赶个大早，去洮河边把麻浮捞起，拿回家中，然后拌上面，下入锅中，煮熟后，便成了面珠。此面外观为面珠，面内却盈着一泡热水，吃起来别有韵味。

在过去的年代里，全球气候还没有普遍变暖，甘南境内的洮水流珠更为壮观。由于这一段流域内地势复杂，河道迂回曲折、复杂。这些流珠在河床平缓狭窄处愈积愈厚，一夜间就会形成一座冰桥，这种冰桥自然天成，可使人畜车辆安全通过，为当地翻山越岭的人们提供了得天独厚的便利条件。洮水流珠，作为"洮州八景"之一，古往今来的文人墨客颇有著述。清陈钟秀有诗云："万斛明珠涌浪头，晶莹争赴水东流。珍奇难入俗人眼，抛向洪波不肯收。"又有："谁把珠玑万斛倾，严寒水面走盈盈。常疑无数痴龙戏，试问几多老蚌生。"清代的王维新也吟咏过洮河流珠："冬日河流急，浮波珠粒粒。不劳象罔求，自有鲛人泣。"似乎还有了一点神话色彩。

陈来 51 岁的时候生了扎西嘉措。这是他家中最小的孩子，老来得子，自然珍爱如掌上明珠，但扎西嘉措小时候实在是一个淘气的孩子，种种的顽皮和故事，让父亲担心他会被村子里的娃娃们裹挟着，远离那个预想的人生目标，最后学业荒疏，一生与牛羊为伍。那个年代，大多数中国人都在过着艰苦、贫穷的日子，陈来家也不例外。虽然身为教师，拿着国家的工资，生活水平稍强于普通的牧民，但是扎西嘉措和很多那个年代的少年人一样，在懵懂中度过艰辛而快乐的时光。

男孩子都是小野马，一个个野性十足，不听驾驭，每天被过剩的精力和旺盛的激情怂恿着，轰轰隆隆成群结队地到处跑。本来一个教师家的孩子是应该和一般家庭的孩子有所区别，至少在行为上要有所约束和规范。看到自己的儿子和村里那些孩子土里爬、泥里滚，每天回家来都搞得灰头土脸的样子，陈来感觉十分为难。严格管理吧，似乎又有点过分，和别的孩子一起玩耍淘气，表面看会有染上不良习气的危险，也有可能因为过度贪玩而耽误学习，但那也是孩子们最初的社交，通过和其他孩子的交往，他会获得大人们意想不到的快乐、能力和人生经验；不管吧，真担心他没边没际地野起来，无法收心，将来失去控制。好在这孩子还有些自律意识，每天按时上学，按时完成学校布置的作业，学习成绩也令人满意，如果没有什么特殊情况，都能够排在全班第一名。想来想去，陈来还是决定由着孩子的天性自然成长，他相信，扎西稍大一点时，他天性中的聪颖、纯净会综合掉童年的蒙昧和野性。

有一天，扎西的姐姐回来告诉陈来，说扎西和那些孩子在一起坐在洮河岸边抽烟呢。"哪里来的烟？"等扎西回家时父亲一脸严肃地问他。原来孩子们没有钱，也不知道他们从哪里听来的道道，就从山上采来高山杜鹃的叶子卷着牛粪，模仿大人当烟抽。"好抽吗？"陈来仍然面色阴沉。"不好抽，烫嘴。"扎西弱弱地回答。高山杜鹃的叶片短而厚实，卷入干牛粪之后，里边的东西处于一种虚虚松松的状态，点着火一抽，浓烟裹着火星像烟花一样，带着浓重的气味和高温一齐冲到孩子们稚嫩的口腔，灼热而辛辣的气味，呛得他们几乎上不来气。"还抽吗？"陈来问儿子。扎西知道父亲要表达什么，低下头去说："不抽了。"

有一个阶段，扎西和村里的孩子们突然迷恋上了捡水果糖的包装纸，一时间那些五颜六色质地、形态各异的糖纸成为孩子们眼中的宝物。但那时生活困难，每家一年能吃到的水果糖都是有限的，总体上呈资源短缺的状态。为了收集更多的糖纸，有的孩子央求大人给点钱，自己去商店里买糖块。虽然糖好吃，但买糖的主要目的还不是吃糖，而是得到那张漂亮的包装纸。有时，孩子之间也有糖纸的交易，有的以物换物进行品种窜换，有的是用钱来买，最贵的糖纸达到 2 分钱一片。但大多数孩子是手中没钱的，那怎么办？去捡啊！他们去公路边捡，有吃糖的乘客随手将包装纸扔到窗外，就成了孩子们的猎物。他们也去寺庙里捡，去翻各家各户的垃圾堆，到处淘宝。女孩子捡来糖纸，放在一个小盒子里，当作自己私密的财富，定期拿出来摆弄、欣赏；男孩子用一段铁丝将捡来的一摞糖纸穿起来，拴上一条细线，用木棍挑着当灯笼，到处炫耀。扎西聪明、机敏，他总有办法比其他孩子捡来更多的糖纸，所以他的"灯笼串"比其他孩子的又长又绚丽。当他提着那个东西满心骄傲地四处炫耀时，明显看出父亲的不悦。但父亲始终也没有明确地表示制止。

村里突然有人买来了轧面条的机器，对全体村民开放，只要交一些手工费，就可以把自己家的面粉拿来加工成面条。孩子们当作新鲜事物，纷纷围着去看，有机会就争着抢着去帮助主人往里续面团。主人有时忙不过来，就把这个干活的权利交给跃跃欲试的孩子们。这个也需要排队，谁干活了，轧面剩下的那块面疙瘩就送给谁，当场拿到火炉上烤熟了吃，那可是好吃的美味。

那天终于排到了扎西，可是就在那块面疙瘩马上到手的时候出了事，他的手被搅在了轧面机里。当他靠着一股激劲把手抽出来时，他隐约看到了皮肉下面的白骨。他害怕受到父母的责骂，忍着疼从藏袍的带子上撕下一条布，胡乱缠上就回了家。回家也不敢对大人说，大人在场时把手背到背后，大人不在的时候，再用另一只手把伤手捂住，疼痛难忍啊！直到三四天之后，父母才发现这孩子的行为有些怪异，细问才知道手受了伤。陈来打开布条看时，扎西的伤口都开始溃烂，骨头还在外边露着。父亲显然心疼了，扎西看到父亲打开自己伤手的一瞬，嘴角在剧烈地颤抖，但父亲什么也没说，赶紧拉着扎西去卫生所进行了包扎治疗。

扎西稍大一些时，依然在洮河岸边玩耍。那年，他和一群孩子和林场的工人们学会了在河里炸鱼。林场上的人下来时，拿着自制的土炸弹。一个玻璃瓶子里边装上自己的土炸药，瓶口用黄泥封上后，留一条火药的引信。到河边把引信点着后，扔到河里。土炸弹边往水底沉边冒出气泡，十几秒之后，轰的一声巨响，水底的鱼开始肚皮朝天陆续浮出水面。受伤的鱼已经不会挣扎了，炸鱼的人只要用一个简易的抄网往出捞就是了。藏族的传统是不吃鱼的，但扎西和那些孩子也渐渐学会像林场的人一样去河里炸鱼，他们炸鱼不是为了自己吃，而是送到林场的工人那里，从他们那里换一些啤酒瓶子，拿到废品收购站去换零花钱。

父亲知道这件事情之后，非常愤怒："你们这不是学坏了？是犯罪，是伤天害理呀！"这是扎西有生以来第一次看父亲发这么大的火气，也是有生以来第一次受过重罚。他被罚面向洮河的方向下跪、反省，想好了自己表个态。所谓的表个态，就是当着父亲的面发个愿，保证以后永远不再干那些残忍的事情。那一次，扎西似乎一下子从童年的蒙昧中醒悟过来。他开始和村里的那些玩伴逐渐疏远，集中精力学习功课，终于在 2001 年考入大学本科读书，本科毕业后又顺利攻下了研究格萨尔王的硕士学位，成为二地村拥有最高学历的一个后生。

扎西家所在的二地村是洮河沿岸保存最好的藏族古村落，而

　　扎西家的房子又是村里年代最久远、古意最浓、传统风格特点最突出的一座。甘南的"环境革命"进行到旅游示范村建设阶段时，县里曾计划把二地村打造成"洮河风情线"上的一个亮点。最初的打算是让村民们放弃现有的老房子，搬到山坡下的平坝上去。乡里负责村部、村街、路灯和所有的公共设施和每户民房的围墙、大门、卫生间、厨房和浴室，房屋的主体由村民个人承担。没想到，县里下来征求意见时，村民们大部分不同意。为了做村民的工作，县里几次派人来动员，最后县委书记都亲自下来了，村民们也没有达成统一意见。在他们看来，虽然自己的房子看起来土气，但总觉得内心不舍，既然自己住着很舒服，为什么还要花钱费力挪那么一下子呢？房子新，就一定好住吗？

　　这期间，扎西作为一个从村子走出去的人，村里人都认为他眼界开阔有见识。他当时看到了旅游示范村的美好前景，几次给家里打来电话，告诉他们这是一件大好事，要积极支持和响应，并希望他们能够带动其他的村民。但怎奈父亲已经年迈，91 岁的高龄已经没有精力去做别人的工作，在家主事的姐夫是一个很少言语的老实人，也没有太大的影响力。最后还是孤掌难鸣，建设旅游示范村的计划就此搁置，成为全县仅 20 个没有被改造的村子之一。

　　当旅游示范村的计划落实到邻近村子，看到邻村被打造得漂漂亮亮并在很短时间有了旅游收益之后，二地村的村民才后悔当初的固执，但悔之晚矣。考虑二地村的文化因素和二地村民的意见、需求，县里实行了一个变通策略，决定将其列入第二批旅游示范村的改造计划，新方案是原址不动，就地更新，把二地村的老房子打扮成既干净漂亮，又有古典味道的旅游建筑群。现任县委书记扎西才让在会上说："在贯穿首位的洮河风情线上，洮河儿女一个都不能掉队，一个都不能少。"

三

从二地村到吉扎村大约5公里的路程，从地势上说，是山下；从河流上说，是上游。吉扎村坐落在二地村上游洮河左岸的平滩上。

村子不大，总共就146户人家，却出了一个特殊人物——万马才让。2015年，万马才让被全国总工会命名为全国劳动模范。但对吉扎村的村民来说，他们并不太知道这个荣誉的分量，也不太在意这些。他们关心的只是自己村子里的事情，在意的是这个人在自己心中的分量。其实，这个人在自己心中的分量，也是根据自己在这个人心中所占分量衡量、推断出来的。57岁的万马才让似乎一生下来就是为大伙生的，为这个村子生的，年纪不大的时候，他管的事情就不是自己家的事情，而是大家的事情。

2006年之前，吉扎村并不在河谷平滩上，而是在山上，村子里每家占有很大一块宅基地，又可以靠山吃山，随意砍伐山上的树木。那些年，山上植被茂密、树木参天，两人合抱的大柏木随处可见。这样的树，需要一个人用斧头不停地砍三天才能把它伐倒。对于村民的零星砍伐，国家林管部门一直睁一只眼闭一只眼，没有办法管，也管不过来。村民们也认为林子是国家的，就得给国家里的人民用，砍起来理直气壮。家里需要盖房子，去林子里砍；家里需要烧柴，去林子里砍；甚至家里需要零花钱也去林子里砍，把树砍下来，一段段截成2米长，卖给山下需要的人，平均10元钱一段。就这样，你也砍，他也砍，今天砍，明天砍，渐渐地，一个郁郁葱葱的山绿色的面积就一年年变小了。像是从山下砍起，逐步、逐年往上推进。远看，整个山体像一把打开的伞，下边是光的，上边还有些残存的树荫。

眼看着山上的"伞盖"越来越小，刚刚走上社会的万马才让就感觉到了问题的严重。再这样砍下去，不出几年，这座山就成了秃山。现在的人们是把山上的树木变成了自己家的房子和烧柴，等山上不再有树木的时候，住在半山腰的人也就没法待下去了，树搬了家，人也得搬家。否则，一场山洪下来，村子里所有的房子都要变成废墟，别说房倒屋塌，连人的性命怕都不保。但村民们都只看到眼前的利益，仍然在争先恐后地砍伐，砍红了眼睛，唯恐自己砍得少了吃亏。万马才让心里着急，但不知如何制止，如果直接出面，村民们肯定不会听自己的。一个刚刚进入成人队伍的毛孩子，家里穷，父母在村子里也没有影响，哪有什么威信？谁会听他的指手画脚？

可是，危险就在眼前，从全村人的生命和财产安全考虑，确实不能再拖下去了，必须想办法让他们立即收手。想什么办法呢？当时刚满 17 岁的万马才让突然想到了村子里一个有威信的人——齐军才让。在村子里的成年人中，只有齐军才让和他的关系比较好，能说上话。齐军才让是当时村子里最有文化的人，虽然也刚参加工作，但他是村里的赤脚医生，村民谁有病都要找他来瞧病，个人威信高，大家都听他的话。万马才让就想借助齐军才让的影响和力量树立自己的威信。原来村里有几个年轻人和万马才让要好，他就把几个年轻人和齐军才让请到家里吃饭，一元六角一瓶的水酒喝上后，几个年轻人就研究起了村子里的大事。几个人都觉得年轻一代要为村子的未来负责，坚决制止这种自绝后路的事情。此后，几个人分头做全村人的工作，特别是充分地发挥了齐军才让的作用，一些难点、重点、硬骨头都由他来啃。条件成熟时，他们召集全村的人到尼玛房里发个誓，保证以后再也不到山上伐树，于是吉扎村就成了甘南州最早把禁伐树木的条款写进村规民约里的村子。

此事之后，全村人都对这个年轻人刮目相看，又经过一段时间的观察，大家都发现万马才让是一个有见识、有公义、成大事且心里总是装着别人的人。很早，吉扎村的群众就把他推举为村干部。2002年，经过群众和党员的推举，万马才让担任了吉扎村的支部书记。

上任后，他最先想到的就是给老百姓做点事。因为当时受村子的内外部环境制约，还没有太好的思路和出路，他决定着手改善一下牧业生产条件。那时，从村子到牧场之间根本没有道路，连摩托车都很难上去，更别说动力稍大一点的机车。来往运草料、帐篷、生活用品等只能靠犏牛往上驮，往来十分困难。不但上山不便，村民活动也没有场所，偌大一个村子，村委会已经破烂得不堪使用。于是，他就从这两件事情入手开始干，村子本身没有钱，上边也没有资金，他就自己到处筹措，想尽了办法，筹来了一些钱。如果在外雇工，就一样事情也干不成，没办法，他亲自带领群众自己动手，能不花钱的一律自力更生，千辛万苦把牧道修上了，把村委会建成了，牧民们出入方便了，村民们活动、办事也有场所了。

恰在这时，多年前由于大肆砍树破坏生态所埋下的隐患终于爆发了。

2006年，碌曲县境内普降暴雨，吉扎村的后山方向起了山洪。山洪像愤怒的公牛一样从山上直冲下来，很多房屋禁不住猛烈的冲击而倒塌、毁坏，多名村民受伤，并有一名女性村民当场死亡，吉扎村损失惨重。灾后，乡里的领导、专家都来到现场视察灾情，研究灾后重建问题。但是专家提出，吉扎村必须整体搬迁，这样的生态环境下，已经不适合人类居住。经过这次洪水袭击，山体的结构进一步破坏，承受能力已经远远小于以往，几十年之内无法恢复。

如果村子整体搬迁，需要大量资金，当时，国家的脱贫攻坚还没有开始，县里的财政也很紧张，没有出钱的渠道，县里最多能帮助解决 40 万元，剩余的资金就要村子或村民自行解决。搬还是不搬？不搬，村民的生命、财产安全都没有保障；搬，只要搬完这个家，对于一般家庭来说，所有积蓄就要全部用在新房的建设上，辛辛苦苦积攒了很多年，马上变成了一个没钱的人。有一些家庭就干脆拿不出这笔搬家的费用。村民中也有两种倾向，老人们主张不搬，就维持现状；年轻人主张搬，似乎他们更加爱惜生命。万马才让思考再三，觉得生活还应该从长计议，村民们没有钱是现实，但也不能因为没有钱就拿生命和大自然打赌啊！

首先，他召集村里的青年人开会统一思想，然后他和青年人一起挨个做村里老人们的工作，他保证，不管有钱没钱，最后村里都会想办法让大家迁入新居。他确定的原则是，有钱的自己多承担点，没钱的村里多承担点，大家的钱都不宽裕，就发扬集体主义精神，互相帮助，共渡难关。之后，在他的带领下，大家一起动手，挨家挨户地帮，凡打墙、木工、手工等能不花钱自己干的事情，全由村民们集体帮忙，一户一户地建，一户一户地帮，大干三年，到 2010 年把所有的村民都安置下来。三年多的奋战，虽然村民们都有了新家，却用尽了家财，村民们的日子过得都很紧张。这时万马才让开始考虑如何让村民们过上富裕的日子。

几年的修路和自建房屋，锻炼了村民的施工能力。搬迁初期，村民为了省钱，很多活都是自己干，边干边学，摸索着干，效率很低，却意外地提高了村民的技能，到后期，他们的施工水平和能力都得到了极大的提高，不但民房能建，诸如大门、经堂、白塔等藏式建筑都能建。所谓的天道酬勤，上天从来不亏待勤奋、刻苦的人。突然某一天，万马才让来了灵感：村里有了这么多能工巧匠，已经具有了谋生、致富的条件，只是差语言不同，无法去外地打工，莫不如自己把他们组织起来，建立一个工程施工队。给自己打工，不是强于给别人打工嘛！

从 2010 年开始，他带领村民出去承揽附近村落的房屋修筑工程，工程队不分等级，所有参与的人都是平均分配，虽然他自己是承包队长，但一分也不多拿。第一年 20 多人干了几个工程，赚了 38 万元，每人分了接近 2 万元。之后，他们的队伍进一步壮大，活源进一步增多，项目也越做越大，除了楼房不能干之外，其他藏式建筑基本都能干，并且质量、信誉一流，享誉青、川、甘三省，连四川唐克县要修筑白塔都找到了他们。最近几年，甘南实施"一十百千万工程"，有大量的房屋改造和农家乐、牧家乐、院墙、大门需要修建，他们的施工业务就越来越多，2013

年之后，他们的施工队每年收入已经超过百万元。

2014 年，涉藏地区大规模扶贫，甘肃省疾控中心对口帮扶吉扎村，为吉扎村帮扶了 300 头犏牛，并且答应还可以解决部分资金。万马才让考虑当时村里收燕麦还是手工收割，浪费了大量劳动力，便和疾控中心商量，请他们帮助解决一部分农机。经过协商，招标价格 4300 元一台的收割机，帮扶单位出资 2100 元，村民自己负担 2200 元，吉扎村一次为村民解决了 82 台收割机，极大地解放了村里的生产力。村民们可以腾出更多的时间和精力，投入其他经济活动中去。

也是这一年，万马才让正忙于带领村民在外施工，家里传来了儿子生病的消息。

万马才让家里一共三个孩子，两个女娃一个男娃，妻子身体不好，生到第二个女娃时，本不打算再生了，可是一家人没有一个男娃到底心有不甘。作为丈夫，他不好开口逼着妻子冒险要一个男娃，况且真的再生一个也很难保证就是男娃。他的心思没有明说，但妻子明白，从意愿上讲，妻子也希望要个男娃。两个人纠结了一阵子之后，妻子终于下了狠心，决定争取一把。结果，天遂人愿，果然就生了一个男孩。男孩生下来，夫妻俩视为掌上明珠，衣食住行上的娇惯自不必说，在人生设计上，也早早就下了决心。这个儿子无论如何要让他上学、念书、受教育，考上一个好大学，离开这物质还很落后的家乡。

儿子一上初中，万马才让就把儿子送到县里最好的藏族中学去寄读。儿子的一切，都紧紧牵着他的心。虽然每天在外奔忙，闲下来的第一件事情就是关注儿子的情况，因为学校平时不让学生带手机，但只要能联系，他一定要给儿子打个电话。听说儿子有了病，他当时心里一紧，觉得有几分焦躁，想到要去学校看一看。但传递信息的人说孩子没什么事情，就是晕倒了，可能是中暑，正在打点滴。接电话的时候是下午，工程进行到了关键时刻，如果抛下工地去县里，一个往返就要一天的时间，想想还是罢了。小孩子生个病，一会儿就好了，更何况自己去了，也不是医生，又能解决什么问题？

第二天一早，县城又传来消息，说孩子病重，要他马上去县里。他听到了这个消息后，只觉得头轰的一声，紧接着脑海里出现一个个可怕的场景，他恨不得让车变成一个火箭，瞬间飞到儿子的身边。然而，他那时还不知道，即便是坐上了火箭，他也见不到自己的儿子了。等他赶到县里时，儿子已经不在了。

有很长一段时间，失去了儿子的万马才让，总感觉自己好像丢了什么东西似的，至于是什么，好像又想不起来，整天是那种若有所失的感觉。心上的那个缺口，似乎用什么都补不上。只要一个人独处，他就不知不觉地问自己两个问题。一个是："好好的一个孩子，晕倒了就再也没有起来，为什么呢？"另一个问题是："如果我能早些回去，把孩子送到合作市的大医院，是不是儿子就不会死？"

悲伤归悲伤，一个人终究不能永远沉浸于自己的悲伤。万马才让明知道孩子的去世与自己的耽误有一定关系，也没有因为过度自责就放下自己的职责，毕竟人死不能复生，毕竟村里还有那么多双眼睛在看着自己，还有那么多的事情在等着自己。经过一段的自我消化，他终于还是从悲伤中解脱出来，重新投入自己的工作岗位。回归后，人们发现他在村子的发展上用心更多了。也许，他是在用密集的、高强度的工作填补心中的空落吧？

针对甘南越来越深入的"环境革命"和"全域无垃圾"，他又开动脑筋创新村集体经济的发展模式，搞起了下游经济，成立了吉扎村特色农产品加工专业合作社，加工销售石磨炒面、糌粑点心、羊肚菌、酥油等本地特色农产品，并将产品直接送到各中小学和旅游景点做间餐，既为学生和游客，也进一步壮大了吉扎村的集体经济，牛刀小试，旗开得胜，仅此一项便实现盈利 32万元。2020 年统计，吉扎村群众人均纯收入达到了 6230 元。

四

　　则岔村虽然离吉扎村不足 50 公里的距离，自然生态环境却似有天壤之别。

　　一进则岔沟，但见两侧的山间长满了树木，云杉、柏树交错排列，直径盈尺者不计其数，一派原始森林的气韵。一般来说，海拔超过 3000 米的地域已经很难有树木生长了。这里的海拔是 3100 米，竟然有如此茂密的森林，真可谓高原上的一个奇迹。

　　一方水土养一方人，奇特的地方往往会出奇特的人。则岔村有一个村民叫才华道吉，刚刚 50 岁，就放下了自家的一大摊子事情，转身搞起了那种没有边际的公益。2000 亩草场不管了，200 只羊和 30 头牦牛也不管了，一撒手就都交给了女儿和女婿。从此，他就成了协会里的人。

　　协会是一个民间性质的协会，一没经费，二没办公场所，似乎连个合法的登记和备案也没有，就那么干上了。协会的名称叫则岔民间生态保护协会，实际上管的事情远远比则岔的行政面积大。协会是才华道吉 2010 年组织发起的，直到今天，他自己也没有拿定主意，自己在协会中该被怎样称呼，叫会长还是叫主席？对他来说，叫什么好像都无所谓，反正谁都知道他是协会的头儿，有事先向他报告，他说要整一个什么行动，在微信群里喊一声，大家就会在指定的时间和地点集合。

其实，才华道吉早在 2003 年就意识到了则岔一带的生态需要保护，就开始了单打独斗的环保历程。护林、防火、保护野生动物、在河道和草滩上捡垃圾……连续七八年下来，他深感一个人的力量单薄、有限。那么多的事情、那么大的领域、那么多的方面，汪汪洋洋的像一大缸的水，而自己就像一滴红墨水，虽然觉得很是鲜艳、耀眼，可是往大缸里一滴，立即被淡化，稀释得无影无踪、毫无色彩。

进入 2010 年，才华道吉开始着手组建队伍，成立了以几个志同道合者为核心的协会，再由几个人向外扩展，各拉进来几个好友，左勾右连，好歹凑了十几个人。运行了一年的时间，感觉是比单打独斗时稍好一些，但从工作效果和影响力上看，还是远远不够。基本上除了捡村子附近的垃圾，其他什么也干不成。人少、力量小，既没有落实力，也没有影响力。即便是捡垃圾吧，也是前边捡，后边又出现了，或者今天捡，明天又出现了。垃圾的层出不穷，从侧面说明一个问题——他们的主张得不到人们的注意和赞赏，他们的行动根本得不到人们的响应和尊重，谁都觉得如样板戏里说的"十几个人七八条枪"，干不成什么大事，说不上哪天自己就偃旗息鼓了。同时也说明，这一带群众的环保意识还没有树立起来。要是想对生态实现真正的保护，光协会的人自己干还不够，还要教育、影响、带动更多的人。

新协会需要进一步扩大人员和影响，但才华道吉知道自己的影响力和威望不够，需要借助外部力量。2011 年，他从四川阿坝州请来了一个热爱环保的高僧大德，到则岔来给群众做一个关于生态和野生动物保护的讲座，效果非常好，讲座对当地的僧人、干部和群众产生了很大影响。讲座一结束，协会就增加了几十人。才华道吉趁热打铁，干脆把村干部和寺庙有威望的僧人也动员到自己的协会里来，并恳请他们在清理垃圾等活动中参与一下，给群众做一个示范作用。

工作局面很快就打开了。群众看到干部和僧人们都到街上去捡垃圾，自己在家里就不好意思、坐不住了。开始时，协会是每月开展三次集体活动，集中力量清理村子内部、河道和草滩上的垃圾。明显能够感觉到，参加的人员一次比一次多，工作成效一次比一次大。更重要的是，群众都有了自觉意识，不再随意制造垃圾，所以，垃圾清理的工作量一次比一次小。过去是怎么捡都捡不净，现在是到处找都找不到多少。本村的垃圾少了之后，他们调整了工作节奏和工作方式，开始眼睛向外、向远扩大领域，不但则岔 40 万亩的区域全覆盖，每逢重大节日或大型活动，他们还要骑上摩托去 50 公里外的西昌镇或拉仁关的寺庙里去清理垃圾。

2015 年之后，整个甘南州都在搞"环境革命"，政府和村民全部动员起来，协会的队伍也进一步扩大。因为村子的环境已经有更多的人管了，协会就把工作重点放在村外，放在山林和野生动物的保护上。哪里有垃圾，会员们会集中力量临时处理一下，余下的时间就把目光对准山林、河道和草滩，开展全面的巡视、监督和保护。而才华道吉本人却因为多年来养成的习惯，仍然坚持着自己的生活规律和节奏。他有一辆三轮摩托，还是自己一个人捡垃圾时买的，这些年他从来没有让这辆三轮摩托闲置过。组织协会里的活动是他的工作，而开着三轮摩托车独自活动是他的日常生活，雷打不动，但两者并不发生冲突。

出则岔村向南五六公里的样子，有两山突起，如一面高墙从中间开裂，留下了一个狭窄的缝隙，当地人称其为"一线天"。最近几年，不断有专业人士来则岔游览考察，遍观周遭的环境和景致，认为这是一个十分难得的优质旅游资源，只是躲在深闺人未识，深深地隐藏在人们视线之外。其奇、险、妙、趣的丰富性，甚至远胜过久负盛名的扎尕那，遂建议当地政府要把这一块风水宝地开发起来，作为一个旅游景点对游客开放。经过专家的提醒，当地政府幡然醒悟，这么多年怎么就没有注意到这一点呢？果然是家边无风景，熟视无睹造成的麻木经常让人们犯那种守着仙女找村姑的毛病。没过多久就把专家的意见落到了实处，将则岔开发成了一个旅游景区，名字叫则岔石林。

不管这里现在的知名度如何、客流多少，在才华道吉的眼中和心里它都是珍稀的和宝贵的，维护这个景区的环境也就成了他最热衷的一件事情。他给自己定了一个时间表，冬季，由于游人少、垃圾少，他要每周三次骑着三轮摩托从村子出发，一路捡垃圾，一直捡到"一线天"；夏季，人多了起来，去的密度就大了，只要协会没有集体活动，他就会每天一趟，从村子出发，一丝不苟地捡垃圾，一直捡到"一线天"，一路上，不放过一片包装纸、一个果核和一个烟蒂。

相对于环境卫生，山林的生态保护就多了很大的难度。总结起来，就是内忧外患。

内忧，主要是指护林这一块，因为砍伐木材的人主要是本村或邻村村民，至今还是难以杜绝。难以杜绝是因为这一带村民主要以牧业为主，人们的日用木材和烧柴还主要来自山林，有一些年轻人还偷偷地伐了山上的木材往外卖。杜绝不太现实，但不杜绝又何谈保护？协会是一种民间组织，没有行政和法治功能，只能在人们的日常生活框架之内开展监督。协会能够延伸到的最远边界就是村规民约。那就从村规民约入手吧！虽然不能杜绝本村村民砍伐木材，但可以制止外卖，经过多次和村委、村民代表协商，最后在村规民约里明确，本村村民不准盗伐木材，确属生活需要，要履行合法手续；坚决不允许村民伐木外卖，违者罚款500元，发现违规者要及时举报。其间，协会还组织了一次义务植树活动，因为景区的山林里有过去伐树留下的大片空白，才华道吉牵头和尕海保护局取得了联系，要了 3000 棵适合本地生长的树苗，补上了林中的空白。

　　村规民约确立之后，全村村民起咒发誓，坚决遵守不能违犯。之后，协会的人在巡查中确实没有发现本村存在伐树或盗卖现象。但还存在着外村来盗伐树木的现象。一天晚上，12 点多钟才华道吉突然接到了一个会员的电话，说在沟口发现了一个盗伐木材的车辆需要处理，才华道吉马上穿衣往沟口赶。这些年，这种情况很多，因为大部分盗伐、盗猎现象都发生在夜晚，所以才华道吉的手机夜晚时从来不关机，随时准备出去处理这些突发情况。

　　10 点多钟的时候，本村的几个协会会员从外地赶回，发现一个非本村的面包车缓慢从对面驶来。因为这段进山的路况不算太好，一般的车辆行驶速度不敢太快，特别是载重车辆，更要小心翼翼。这个车已进入视野，几个协会的会员就产生了怀疑，这条沟里边只有一个则岔村，再往里就是景区了，除了游客，平时很少有陌生车辆进沟里来，更何况这个车一看就载了很重的东西，很可能是一个盗伐木材的车辆。几个人商量了一下，当即将车辆拦住，一查，车里果然装满了 30 厘米粗、2 米长的柏木，全都是新伐下来的木料。经过简单盘查，对方就承认了自己是邻村人，盗伐一点儿柏木盖房子。如果将几个盗伐人员送到保护站或派出所，他们都够判刑的，考虑到他们的家庭和未来生活，才华道吉没有将他们移交，而是从轻从宽发落，将他们盗伐的木材没收交给村里，又对他们进行了一番教育，令其跪地起咒，以后永远不再盗伐树木。

　　所谓外患，主要是指外来的盗猎人员。由于涉藏地区的传统文化提倡不杀生，再加上最近 20 年缴没枪支，林中的各种野生动物大量繁殖，仅则岔一带就有狍子、梅花鹿、野猪、狐狸、獾、麝等很多种野生动物。在各种野生动物中，麝最为珍贵，有盗猎者在黑市交易，一头麝可以卖到 2 万多元。前些年，则岔一带林中麝也很常见，随着市场上天然麝香越来越贵，这一带的麝也在不知不觉地减少。这就证明，一些盗猎现象还是在悄悄发生，只是那些有经验的盗猎者往往神出鬼没不太好抓。另外，他们去的地方基本都远离牧区和道路，山林太大了，环保协会的会员们也没有山林经验，不太知道盗猎者和野生动物们都在哪座山上或哪道沟里出没。有时，才华道吉也组织会员们到山上去清理那些盗猎者布下的套子，收获也不是太大，但只要留意、警觉，还是能发挥一些作用的。

　　有一次，村里一个开出租车的协会会员遇到了一个在野外打车的人。看他的打扮不是本地人，也不是普通的游客或驴友，一副农民打扮。司机的脑子当时就打了一个问号，这是一个什么人呢？为什么在荒无人烟的野外打车？当那个人上车后，司机就对他进行了询问，问他从哪里来、到哪里去；问他去哪个村、见什么人等等，一问简直是驴唇不对马嘴，什么都答不对。司机知道这个人有问题，80%是一个盗猎者。于是灵机一动，将车开到了镇派出所的门前停下，对那个人说："你说老实话吧，到底是干什么的？如果不说，我现在就下去报案，把你交给派出所！"那人吓得马上说出了实情。原来，他是松潘那边过来的一个盗猎者，下完套子之后，想去镇里住下来，过几天再去收取猎物。

司机把那人带回来之后，交给了才华道吉，协会的人对盗猎者进行盘问，并让他领着协会的人进山去收那些套子。那人到底是一个很有经验的盗猎者，所取之处十分隐秘，一行人七拐八拐走了一个多小时才找到下套子的地点。据说，每个有经验的猎人都熟知"兽道"，他们知道哪里是哪种野生动物的必经之路。围绕一片林子，那人放了 150 个钢丝套子，把整片林子严严围住，不管是进来的还是出去的野生动物，都很难逃脱被套住的命运。那人确实是一个高手，他刚刚离开一天，就有三只狍子、一只狐狸和一只麝中了他的套子。麝还活着，就被他们当场放掉，其他动物拉回了则岔村拍照取证。

才华道吉的环保协会主要还是以制止和教育为主，对这个外地的盗猎者还是网开一面，通知他的家属来交了 5000 元罚款，又返还他 1000 元做路费，教育一番了事。放走了那人之后，才华道吉的心里也好一阵纠结。这些偷盗者，所做之事本属于小恶，原则上应该以大善进行感化和教育，但这些人往往又都是惯犯，一而再再而三，屡教不改，小恶逐渐积累成大恶。生态问题已经远远不是环境好坏和生物多样性的问题，而是人类祸福之所系，一旦生态发生崩溃，还不知要有多少生灵惨遭灭顶之灾。往近处看，他们也多是穷苦的可怜之人；往远处看，他们却是不自觉的图财害命者。不放他们吧，于心不忍；放过他们吧，自然环境就面临再一次被他们伤害的可能。人啊，什么时候才能真正地悔悟和自觉呢？面对盗猎者和家属远去的背影，才华道吉长长地叹了一口气。

生态的事情关天、关地，是俗话所说的"天大的事情"，就这么落在一个民间组织的肩上，有时确实显得重了一些，好在环境日渐改善的洮河流域可以见证他们的虔敬之心，好在他们背后还有越来越强大的民众呼声和政府支持。

五

30 年之后，曾经整天张着翅膀飞东飞西，到处保护鸟类的西合道无可奈何地老了。老了的西合道坐在凳子上，两眼仍然能放出鹰一样锐利的光芒，他只是年龄大了，腿脚有些不好，走不动了。

30 年之前，38 岁的西合道正年富力强、血气方刚，脸黑、体壮、身手矫健，他跑起来的时候，两条胳膊半张着，在空中迅速交替，宛若一只大鸟在奋力扑打着翅膀。他之所以经常奔跑，是因为他发现有人即将或正在伤害鸟类，他心里着急时就无法四平八稳地走路，只能跑。那时，全国各地都没有什么快捷的交通工具，不要说涉藏地区。要么骑马，要么动用自己的两条腿。他快速扑过去之后，要么和对方大吵，要么就扑打在一起，没有那么多的彬彬有礼、客客气气。至于结果，那就要看谁更厉害，如果对方比自己更厉害，西合道便自知无力阻拦，只能认输；如果对方没有自己厉害，对不起，不管手里的鸟是死是活，赶紧乖乖地放下，否则，连人也别想离开。

"一个人为什么会义无反顾地走上爱鸟护鸟这条路？背后的动力是什么？"时至今日，面对各路采访者的追问，西合道仍然没有给出一个令人信服的答案。有时他会回答："我自己也不知道为什么，只是做了，没办法停止。"有时他又会回答："就是喜欢呗，喜欢还要什么理由？"如果继续追问，他就会有点顽皮地一笑说："我前世就是一只鸟儿，这一世我就不允许别人伤害它们……"说完后，他的表情就立即严肃起来，不知道他在开玩笑，还是在他的心里真有什么让人无法理解的宿命情结。反正在尕海一带谁伤害了鸟类，谁就是他的敌人，如果让他知道，他一定会不顾一切地冲上去跟他一拼。

现在的尕海已经没有从前那么多鱼和鸟了，但它是自然保护区，全名叫姜措尕海候鸟自然保护区。三四十年之前的尕海，只叫姜措，不叫保护区，也没人保护。那时，姜措塘一带的水大得很，湖面差不多比现在要大一倍。湖里的鱼也多得很，鱼多，来吃鱼的鸟儿就多，野鸭、天鹅、黑颈鹤……很多叫不上名字的水鸟热闹时往来翻飞，遮天蔽日。谁能数得过来有多少只呢？都是成群成群地在湖区里飞，飞走了一群又落下了一群，落下了一群又飞走了一群，没谁分得清哪群是从远处新来的，哪群是从这里飞走又飞回来的。有时，岸上牧人赶着牛羊在喝水，鸟儿们就在湖面的不远处怡然游动，不惊，也不飞。要说那时的姜措是鸟类的天堂，可能有点夸张，因为没人见过天堂，不知道天堂是什么样子；要说是鸟类的家园还是一点儿也不为过的。

西合道年轻时并不是地道的牧民，从 17 岁开始，他就在大队做事，当过很多年电影放映员和文化宣传员，他热爱自己的村庄和这片土地。闲暇时，他就步行从秀哇村到姜措去看鸟儿，一看到那些自由自在的精灵，他就把经历过的那些不愉快忘得一干二净。你看那些鸟儿，整天都是那么悠然自得的样子，干干净净、无忧无虑、快快乐乐，如果水面上没有鸟儿，还有什么趣味和生机呢？如果天空里没有鸟儿，又该是多么的寂寥和空旷呢？如果世界上没有鸟儿这种精灵，人的心会不会和没有云彩的天空一样寂寞呢？

平静的日子没过多久，就被无情地打破了。随着一家国有牧场的建立，一群从兰州过来的牧场干部成了姜措的新邻。他们经常扛着枪去姜措打野鸭，打天鹅，用炸药炸鱼。枪和炸药的威力都很大，只要他们的枪一响，必有鸟儿从天空坠落下来，每天他们都能打到好几只大型的鸟类；只要他们往湖里扔的炸弹一响，

20 米范围之内的鱼没有不浮上水面的。叮叮当当的枪声和爆炸声差不多断续响了十年，姜措一带的鸭子、天鹅和鱼便已经零零落落、稀稀拉拉了。

后来，对那种令人不安的爆炸声西合道越来越无法忍受了，每当他听到那种刺耳的声音，他的心都会颤抖一下，每颤抖一下，他的眼前都会出现一个令人心痛的画面：一双飞行的翅膀突然在天空里收拢，一个鲜活的生命便如一块石头一样，径直地砸向地面，嘭的一声，羽毛、血雾和尘土一同从地上腾起，像一道咒语一样宣告着一个生命的终结。每有一个美丽的生命消失，西合道都觉得心中又少了一份念想和盼望，在第二年的姜措岸边又少了一双自由飞翔的翅膀。这样下去，用不了多少年，姜措和姜措一样的人心都将变得一片荒芜。至此，他还没有理清自己和那些鸟儿之间是一种什么关系，只是觉得它们和自己有关系。管他呢，只要敢于把手伸出去，挡住那些握枪的黑手，人和鸟之间就有了明确的关系——保护者和被保护者的关系。终于有一天，西合道忍无可忍，决定挺身而出，做那些幸存的鸟儿的一个保护者。

1990 年，38 岁的西合道刚刚失去妻子，一个人领着两个女娃过日子，内心充满了凄苦和哀伤。自己越是哀伤，越是把爱心和同情心转移给被人类打得妻离子散、家破身亡的可怜鸟类。那是生命之于生命的悲悯，是不幸之于不幸的同情。西合道并没有让情感只停留在情感层面，他通过对鸟类的同情，把哀伤转化成了愤怒的力量。这是什么逻辑，西合道自己并不知道，他只是顺应了自己的心意去做想做的事情。在古代有一些人认为的英雄或侠士大约也是这个样子——行为粗野，内心温柔，不遵循世俗逻辑，但又总是站在弱者一边。

听说又有从外地扛着枪过来的人，西合道马上跑步追踪而去。那人刚刚潜伏下来，举着枪对准水中的野鸭，西合道就抢先一步跑到枪口与鸟儿之间，大喊大叫把鸟儿惊飞。回过头来再对那些人大声斥责，骂他们伤天害理，骂他们行凶作恶。遇到识趣的人，自知理亏悄悄躲开；遇到蛮横的人就不免一阵唇枪舌剑或拳脚相见。不管文的武的、软的硬的，西合道来者不惧，奉陪到底。

听说有几个年轻人在姜措捉到了一只黑颈鹤的幼雏把它们带走了，西合道顺着他们离去的方向撒腿就追，一直追出5公里，才把那几个人追上。追上后，几个年轻人依仗人多，就是不交还小黑颈鹤，与西合道撕扯、对峙。西合道下了决心要把鸟儿救下来，打定主意只要他们不放过鸟儿，他就不放过他们，拦在路上不让他们离去。一直坚持到傍晚，几个年轻人终于屈服了，把小黑颈鹤还给了西合道。

那些年，来姜措打鸟的人多，鸟儿受伤的也多，很多鸟儿因为没被打中要害，带伤飞走了，但落下后就再也飞不起来。村里一些顽皮的娃娃常去草地上游逛，遇到了受伤的鸟儿就把它们捡回来，或卖掉或用绳子拴起来，牵着当玩具玩耍。西合道一旦发现，立即黑着脸将孩子们一顿教训，并把鸟儿要回来，拿回家包扎、喂养，等鸟儿伤好了再放回草地。

冬季的姜措塘寒风凛冽，多年之前，若遇到某一个冷冬，最低气温也能达到零下二十几摄氏度。姜措塘有几眼暖泉，汇成了一条不冻河，从西合道居住的秀哇村边湿地上流过，一直向北，最后注入洮河。因为有流水、有食物，就有一些白天鹅在冬天里留下来，不再继续南迁。这时，湿地上的景象优美而动人。一条弥漫着雾气的河流，在蓝天的映衬下泛出宝石蓝的色泽，洁白的天鹅在水中游弋、觅食，一会儿把头探进河水，一会又拍打翅膀抖掉羽毛上的水珠。河岸上的冰如一个宽边的金属画框，把一幅生动的天鹅戏水图圈定其中。橙黄的草滩上，天是蓝的，远山却灿烂如金，顶端尚有残存的积雪。置身于这样一个色彩的图谱之中的人，一时竟也难以分辨出自己是在画中或画外。

当最后一抹晚霞散尽，游人离去，嬉戏觅食的天鹅们也需要离开水面回到安歇之处。由于大天鹅的体形巨大，较大的约有 20 斤重，必须借助水上或陆地上的一段助跑才能顺利起飞。助跑阶段是天鹅最脆弱的时段，许多的危险都在这个时段发生。有猎人牵着猎狗来打猎，猎狗可以在天鹅助跑这个阶段追上去将它们咬住，使枪的猎人也会因为它们刚刚展开翅膀时暴露的面积最大而容易命中。现在的危险不是那些，是有的天鹅不在水中助跑起飞，它们可能是疲倦了，要借助坚硬的陆地助跑归家。但它们不知道河岸上的冰面是一个巨大的陷阱。它们刚刚上到冰面，双脚就被迅速结成冰的水黏结在冰面上不得动弹，随着时间的推移，从身体上流下来的水越来越多地结成了冰，它们的脚就被冻得越来越坚固，以至于它们如何挣扎都无法逃离。就这样，它们中的一部分便成为狐狸和狼的口中食物，也有可能成为某些人的战利品。

冬天时，越是寒风凛冽，西合道越要冒着风寒去河边巡查，以便及时救下被冰冻住双脚的天鹅。他随身带着一只锋利的钢锥，遇到这种情况就用钢锥将天鹅的脚从冰上撬下来，将它放飞。

能够伤害鸟类的东西很多。草原上到处铺设的铁丝网或电线也是鸟类的杀手。鸟类遇到这些东西时，多数是在高速飞行或滑翔过程中，所以一般都是重伤，很多都直接导致死亡。西合道经常沿着铁丝网或电线巡查，发现有受伤的鸟类及时抱起。说来奇怪，那些鸟儿似乎像认识他一样，每次他靠近时鸟儿既不逃脱也不挣扎，也许经常在湖边和草地上行走，鸟儿们记得和熟悉他的气息。西合道抱起伤鸟时的心情是温柔的，尽管平时他粗手大脚，但在这时，每一个动作都轻之又轻、柔之又柔，像抱起自己的孩子。他知道每一种鸟都喜欢吃什么，回到家里之后，只要他把食物放在鸟儿的面前，鸟儿就会毫无顾虑地进食。他也不用把鸟儿关进笼子，就让它们和自己同室而居。

姜措一带，包括保护站那边，也有人对受伤的鸟类进行救护，但多数都不成功。即便他们把天鹅或黑颈鹤救回去，也因为鸟儿拒绝进食衰弱而死。那年，姜措一带下了一场冰雹，很多鸟儿在那场冰雹中死伤，也包括那些大天鹅。冰雹过后保护站的人马上展开救助，但有两只大天鹅因为不进食，他们只好把它们交给西合道，让他来喂养。天鹅到了西合道手中，没过一个星期就完全康复，飞回了姜措。

那些年，秀哇村最忙的人就是西合道，每天都在野外东跑西跑的。他知道很多外来的车辆来姜措不是为了抓鱼，就是为了打鸟。不管是抓鱼的还是打鸟的，他都要跑去看看，东来一个人他就跑东边去，西边来一个人他就跑西边去，看看他们到底来干什么。如果是抓鱼的或打鸟的，不管是谁，他都会坚决制止。在村民的眼里，西合道就是一个傻乎乎的人。人家保护站的干部护鸟都有报酬，他每天跑来跑去的一分钱不拿，图个啥呢？"为我自己和你们积功德呢！"每当有人对他质疑的时候，西合道就用这句话打发他们，让他们无话可说。

保护站那边有一个李科长，非常赞赏西合道的护鸟行为，但他也无法解决西合道义务护鸟的报酬问题。当他看西合道那样跑来跑去太辛苦，就把站里的高倍望远镜给了西合道一台。有了这台望远镜，他可以站在远处监视那些人在干什么，没有必要时就不用亲自跑去一趟了。为了让这台望远镜发挥更大的作用，西合道在自己家建新房子时，一改藏族传统建房的风格，把自己家的房子修成了二层楼。这样，站在自己家的看台上就能瞭望整个姜措湖区的动静。

　　坚持护鸟的时间久了，人们口口相传，都知道姜措这边有一个黑脸、健壮的老汉每天在湖区转，见到打鸟的就管，非常厉害，很不好惹，只要让他遇到了就算白去一趟。渐渐地，他有了名声和威信，很多人就打消了到姜措打鸟的念头，村里的娃娃们因为怕他，也不再去捡鸟蛋或抓雏鸟。但也有不怕他的。有一次，从外边来了几个带枪的公安，西合道管他是谁呢。不管穿什么衣服，带着什么武器，你还敢把一个护鸟的人枪毙了？那些人一到就被西合道发现了，发现了他就赶过去制止。对方因为是执法人员，对法律熟悉，当西合道制止他们时，他们也不慌，而是理直气壮地向西合道要执法的证件。如果没有合法的证件，就无权干涉他们干什么。西合道这么多年从来没有遇到这种情况。一般的盗猎者见到有人管，首先就胆怯了，哪还敢管别人要证件？

　　这件事提醒了西合道，必须向保护站那边申请一个证件，否则的话，干着光明正大的事情，反而被偷偷摸摸的人刁难。于是他就跑去保护站说了这件事，保护站的人当然大力支持他，很快就给他申请了一个生态保护监督证。这回，名正言顺了，西合道管起事来也就更加硬气了。其间，很多机构给他颁发了各种各样的荣誉证书，有的级别还很高，但也都是热闹一阵子就烟消云散。事情过后，别人忘记了，自己也忘了。至今，让他难以忘怀和津津乐道的还是那些鸟的故事。

每年的 3 月，黑颈鹤从云南的山间湖泊里返回到姜措来谈情说爱、繁衍后代。这是鸟类恋爱的季节，也是它们容易受伤的季节。3 月里，西合道要以密集的巡查和监视为它们提供保护和救助。有一对黑颈鹤刚刚落地，其中一只就被河边的铁丝网缠住，西合道赶紧把黑颈鹤从铁丝网上解救下来。好在伤势不重，他就把这只黑颈鹤抱到家中去救治。西合道一路往家里行走，另一只黑颈鹤在他的头上盘旋、哀鸣，像依恋，像祝愿，像祈求，一声声叫得他心里直痛，让他感受到鸟和人一样，都有一个丰富的情感和精神世界。

对这只黑颈鹤，西合道护理得特别精细。凭他这么多年的护理、救治经验，他一看就知道，这只鸟没有什么危险，只要时间一到，自然重返天空。但他就是放心不下，夜晚醒来都要去看一眼这只鹤怎么样了。他这么多年的恢宏大气突然间消失，变得疑神疑鬼起来，担心这只鹤会在某个离开自己监护的时间里出个什么意外。这只黑颈鹤一共在西合道家里救治了 28 天。在这 28 天里，他的心情似乎比黑颈鹤还焦急，分分秒秒地盼着它的伤早些痊愈，好回到它自己的群体和伴侣身边。

第 28 天的早晨，西合道看到这只黑颈鹤已经在屋子里频频扇动着复原的翅膀、跃跃欲试想要起飞的样子。他知道该向这个生灵说再见了。他弯下腰，扶住黑颈鹤的头，把自己的脸凑过去轻轻地贴了一下，算是对它的祝福了。出了家门，他就撒开手将它放飞。下午时他总觉得心里不踏实，不知道那只伴侣鹤回到草地之后情况如何，便骑着摩托去了姜措。很快，他就找到了他救治的那只鹤，也找到了它原来的那个伴侣。可是。原来的那只鹤在这只疗伤期间又找了一个新的伴侣。这只伤鹤回去之后，已经成了局外之鸟。那只归去的鹤没有放弃，以后的几天之内，它都是跟在另两只黑颈鹤的后边，不断鸣叫，声音里充满了哀伤。终于，一切的努力都无济于事，这只伤鹤还是被抛弃了。

西合道 65 岁的时候，因为骑摩托车过一道坎翻了车，摔断了腿。大概是腿伤没有治彻底，伤好之后，行走仍然很吃力。出来见人，西合道需要有人搀扶。当他坐在那里讲护鸟的往事，随着故事的深入和时间的推移，目光在渐渐地发生着变化，由锐利而柔和，由激越而散淡、悠远，仿佛往昔的时光正在他的眼中逝去，如一些远去的鸟儿一样，正一点点隐身于云天之间。这个 30 多年来一直陪着一代代候鸟度过艰难岁月的身影，不知在未来逍遥、安稳的日子里，候鸟们是否依然记得，是否会偶尔怀念。

六

洮河从临潭、卓尼和岷县三县交界处出甘南，在岷县转了一圈，像是有什么心愿未了，又从王旗回到甘南。这一次回归，果然非同一般，不但给卓尼切割出一块飞地，还留下了一处美丽的风景和一样享誉古今的宝物。过九甸峡之后，可就彻底出了甘南界，一路向北，再也没回头。

应该说，九甸峡是洮河送给甘南更是送给卓尼的一份厚礼。说它是送给甘南的一份厚礼，是因为这个大型水利工程竣工实现了甘南人做了差不多一个世纪的"引洮梦"，一举解决了兰州、定西、白银、平凉、天水 5 个市辖属的 11 个县区 300 万人的用水问题；说它给卓尼送了一份厚礼，是因为它不仅给卓尼县留下了一个总装机容量 300MW 的水电站，还留下了一处迷人的风景，在沿峡谷 10 多公里的水域上，峭壁林立，奇石雄峙，云水相映，风光秀美，成为闻名遐迩的旅游观光胜地。

更令人惊异的是，就在九甸峡库区一个面积为 40 平方公里的狭长地带，还隐藏着举世闻名的一方奇石——洮砚。关于洮砚，很早以前就有明确的记载："洮砚，全称洮河绿石砚，产于甘肃甘南藏族自治州卓尼县洮砚乡境内的喇嘛崖一带。因该地古时为洮州所辖，砚石又产于洮河东岸或洮河水底，故名洮河砚。"在我国四大名砚里，端砚、歙砚更广为人知，洮砚的知名度稍逊。

其实，从砚石质地而论，洮砚石结构细密，滋润滑腻，硬度适中，色泽典雅。用以制砚，有呵之成珠、贮水不耗、历寒不冰、涩不留笔、滑不拒墨，发墨快、研墨细、不耗墨、不伤毫、不损笔、储墨不涸不腐等特点，深为古代文人骚客所钟爱。

只因为洮砚出产于古时的边塞之地，交通运输极为不便，又征战频仍，比其他砚台更不易获得。因此，洮砚名声虽高，却因传世者甚少，一砚难求，而不能广为流传。九甸峡大型水利枢纽建成之后，洮砚原有的矿脉已经有很大一部分淹没在水底，可开采面积进一步减少，所以也就显得更加珍稀。好在，这是信息时代，空间距离已经不是问题，近年来慕名来探访洮砚原产地的人越来越多，甚至已经成为一种人文景观。

俗话说，手捧金碗好过活。按理说，住在这样的风水宝地，溅到身上的"金粉"，抖下来都够日常吃用的，但家住库区的宋怀平却把自己的日子过成了一地鸡毛，成了远近闻名的环境卫生"钉子户"。50 岁刚过的宋怀平家中五口人：一个独身的哥哥，妻子，两个孩子一个 26 岁，一个 24 岁。这样的人口结构，如果按等级评，应该属于优良，实际上宋怀平家的人均收入也不算低，所以并不属于贫困家庭，只属于脏乱差家庭。

六年前，甘南刚开始"环境革命"，宋怀平的家因为太脏太乱被村里和乡里反复批评，反复勒令整改，结果都无济于事，不管谁来，说什么，宋怀平都以自己事情多、忙不过来为借口，而拒绝整改。家里的杂物房和垃圾站一个样，柴草、树枝、工具、破旧衣物、干牛粪等等，杂乱无章，落满灰尘；屋子里的灰尘和杂物也是杂乱无序，被子不但不叠，还又黑又亮，散发着陈腐的气味；厨房里灶台上一片乌黑、混乱，吃剩下的食物仍存在锅里；原来院子里的水泥地面开裂，间杂着土块、石头和杂物。总之，村里、乡里和县里的干部谁来了都说下不去脚，也"下不去眼"。不改，不但会影响整个"环境革命"的进程，重要的是这样的环境也不利于一家人的身体健康；另外，让村民邻居看着也是个笑话。

宋怀平长期在新疆打工，很少回家来。开始是家里的女人对来家里的干部发难，没有好话讲，没有好脸色，有时还发牢骚、发脾气甚至谩骂。干部们听到最多的话就是这样几句："我们好不好我们自己带着，我们就是不怕脏，就是不要脸，咋啦，关你们啥事？""我们连过日子都顾不上，还能顾得上什么卫生？你们要是真关心我们，给我们送点钱来，别总是添乱、添堵，逼着我们干活。""'环境革命'那是你们的事情，凭啥要我们卖力往你们脸上贴金？"面对宋怀平妻子的刁难和无理取闹，村干部把希望寄托在宋怀平身上。认为宋怀平走南闯北、见识多，会通情达理一些，希望冬季宋怀平从外地回来后好好和他商量一下，让他劝说一下妻子，共同把自己家的环境卫生搞一搞。结果，宋怀平回来后，又多了一份障碍和阻力，他和妻子一个态度、一个口径、一套说辞。不同的是，他是男人，声音更大了，动作更夸张了，说出口的话也更难听了。

开始时，包村干部每次检查前都带着几个人来到他家，忍气吞声地替他们搞卫生，整理、摆放室内的东西，洗衣、洗被子、清理厨房、灶台……男人、女人一起来，一同上，宋怀平家里的人不但不伸手相助，还在那里说风凉话或责备的话："你们不要乱动我的东西呀！那些东西都是我平常用的，你们摆放乱了我到哪里去找？你们不要为了讨好上级、应付检查，就把我们家的东西乱扔乱藏……"一些经历过这样场面的年轻干部说，每次去宋怀平家帮助收拾卫生都觉得自己的人格受到了侮辱，下次说什么也不去了。话是这么说，到了下一次，还是要随着年纪大的或级别高的干部一起去他家里挨骂。

面对年轻干部的为难、反感情绪，富有群众工作经验的韩明生县长特意来到洮砚乡为他们加油鼓劲，做思想工作："要他们相信人心都是肉长的，早晚会被善行感动。现在大家做的事情，对群众来说是好事，群众不配合、不领情，是因为他们没有看到这件事情的意义。看不到意义，也不相信干部们是真心为他们好。他们暂时不相信、认识不到没关系，以后他们会知道的。一旦他们认识到和理解之后，会对自己现在的言行感到惭愧和后悔的……"有了这番话，直接接触群众的基层干部心里就有了谱、有了底气。虽然他们想象不到未来会是个什么样子，但他们觉得至少要把眼前的事情做好，尽到自己的最大努力。

在包村干部锲而不舍地替宋怀平家打扫卫生的同时，镇人大党委会主任朱学仁趁宋怀平返乡在家，也不失时机地找宋怀平交流感情，心平气和地交心，深入了解他们这种情绪和行为背后的原因。放下身段，像老朋友一样询问他有什么苦衷和难处，对政府和干部有什么想法和意见，他自己在生活上或其他方面有什么合理需求。精诚所至，金石为开，在几个方面合力的作用下，宋怀平这块顽石终于被感动、被软化了，承认自己行为和语言上的过分，同时也袒露了自己的心怀，倾吐了自己的心声。

宋怀平的怨气，主要还是来源于精准扶贫。由于他家里有劳动能力的人口多，家庭收入远高于贫困线，不在建档立卡的范围，但他家里的日子由于管理上的原因，其实过得并不好，挣到手的钱倒是不少，但都没有花到当处，生活依然很紧张。宋怀平认为，像他这样的也应该成为国家扶持的对象，比自己稍微差一点儿的村民都成了建档立卡户，他怎么就不能？不能就不能吧，可是为什么好事不想着他，"坏事"就盯住他不放？他认为逼着他家打扫卫生，除了给他们忙乱的生活添一些麻烦之外，毫无意义。如果有什么意义的话，就是看着好看。可是好看、干净顶什么用呢？不顶吃，也不顶喝，只是往干部的脸上贴金，证明他们的工作有成绩。

那时，两个孩子还都在学校读书，但情况都挺让人泄气。这些年，为了供他们读书，钱没少花，心没少操，气更没少生，结果两个孩子都没有考上大学，双双读着让他在人前抬不起头来的大专。大孩子自从上了高中，学习成绩就节节下滑，学了一身毛病，在学校天天调皮捣蛋，打架斗殴，不过三天五日学校的老师就要发信息通报一下孩子的劣迹，实际上就相当于告状。学校老师管不了，他这个当爹的，为了给他们挣学费远在新疆打工，就能管得了吗？实指望供他上学将来能考上个好学校，找个好工作，能出人头地，谁想他会这么不争气！参加高考，连一个三本都没考上，只上了一个大专。二儿子在初中时学习还相当好，自从上了高二也学歪了。学习不用心不说，连放假都不回家，天天泡在网吧里，不要钱不露面，露面就要钱。结果，也是只考上了一个大专。想起这两个孩子，宋怀平就感到生活得没有光亮，没有奔头。不想则已，一想就是一个感觉："伤心死了。"

针对宋怀平内心的种种失落和不平，朱学仁一样一样地开导、化解，让他乐观地看待生活。毕竟两个孩子都要相继毕业走向社会，如果不去搞高科技，只在甘南生活，大专学历也已经很好了，社会的梯级结构需要方方面面的人才，孩子大了懂事了，只要好好干，哪个行业都出状元。他作为父亲，已经很好地尽了自己的义务，问心无愧，剩下的就看每个人的造化啦。至于今后的生活，朱学仁给他详细地讲解了政府的整体规划。告诉他，整治环境只是总体规划的第一步，就是要让群众转变观念，树立生活信心。他给宋怀平打个比方："如果你自己没有把日子过好的信心，没有科学管理自己生活的意识，给你一个金山，你也不知道如何珍惜，也会把它糟蹋掉。好日子，只有懂得珍惜、会珍惜的人才配得。不要以为干部低声下气地来为你打扫卫生是为了他们自己，或者他们欠你的，他们这样忍辱负重做，就是要唤起你们的信念和觉悟，是要把我们甘南的整体品位提升上来。走完'环境革命'这一步，政府还有下一步安排，要把我们这里打造成旅游示范村，让我们这些守着绿水青山的人真正受益于九甸峡湖区美丽的风景，从绿水青山中淘金淘银。如果我们还像过去一样脏乱差，谁来我们这里观光，谁来我们家里吃饭？"

当宋怀平还在当环境卫生"钉子户"时，村子里已经有人先走一步，开上了农家乐，为后进的村民做出了示范。先开农家乐的村民，不但当年就收回了全部本钱，还赚到了 10 多万元的利润。"人家都已经把日子过得那么红火了，自己为啥还在这里和自己过不去？"这时，宋怀平也如梦方醒。于是，朱学仁趁热打铁，帮助宋怀平规划、安排了未来生活——自己拿些钱，下一些力气，政府扶持一些，把院子改造了，把环境搞好了，把房子扩建改建了，打造成一个可以接待游客的农家乐。另外，为了让他们能把农家乐的饭菜做好，乡里还特意将宋怀平的妻子安排到政府食堂打工，边挣钱边学艺。

如今，宋怀平的农家乐已经打造好了，六个包间可以同时接待六伙吃饭的人。菜谱中的菜全是当地的土特产品。洮河里的鱼，自家养的土鸡，本村的猪肉，山上的苦苦菜，邻村的土山羊，自己园子里的洋芋、茄子、青椒、西红柿等时蔬。院子里移栽了杏树和葡萄树，春天看花，秋天尝果。两个儿子也都顺利地找到了工作，不但不用家里负担，而且非常支持父母开农家乐，从广东定制了很多家具发送回来。农家乐开张不到三个月已经有了接近2万元的收入。

　　旧事重提，宋怀平一脸羞赧，坦然承认自己确实曾是环境卫生"钉子户"。他之所以敢承认这一点，是因为他已经有了底气、信心和力量。在宋怀平的心里，以往的洮河很远，现在的洮河很近。如今，他站在自己家的庭院里，仿佛就能听得到远处洮河水绵绵不息的流淌和九甸峡拍打岩岸的涛声。这声音如此绵长、甜美，让他曾经脆弱、不平的心获得了恒久的安慰和平复。他平生第一次感觉到这一片汪洋恣肆、纯净的水，竟然和自己有着这么深切的关联，竟然可以作为生命和生活的依托。

第八章

花开岷迭

一

　　尕秀很小，但位置很重要。说尕秀坐落于甘川公路的边上，似乎有点儿欠妥，准确的说法是，甘川公路从尕秀镇中间穿过，从而使这条连接两省的213国道成了尕秀镇街的一部分。正因此，它成就了尕秀，使尕秀拥有一种看不见的"大"，潜在的气象大，未来的格局大。从尕秀前行 100 多公里，便进入若尔盖湿地的腹地，再前行 400 公里便抵达著名的九寨沟景区。尕秀是贴在甘南州胸前最显眼的一块布。过去是象征着落后和贫穷的一块补丁，现在却是绣在甘南胸前的一朵鲜艳夺目的胸花。

现年 58 岁的拉毛加，在尕秀也生活了 58 年。尕秀的前世与今生，尕秀的过去与现在，已如一幅幅清晰的图画刻印在他心里。深藏于岁月深处的起落兴衰、冷暖炎凉，也许只有借助他的记忆和他的口，才能勾画出一个大致的轨迹和轮廓。

更加久远的历史已无可追述，那时谁都能想象得出落后的牧区是个什么样子：逐水草而居、人畜不能分离、随季节迁徙流浪、疾病多发、条件艰苦……拉毛加更加关心的问题是下一代的发展问题，也就是每一个牧民家庭的未来。仅这一点，就足以让一些有点儿远见的牧民烦恼异常。拉毛加的大儿子到了该上学的年龄，尕秀还没有集中定居，他记得清清楚楚，由于条件所限，孩子们不能正常进入学校读书，政府为了解决这个困难，只能因陋就简办起帐篷学校，七八个孩子、一个识字的老师就算一所学校。当年的落后和不便可见一斑。

目前住在尕秀的 392 户牧民，大部分是 2001 年从草原深处搬迁而来。客观地说，牧区的生活状况很大一部分原因来自人们的观念和习惯。牧区之外的人们认为的好事，牧民却不一定真正认为是好事。拉毛加记得，当时牧民们的搬迁动员工作就进行得十分艰难，很多牧民因为执着于传统的生活习惯，坚持不出牧区，政府干部挨家挨户反复做了一年的工作，牧民们才半推半就地迁了出来。

迁出后，尽管人们的生活方式发生了改变，由分散而集中，由流动而固定，但生活理念和生活方式并没有发生本质的改变，他们依然把院子当草场，把房子当帐篷。那时的墙是土墙，门是简陋的木门，院子虽然宽大，却堆满了牛粪、柴草、建筑垃圾，还有病弱的牲畜，打开院子一看，基本上就相当于把以前的牧场搬了一个地方用封闭的院墙圈了起来。大部分群众的家庭卫生依然没有摆脱游牧生活的影子，断不掉乱堆乱放、乱倒乱扔、乱搭乱挂、乱丢乱弃的旧习。地面上砖头瓦块凹凸不平，角落里垃圾杂物横七竖八，暖廊里衣服鞋袜丢三落四，厅堂里桌椅板凳灰头土脸，炉台上汤渍油渍日积月累，窗台上污垢灰尘纹丝不动，炕台上被子枕头杂乱无章。不但样子难看，气味也难闻。家家户户一个简易旱厕就放在院门旁边的角落里，一个棚、两块砖，一个坑，夏天招苍蝇，冬天冻屁股。厨房则以烧牛粪为主，烟熏火燎，气味冲天，每到生火做饭的时候，整个村镇笼罩在一片浓烟之中。

拉毛加回忆，从 2014 年开始，俞成辉就开始往尕秀跑。一趟趟地来，来了也不说干什么，就找村民们聊天，一聊就是几个小时。这些年俞成辉总共跑多少趟他已经记不清了，据留意的人估计，怎么说也有四五十趟。一开始来的时候，是县里的干部领着来的，以后就自己单独来，没有陪同，也不打招呼，来了就问长问短，从收入到生活，从现在到过去，从习惯到好恶，从困难到愿望……很多人家他都去过。不知道哪天，他突然就到了，到了也不知道会扎到谁的家里，一聊就聊个透彻，聊完转身就走。

俞成辉一趟趟来，村民们虽然并不知道他有什么打算或想在尕秀村做点儿什么，但知道他是真心关心这个村子，关心大家的生活。时间久了，大家熟悉了他，什么都敢当他面说，有的发牢骚，有的提意见，有的还把他当朋友说一些心里话，反正俞成辉平易近人没架子，那啥话就照实说呗。这么多次造访，大部分时间都是村民说，他不说，一直耐心倾听而不发表意见。他越是不说，大家越是盼着他说点儿什么。仿佛有一个令人兴奋的谜底，在等着他去给大家揭开。

2017 年 3 月，来尕秀的人突然多了起来，乡里的、县里的、州里的，跑马灯一样，村民们知道，俞成辉跑了几年终于有了结果，上边可能马上要有大动作。不久，谜底果然就公开了，甘南州要把尕秀村作为全州"全域无垃圾"样板村进行集中改造。改啥？据说，啥都要改，从里到外，从上到下，从村子的基础设施、外观风貌、绿化美化、环境整治，一直到每家每户的屋子内外。州里的文件把每家每户的改造内容概括为"七改"：改院、改房、改圈、改厕、改灶、改炕、改习。

开始时村民们以为这又是一个"马歇尔计划"，不知道要改几年，也不知道哪些会真改，哪些会假改，但是让所有人都难以置信的是，三个月之后，能看到的一切竟然都改了。至于那个看不见的"旧习"，拉毛加觉得好像也改了。想起来他自己也觉得纳闷，已经过了几十年的生活习惯，怎么突然就成了往事？想一想现在的生活，好像和过去的生活完全不是一回事了。这三个多月的时间，村子的人跟做梦似的，一天一个样。大家知道那是现实的变化，即便是现实，也感觉跟变魔术一样，快得眼睛都瞧不过来。仿佛转眼之间，临街的 65 户民房，作为样板，就全部改造完了。听上边的领导说，不仅是这 65 户，其余 200 多户也要改，也不仅仅是尕秀村，几年内全州其他村子也要全部改，说是要让全州各地都向尕秀学习、看齐呢，最后都像尕秀一样变成高标准的生态文明小康村。

改造之前，乡里给村民开了动员会，把这次改造的总体规划和要达到的效果交代得清清楚楚，把改造后大约能够获得的收益也交代得清清楚楚，并贴出了改造后村子和一些庭院的效果图。一座座房子看样子像宫殿似的，这些年哪想过要住进这样的房子里呀。并且政府把个人承担什么、政府承担什么，个人需要投入多少钱、政府能给补多少钱一一公布出来。牧民们很多不认识字，但会看图，会算账，知道自己不吃亏，这是百年不遇的大福利，便积极支持，主动配合。

工程很快就顺利开工了，铺庭院、刷围墙、换暖廊、建浴室、通暖气、改厕所、装厅堂、盖厨房等。其间曾有州里的干部用几句简洁的话描述了当时的情景："家家参与的生动格局、户户配合的良好氛围、热火朝天的建设场面"与"牧民群众的幸福笑容、迎风旋转的吉祥经轮、蓄势待发的草原春色"共同构成了一道亮丽风景。不到一个月的时间，原来扒得乱七八糟的街道、围墙、庭院等都现出了初步轮廓，看那样子和图上画的基本一样。

工程有了初步进展后，俞成辉又来到尕秀村，还讲了很长的话。特别是讲他对尕秀村的感觉时，还被当地的一个干部翻译成了藏语发给大家看。

那天俞成辉讲："有的风景，人生中只是一刹那，便惊艳了你的目光，让你一生难忘。尕秀，绝对是你路过不能错过的乡愁。坐落在碌曲草原腹地和国道 213 线上的尕秀村，既是海拔 3500 米的高原生态与草原风光完美结合的一块瑰宝，凝结着祖祖辈辈逐水草游居的血脉乡愁，更是游牧文化与现代文明相互交融的一座丰碑，寄托着草原儿女建家园定居的幸福愿望。放眼尕秀，四周环绕的草原山脉，仿佛一座生命的屏障，用磅礴身躯蜿蜒着雪域高原的雄浑和苍茫，用生态脊梁起伏着这方山水的神奇和灵动，用绿色情怀护佑着这方人民的吉祥和安康。聆听尕秀，距今 1600 多年的克尔古城穿越历史时空，依稀回荡着金戈铁马叩击雪域大地的声音，隔空传递着古象雄王国鼎盛时期的繁荣景象，生动镌刻着吐谷浑部落联盟的兴衰成败。俯瞰尕秀，东北面的碌曲县城和西仓寺，东南面的则岔石林、尕海湖、贡巴梁和郎木寺，共同构成了地理空间上的北斗七星布局，而尕秀村相应处在天玑星的位置，代表福禄和财富，这与晒银滩的字面意思不谋而合。"可见他对尕秀的未来寄予了多大的希望！那番话，也可以理解为他对尕秀的美好祝福。

经过紧张的施工，2017 年 9 月，一个脱胎换骨的新尕秀奇迹般呈现于世人面前。乘车一过 213 国道碌曲县收费站，一幅崭新的图画便扑面而来，原来横七竖八的电线杆子和电线全都不见了，改走地下管线。沿路的草场围栏崭新、整齐，原有坑洼被全部填平并进行了绿化；沿途的牧场和商铺面貌一新，干净、整洁，具有民族特色的经幡长廊让行走其间的人们仿佛置身某种盛大的欢迎仪式。65 套临街样板房已经统一设计和精心打造，显得气势非凡、美观端庄。家家户户环境优雅、干净整洁。微生物降解厕所，淋浴间、洗漱间、分户式光伏电源、高效节能炉采暖系统、太阳能空气源热泵复合采暖系统等现代化设施应有尽有……州里把尕海的目标定位得很高，就是要把尕秀打造成全国第一藏寨、青藏高原生态文明创新示范区、全国第一家生态文明博物馆。这样的定位显然已志不在甘南，而是要引领整个涉藏地区的生态文明的发展。

2019 年，中国成立七十年来，尕海周边的牧民第一次如此干净利落、兴高采烈地告别了几千年延续下来的生活方式。为了打造这个生态文明示范区，甘南州共落实各类项目资金 4220 万元，其中生态文明小康村建设项目资金 2300 万元、棚户区改造配套基础设施建设项目资金 1200 万元、光伏扶贫项目资金 720 万元。

尕秀打造成功之后，果然在很短的时间内成了生态文明领域里的明星，影响巨大，全国各地慕名而来的参观者和学习者络绎不绝。建成当年，来尕秀村观光游客就达到 30 万人次，接待旅游团队 65 批次，建成投入使用的 15 家牧家乐接待游客近 2 万人次，全村户均增收 2.8 万余元。几年下来，尕秀村共接待北京和天津、浙江、四川、青海、宁夏、西藏等省区市学习观摩团队 43 批次，1300 余人。紧接着，甘肃省项目建设现场观摩会、全省"全域无垃圾"现场推进会、全省法院系统信息化建设现场推进会在甘南召开。其间，与会人员通过实地观摩，对尕秀村取得的成绩给予了高度评价；各级领导赴尕秀村实地调研时，对打造"全域旅游无垃圾样板村"的成功做法予以充分肯定。《人民日报》、人民网、新华网、央视网、央广网等多家主流媒体对尕秀村开展集中采访，全方位、多角度、深层次宣传报道。中央电视台《焦点访谈》栏目以尕秀村为例，对甘南州 2018 年—2020 年城乡环境综合整治、生态文明小康村建设取得的显著成效进行了专题报道。

拉毛加的房子临街，属于第一批 65 户首先改造的样板房。改造后家里装修了四间客房，其中还有一个豪华套间。正房的大厅面积大约有 60 平方米，放下六张藏式大茶几用于接待用餐的客人。旅游旺季一来，他的牧家乐餐饮和住宿同时营业，再加上向外地游客出售一些自产的土特产比如肉干、蕨麻果、糌粑、酥油、奶酪等，每天零零散散的进项不断，感觉钱像流水一样地来。一年总数算下来，少说也有二三十万元的利润。最让他感到舒心的还不是舒适的环境和快速增长的收入。他已是年届六十的人了，最关心两件事情，一是养老和就医的问题，二是孩子们上学的问题。

过去，在牧场上生活的那些年，生活条件不好，人很容易染上疾病，人一上了点儿年纪，体力和身体抵抗力都很弱，很容易就被疾病缠上。由于没钱，交通又不方便，一般得了病就是硬挺着。轻微的小病一挺就过去了。得了大病也不知道，照样挺着，实在挺不住才想起来去看。怎么去看？那么远的路，人病着不能骑马、骑牛，又没有车，只能找人抬着往外走，很多人还没等抬到地方就已经死了。

"那时候寿命长的人不多，"拉毛加说，"我父亲、母亲和爷爷都是活到 60 多岁就病死了。现在赶上了一个好时候，生活条件好了，营养条件好了，卫生条件也好了，医疗条件和交通条件都好了，就不再担心自己活不长了。"

拉毛加虽然只是一个牧民，却是一个有远见的牧民，他关心的事情很多时候和别人不一样。他念念不忘的另一件事情就是孩子们的上学和发展问题。他从小就不太认可一辈子跟在牛羊的屁股后了此一生，一直渴望着读书学文化，将来干点大事情。怎奈那时家庭生活条件太差，父母的观念也太落后，不支持他出去读书。他 14 岁时就不得不接过父亲手里的鞭子去山上放牛。后来牧区的情况也在一点点发生着变化，等到他有了自己的孩子，早早就下定决心让孩子读书。牧区办帐篷学校时，还没有几个孩子去上学，他就把大儿子送去了。牧民们集中搬迁之后，有了正规的学校，他让家里所有能上学的孩子都进了学校，一个不留。不知道是否与他的带动有关，2003 年前尕秀读书的孩子加一起不到

30 个，2003 年后，一下子增加到 200 多人。现在，生态文明小康村又建成了，学校的条件和师资都有了飞跃，孩子们的好时光随之而来，他们的潜力和前途不会再因条件差或师资力量弱而受到埋没了。

拉毛加朝大门外指了指说："你看，这是我的车。"他年前新买了一台小汽车，就放在大门外他手指的方向。拉毛加在说到他的车时，用意并不是炫耀他的车，他想通过车讲一讲尕秀的发展史。

拉毛加说，他这大半生什么交通工具都使用过，半个世纪之前，他能用上的交通工具就是牦牛，牦牛也不能随便骑，因为那是牧业生产队财产。后来，国家改革开放，牧区有人买来了自行车，拉毛加家经济条件差买不起，一片牧区就那么有数的几辆自行车，由于道路不好或没有道路，孩子们争着抢着骑，只能当玩具。进入新世纪之后，有了摩托，有了载物的"三马子"，牧区算有了真正实用的交通工具。最近一些年，牧民们手里有了钱，有人能买得起汽车了，但还是买不了轿车，因为草原上的路只能跑越野车，买一台轿车就是买了一台摆设，毫无用处。只有现在，牧民们才有资格买轿车，牧区和城市才真正在道路上接轨，在生活上同步。说到高兴处，拉毛加开怀而笑。他笑的时候，虽然也是满脸菊花，但并没有暮气和沧桑。

二

贡巴村，与四川的若尔盖县毗邻，由于甘肃省和四川省的汽油价差较大，一般的车辆加一箱汽油可差 100 元的价格，往来游客多数要赶着节奏来贡巴村附近的加油站加油，贡巴村因此而成为甘川 213 国道上的一个重要驿站。在尕秀的生态文明村打造完成之后，州里就确定要把它作为尕秀的姊妹篇重点打造。

贡巴村的生态文明小康村建设有一个十分响亮的名字——打造甘川边界的最美驿站。工程 2020 年 2 月正式启动。由于当时的项目资金还没有落地，前期的基础费用特别是群众的拆迁费用，如果不及时谈妥、及时到位，恐怕会成为项目推进的主要障碍。是立即启动还是等待资金到位后再启动？这是当时大家最关注也最拿不定主意的一个问题。为了提高时间上和资金上的效率，在关键时刻，县委书记扎西才让大胆拍板：启动，马上进入前期工作。

他之所以敢在这样的情况下拍板，心里是有底的。一是新项目对老百姓的好处显而易见，一说就能得到群众的认同和支持，另外他也自信碌曲县近几年良好的群众基础能够支撑他的决策。

2015 年以来，由于全州大力开展"环境革命"和"一十百千万工程"建设，逼着机关干部深入基层，深入牧区，深入每个群众的家庭，密切接触，加强了彼此间的沟通和交流，真正建立起了血肉相连的密切关系，干群之间的亲和度和信任度达到了历史最好水平。这几年，对全县各项工作他本人也是坚持深入基层调查研究，靠前指导和亲自参与，深切体会到了干群关系密切之后给全县工作带来的活力和能量。他自信只要政府做出正确决策，群众一定能够理解、接受和支持；只要政府做出明确承诺，群众一定会相信。

扎西才让的决策究竟是盲目自信还是真正的胸有成竹？县里的个别干部也是心里没底。不过，既然决定已下，只有按照既定的目标往前推进，至于效果，那就要通过具体实践来检验了。拆迁决议2月中旬形成，3月就开始全面动工。工作节奏如此之快，确实是对碌曲县各级干部工作作风、工作能力以及干群关系的检验。

征求群众意见这个环节尤为关键，扎西才让决定自己亲自挂帅，和干部们一同走进各家各户，拿出十分的真诚向群众问计、求教："在这种困难的条件下，我们要不要自己先把事情干起来，把政策红利拿到手？大家愿不愿意和政府共同分担这个压力？"出乎干部们意料的是，群众非常通情达理，纷纷表示愿意和政府共同克服眼前的困难。结果，仅仅半个月的时间，群众的认识就统一了，几乎畅通无阻。总盘子还没有最后敲定，一些补偿标准还无法准确计算，很多群众的拆迁费用都没有谈好，就开始拆迁了。政府的原则就是要把所有的项目资金一分不剩地花在群众的身上，他们对群众做出的承诺是："咱们先把账记清，其余的你们都不用操心，也不用担心，我们肯定不能让群众吃亏，拆迁也好，建设也好，保证让你们得到的补偿最多。"最关键的是，群众深信不疑。

贡巴村第一个签下拆迁协议的是才正国，他之所以这么积极，是因为这件事他真的看准了。最近几年，州里和县里的领导们相继来了很多次，也做了很多事情，没有一件是忽悠和坑害老百姓的，他们做出的承诺也没有一件是空话、不兑现的。州里的俞成辉书记和县里的扎西才让书记才正国都认识，不但认识，还交流过很多次，已经算是熟人了，都是言而有信、真诚实在的可靠之人，他已经在心里把他们当成了朋友。他敢肯定，只要他们说的、他们答应的，保证没错。这次，为了拆迁的事情扎西才让书记还亲自来征求过才正国的意见。

对于扎西才让这个人才正国也是认真观察、认真品味过的。这个人虽然平时不说那么多的话，更不会说太多好听的，但他的态度却是诚恳的，人也真诚和实在。这个 57 岁的老先生可是经过风雨见过世面的人，在村子里，虽然他并不是领导，却一直有着很大的影响力。凡事他不会轻易表态，但一表态必然要影响很多人。这次，他就是要率先表个态，为群众带个好头。

才正国在村民心中的威信由来已久，甚至可以说，从他出生前或刚刚降生就已经在逐渐建立了。才正国虽然有一个汉族名字，但他却是个地地道道的藏族人。他这个名字还是在他出生不久一个部队的军医给取的。听他母亲讲，他出生不久突然就得了病，得的什么病，记不清了，反正就是哭闹不止，为了给他看病父母特意赶着犏牛车去了趟郎木寺镇。镇上有一个军队卫生院，院里有一个郑大夫医术不错，远近闻名，去看病就要找郑大夫。但郑大夫很认真，患者必须挂号有名字才能开处方。可是一个新生儿，哪里有名字啊？还没等起好名字他就得了病。才正国的父母只顾为孩子着急了，哪有心思给孩子起名字？随口说了一句，那您就随便写一个吧。

郑大夫是个汉族人，不太知道藏族那些常用名字的含义，就按照自己认为中正、吉祥的意思给起了才正国这个名字。回来后，他不哭也不闹了，好像药都没怎么吃就好了，郎木寺一行，好像专门为了讨一个名字。这时，才正国的母亲才发现这个名字好，端正、吉祥，这个名字一叫连病都好了，还不吉祥嘛。

现在的年轻人已经很少知道 20 世纪六七十年代的事情了。那时，国家困难，要"大干、苦干、加油干"，所以在每一个行业都要树立一个全国典型，让大家学习，向榜样看齐，比着往前干。那时家喻户晓的口号是"农业学大寨，工业学大庆"，而牧业就是学贡巴。

才正国的母亲才让卓玛就是当时贡巴的大队书记。一个全国学习的榜样，当然干得出色、威望高，知名度、个人觉悟也高，还受到了毛泽东主席的亲自接见。才让卓玛从北京回来之后，省里就有了明确意见，不要她再回贡巴村当大队书记了，让她直接去县里报到，担任碌曲县革委会副主任。办公室已经安排好，秘书已经定好，吉普车已经配好，就等着她去报到、上任。

省里的意思是让她从北京开会回来直接上任，然后再回村里交代工作。面对这个别人眼中的大好事，才让卓玛突然犹豫了，她觉得对待这件事需要十分的冷静、理智，绝不可以顺水推舟。经过认真考虑，她最终并没有接受这个任命。她决定哪里也不去，就在村里干。她认为自己的文化水平低，能力和水平也不适合担当那么大的领导，搞不好要误事的。于是，她并没有直接去县里，而是悄悄地溜回了贡巴。县里几次传过信来，催促她去县里上班，都被她以同样的理由拒绝了。县里一边做她的动员工作，一边等，一直等了两个多月看她确实不想去，才向上级打了一个报告。

村民们尊重才让卓玛并不是因为她有多大的名声，也不是因为她拒绝当县革委会副主任，而是因为她确实有着一颗为人民服务的心。在她担任村支部书记这么多年，没有一天是为了迎合上级和博取自己的利益和名声而做事的。她心心念念的一件事，就是要让牧民们的日子别过得那么苦，要过得更好一些。

那时，正赶上"文化大革命"，人说错了一句话就要揪到台上去批斗。整天在搞阶级斗争，大冬天的，这边没完没了地开会，那边新下的羊羔因为没人照料已经被冻死了。但贡巴村却从来不搞阶级斗争，在才让卓玛的带领下埋头搞生产，保证牧民们吃饱、穿暖，有肉吃。村里群众外边都有亲戚，相互一走动、一打听才知道，相比之下贡巴村牧民的日子过得如在天堂。这一点，不但村民心里有数，上级政府心里也有数。也曾有人提出过，才让卓玛只抓生产不抓革命是个问题，但也认为她是一个关心群众的好干部。特别是当时住在贡巴村的军代表特别支持才让卓玛抓生产，屡屡对她进行保护。

当时，郎木寺那边有几个五保户，因为村子搞阶级斗争不抓生产，几个五保户养不起了，经过公社研究，都转移到了贡巴来。郎木寺那边有一个从寺庙还俗的老和尚没有人管，也让贡巴管；村里的牧民外边有亲戚实在过不下去了，也想办法来到贡巴。类似的情况，才让卓玛都尽量收留下来，都是人民，都是自己的服务对象嘛。才让卓玛年龄越来越大，资历越来越老，她在外界的威信也越来越高，但她为牧民着想的心一直没有变。她就凭着她的品格和威信领着贡巴村的牧民们认真过日子，千方百计为他们谋福利，同时也获得了人们对她的尊重和爱戴。一直到1987年，因为年龄问题，她才从书记的岗位上退下来。退休后，人们仍然不忘她曾经的好，还是非常尊敬她，亲切地称她为老书记。2019年的正月十九，才让卓玛89岁，永远离开了她的村子和牧民。

才正国从小就在这样的一个家庭里长大。他一直是母亲的忠实追随者和一些领域里的助手、执行者，和母亲一同经历着人情冷暖、世态炎凉，见过形形色色的人，经历过形形色色的事情。因为长期和各种身份的人见面、打交道，熟知藏汉两种文化，他身上也集合了汉藏两种智慧，能够洞悉各种身份的人的行为、处事方式，一个人只要从他面前走过两个回合，他就能判断出这个人的心意和品性。

他待人从来不以身份论，也不在乎谁是什么职务，只要你是真诚的、和善的，就当朋友；如果居心不正，不能从老百姓的角度出发说话办事，他就视为伪善，坚决不给面子。这些年，村里和他本人经历过很多事情，对有些干部来说，才正国是最难对付的一个人，软硬不吃，无畏无惧。谁要想在贡巴通过，首先得从才正国面前通过。而对于一些他们认为的好干部和群众拥护的事情，他从来都是最通情达理的一个人。因此，贡巴的群众很多时候都要看才正国的态度。他们跟着才正国走，并不是才正国有什么权力，是因为才正国和他的母亲一样，判断事情从来不以自己的好恶为标准，而是以群众的整体利益为标准，他看准了的事情，肯定对大家都有好处，自己不用去费脑子分析判断，又能做出正确选择，何乐而不为呢。

对碌曲县现在的这些干部，才正国早就心里有数有底，他相信他们的话都是真的，说打造尕秀的姊妹篇和甘川边界最美驿站，他第一个站出来拥护。尕秀，他们是去过的，打造之后，不仅漂亮好看，最关键的是老百姓普遍受益，家家的收入都比以前翻了几倍，这种八辈子都遇不到的好事还有什么好怀疑的呢？如果因为一点点蝇头小利就跟着胡搅，一旦搅黄了咋办？现在是政府要出面打造，政府不出面，让老百姓集资，这事情都值得一做。想发展，想过上更好的日子，还要不顾大局在为群众办事的人或国家身上取利，那就是无良啦，即便好事办成，我们也不配得！基于这样的认识和想法，才正国从头到尾都是贡巴建设的积极支持者，有时甚至不讲任何代价。修村街时要拆掉一部分他家的院子，乡里的干部说："我们过后会补偿你的。"才正国则说："不必，我不在乎那几米院子，多几米或少几米对我没任何影响。"

紧随尕秀之后，不到半年的时间贡巴就打造成功。从漂亮的程度和功能上，都不亚于尕秀，甚至有人认为是尕秀的升级版，其实也并不为过。让贡巴的村民最感兴趣的并不是这些观感和外在上的比较，他们在意的还是切身感受，而最显而易见的感受则是，生活突然变舒适、便捷了。仿佛有生以来，整个感官系统第一次变得如此开放、开阔和透明，外界的一切信息像不可阻挡的风一样灌入生活和生命中来。过去在牧区见不到几个人，见到几个人也是远远地走过，现在生活中的人突然就多了起来，并且都是近距离接触。人们大有一种进入另一种境界、另一个世界的感觉。

项目顺利结项，村民不但喜迁新居，项目资金也结算完毕，一座需要花 14 万元的房屋，村民们只出了 2 万元。临街的门店建成后，想自己干的，牧家乐很快就开张对外营业；不想自己干的，把房子租给别人，租金也比过去提高了两倍。老百姓们低头算算自己的账，想一想未来的前景，觉得心一下子就亮堂起来。

三

扎西才让临去碌曲主持工作之前，俞成辉特意找他谈了一次话："你年轻，有开拓精神，这回给你一个舞台，你可以尽情发挥自己的潜力。州里没有更多的要求，只要求你到那里办好三件事：一是密切干群关系，提升党和政府的形象和威信；二是搞好民族团结，维护社会稳定；三是看好那片绿水青山，保护好全国的生态屏障……"

对于前两点，扎西才让自然心知肚明，那是作为一个涉藏地区干部最基本的认识和素质，也是每日每时都要做好的必修课，此事务必要躬行，更何况俞成辉作为大家的榜样还在那里起着示范带头作用呢。只是第三点，确实需要开启智慧，多动脑筋。生态问题是一个牵涉方方面面各个领域的大问题，长期以来，生态和发展、生产、生活都存在着一定的对立性，历史留下的欠账太多，留下的困局太多，现在要把对立性变成统一性，不仅要有正确的方向和信心，而且还要有耐心和时间，最重要的是还要有方法、有创新，打破一个接一个的困局。

就以碌曲为例，全县3.7万人口，其中有2.7万牧民，县域内的资源相对来说还算宽松，其中草场面积为591.7万亩，耕地4.1万亩，森林1.3万亩，大部分群众以牧业为主要生活来源。平均下来，一个牧民约有210多亩草场，这在全国和甘南，都是人均占有草场资源最多的县。事实上，高原的生态十分脆弱，尽管面积广大，但能够承载的牲畜量并不大。

经有关专业部门测算，碌曲县的草原平均下来五到六亩地承载一只羊才能保证草原不超载、退化，而养一头牦牛相当于5个羊单位，需要25至30亩草场。这样算下来，一家五口人，1000亩草场，只能养200只羊或50头牦牛。如果按照这个数量放养牲畜，所得收入只能维持一般生活，根本谈不上富裕。所以，为了满足越来越高的生活需求，分牧后，牧民们纷纷扩大养殖规模，草场、草原曾一度严重超载，加之每家每户为了管理方便或不让自己的草场被别人侵占还加了一道道封闭的铁丝网，使得草原生态加剧恶化。

问题出现后，政府和专家纷纷介入，对牧区实施了大幅减牧措施。通过减牧奖补和超载处罚的政策，有效地遏制了超载放牧现象。减牧之后，牧民的生活又成了一个问题。这些年，甘南州一边大搞"环境革命"，一边配套实施"一十百千万工程"，渐渐走上了牧区城镇化的道路，发展旅游经济和打工经济，大幅降低牧民对草原的依赖度，将大量牧民迁出草原。一系列措施从局部上解决了生态和生活之间的矛盾。

然而，从长远发展看，从整体看，有些问题还需要进一步解决。假如说全国的牧民都走出了牧区，不再有人养牛、养羊，14亿多人口肉食吃什么？生态安全又和人们对传统牧区肉食品天然品质的需求发生了一定的冲突。毕竟，人们保护生态的根本目的还是要生活得更加美好——空气新鲜、环境优美、食物安全优质、一切可持续。如果矫枉过正、偏执一端，似乎也违背了人类的本意和社会的发展方向。如何在这些错综复杂的矛盾中找到一条和谐、健康的发展之路，中国在思考，甘南在思考，碌曲也在思考。也许单一的渠道都无法真正奏效，只有多条腿走路，多个轮子驱动，多种渠道并行，才能从根本上解决问题。

扎西才让上任之后，一边梳理着传统的生产方式，一边思考、寻找着碌曲新的发展方式。在人口不变、土地资源不变的情况下，如何缩小供需之间的位差？要么增加供给，要么降低需求。降低需求，让人们少吃，少喝，少穿，少赚，向前倒退十年、二十年或三十年，人们会答应吗？肯定不会呀！那就只有一条途径，增加供给，可是土地资源不会增加，生态环境又需要减载和保护，剩下的似乎只有一途——提高资源的效率。

涉藏地区的牧民为什么几千年以来一直过着逐水草而居的游牧生活？因为他们要跟着草走，哪里有草牛羊就能在哪里活下去，牛羊能活下去他们才能活下去。为什么一年年不停地走，一年比一年走得远，从来不得喘息？那是因为草原上的生态太脆弱，草长得太低，吃完了这片就要离开，去更远的一片，不走牲畜就会饿瘦、饿死。

如果有那么一个地方，草的密度极高牛羊们吃也吃不完，或者可以吃很久，牧人们就不用走那么远的路，受那么多累了，甚至不用很辛苦就能养更多的牛羊。可是在现有的自然条件下到哪里去找这样的地方呢？既然找不到这样的地方，能否把现有的地方变成这样的地方呢？为了实现这个设想，扎西才让虚心请教了很多人。去牧区请教牧民，去镇子里请教有生活经验的老人，去有关部门请教专家，去科研部门请教学者，讨教在这连青稞都无法生长的 3000 米以上的高原，还能生长什么可以代替那些脆弱的牧草，让有限的土地面积承载更多的牛羊。

好在已经有人先于扎西才让认真研究过这个问题，州里的牧业科研部门甚至还做过这个方面的试验，获得了一些可靠的数据。扎西才让得到的答复是：首先，高原上，只要能长草的地方就能种植燕麦，包括人工培育的优质、高产燕麦品种。其次，普通的草场，最好的一亩可以承载 0.2 个羊单位，一般的也就能承载 0.17 个羊单位；如果种植燕麦，一亩地就可以承载 2.5 个羊单位，土地效率一下子就提升了 14 倍。这是一个惊人的数字，如果能把现在可开发利用的土地充分利用起来，草原的压力会进一步减少。也就是说，在目前自然放养的草原面积不变的基础上，完全可以大幅提高牧业产出。

于是，一个牧区未来的新图景在扎西才让的头脑中形成——以后的牧业在生产方式上，要由过去的化整为零，分牧到户，转变为集中经营，采取畜牧和草场入股的方式，组建牧业合作社。假如原来 50 户的一个村庄个体放牧需要 150 个人，集中之后，只需要 30 至 40 人便可以完成过去的放牧任务。解放出来的这些劳动力可以采取多种就业形式增加收入，其中一个重要的渠道就是组建一个机械化的牧草种植合作社，为部分集中饲养的牲畜提供饲料支持。饲草种植合作社可以将退化草原、分散牧场、遭受鼠害破坏的黑土滩等各种可开发的土地都开发出来，用现代的方式种上牧草。

未来的高原牧业在总体格局上要形成传统牧业和现代牧业两个独立的板块，传统牧业完整独立地保持着传统文明，现代牧业高速运转维持着市场需求，两者形成互补之势，走出一条牧民职业化、饲草生产专业化的路子。既解决了牧业产出的问题，又解决了生态涵养的问题。为了在大面积推开之前做好机制、技术和实践经验上的准备，扎西才让先在瀚海村搞了一个实验基地。这个基地涵盖了未来新模式下的牧业生产环节、科学种草环节和管理、分配、综合协调等各个环节。

合作社负责人斗格加布是个精力旺盛的年轻人，说起话来节奏极快，像一匹烈马在奔跑中飞快交替的四蹄，嗒嗒响个不停，估计在工作中也是节奏极快，效率极高。2019 年末扎西才让提出组建合作社的想法，2020 年初这个合作社就已经组建完毕，并开始了高效运转。200 只纯种藏羊、几百亩草场、十来个年轻人就把这个合作社支撑起来了。这个合作社的使命不仅在于养羊，更重要的是要尝试如何在不依赖草场的情况下把羊养好，所以一开春他们就开发了 100 亩土地，不仅种了燕麦而且还种了一部分同样适应高原气候的黑小麦。他们这 100 亩地并不是在草滩上开荒，而是利用村子、牧场的闲置土地小片开发种植，他们向牧户提供种子并签约回收。秋天割草时他们对每一块燕麦和黑麦都做了数据统计。

统计结果，黑小麦和燕麦的饲草产量差不多，总体上还是燕麦效果更好一些。一亩燕麦的饲草产量差不多 6000 斤左右，100 亩土地生产出来的燕麦可供 200 只羊吃 4 个月，而这 200 只羊在山上则需要 600 亩草场，而且只能吃 2 个月。计算下来，种燕麦的土地效率是自然草场的 12 倍，接近理论值，并且燕麦的营养远高于牧草，同样是够吃，营养差异却很大。喂燕麦的羊平均体重要比饲草的羊体重多 5 至 10 斤，母羊下羔之后，60 至 70 天就可以离开大羊，母羊每年可以产羔 2 次，而自然牧养的羊则需要 100 天左右，每年产羔 1 次。

这是第一年。扎西才让说，再经过一两年的实验，如果情况稳定、时机成熟，马上会按照这种模式大规模推进。目前，碌曲正在开展"百社带千户"计划，就是以 100 个牧业合作社将全县 5824 个牧户都囊括其中，这个计划完全落地后，将有 70% 的牧户走出牧区。第一步，先把劳动力解放出来，然后再按照事先描绘好的蓝图逐步展开、落实，打通绿水青山和金山银山之间的百年屏障。届时，又将有一个令人叹服的牧业典范树立在甘南大地。

四

一张迭部县地图摆在杨海强的面前，他的记忆和情感便如流水，如春风，随着他的目光在那片熟悉的土地上流动起来。这是他的生身热土，也是他刚刚告别的故乡。当他的目光停留在扎尕那的时候，有一道岁月的闸门在他的内心轰然开启。

这是一个特殊的原点，从这里开始，似乎很多个人的记忆或很多段历史都可以从这里展开起伏跌宕的追述。

百年之前，曾有一个美国植物学者约瑟夫•洛克，以美国《国家地理杂志》撰稿人、摄影家以及美国农业部和哈佛大学植物研究所考察员的身份来到了甘南。这个外国人，在甘南停留很久。他自己曾在日记中这样写道："1925 年春天，站在四川边境，我面临着两条路：直接去青海，或转道去甘南。"鬼使神差地，他最终选择了后者。

　　洛克于 1925 年 4 月抵达卓尼，受到了杨积庆土司的热情款待，他在后来为美国《国家地理杂志》撰写的长达 46 页的《在卓尼喇嘛寺的生活》一文中，对土司杨积庆有着这样的描写："他血统半汉半藏，中等个子，修长，聪明，衣着时髦，是卓尼唯一穿着考究的人。他对于外界有惊人的独到见解……眼界开阔，精明能干，掌握国内外的政治局势。"

　　在当时的甘南，土司杨积庆确实是一个开明人物。他对许多新生事物敢于尝试，在卓尼架设了首部电话、组装了首台 500 瓦发电机，还创办了卓尼高等小学，也就是现在的柳林小学，同时在禅定寺创办了"卓尼喇嘛教义国文讲习所"……他的过人之处、他的传奇和事迹，很多都被后来人转述、记录下来并广为流传。

　　对这个新派的土司，洛克很有好感，而杨土司对这个外国考察家也非常欢迎，对洛克在卓尼一带的活动尽量提供方便给予配合，当洛克资金告罄，陷入困境，他甚至慷慨解囊借债于洛克解其燃眉之急。由于土司的支持，洛克得以深入细致地考察了土司辖区内的山川河流及植被情况，并全程参观拍摄了禅定寺一年中各种法事活动。当这段猎奇和休闲的时光度过之后，为完成自己肩负的诸般使命，洛克告别了卓尼和杨土司。继续向西，一路前行，过麻儿沟、拉力沟、卡车沟，再向西到车巴沟，沿车巴沟逆洮河而上，抵达光盖山主峰久波隆，穿越"石门金锁"，沿河谷行进，最后抵达了迭部的扎尕那。

到达迭部之后，洛克被迭部美妙的原始自然风光所陶醉，激动之余，留下这样的感慨："迭部是如此令人惊叹，如果不把这绝佳的地方拍摄下来，我会感到是一种罪恶……我平生从未见如此绮丽的景色。如果《创世记》的作者曾看见迭部的美景，将会把亚当和夏娃的诞生地放在这里。"洛克的赞美很婉转，没有直接称这里为"人间天堂"。所谓的天堂，按照人们的想象不但风光秀美，更重要的还应该是人们能过上天使或神仙一样的生活，衣食无忧、富足美满，人居环境也整洁干净、令人心旷神怡。显然，洛克考察的那个年代，仍然达不到这样的境界。如果时针向后拨动百年，恐怕吸引洛克的不仅是迭部的风光，还应该有令人惊叹的人文景观。

刚刚从迭部调到甘南广播电视台台长岗位上的杨海强，要做的事情与当年洛克对迭部所做的事情有异曲同工之效。洛克是考察途中"溜号儿"顺便在日记里感叹一下迭部的美景，而今天的杨海强是要从专业和职业的角度专门寻找甘南或迭部的亮点，加以呈现，让人们从里到外全面认识甘南和迭部。不管人们愿意不愿意相信，相比百年前的那个外国老头，杨海强都有理由自信，对这个地域，他更加了解，更加懂得，认识得也更加全面、客观和深刻。因为他生命之根就扎在这里，他就像水里的鱼一样，以生命中的冷暖和苦乐感知和铭刻着这个地域一切兴衰、起伏的变化轨迹。甚至可以说，他就是这个地域的一个细胞，他本身就承载着这个地域的"全息"，他的一切变化也折射着这个地域的一切变化，他就是从弱小、蒙昧和落后中，渐渐成长、壮大起来的甘南。

20多年前，杨海强还是一个不知道如何定位自己人生的懵懂小童，一个地地道道的农民子弟。虽然生来一份良好的天资，却走不出亮丽、理想的人生轨迹。在迭部12个乡镇众多的学童里，杨海强的学习成绩曾连续多年稳稳地居于前列，小学全县会考他取得了第一名的好成绩，初中预选考试和中考仍然是第一名，但为了早日参加工作减轻家庭压力，却只能考取一个中专学校。毕业后，本以为马上能分配工作，可是县里当时却没有分配计划，只能回家待业去山上放牛。老奶奶安慰他："咱是一个农村娃，不当干部也没有啥关系，就回来守着草地和土地，只有这个才是人类安身立命之本。"

庆幸的是，一年后，县里终于传来了分配工作的消息。那是2000年，牧区还没有电话，个人也没有手机，口信是通过一个接一个的人带来的，全程经历了七八天时间。接到了信息后，杨海强是一刻也不敢耽搁，立即坐四个小时的大巴赶到县人事局去验证消息的虚实。

赶到县政府后，工作人员已经下班，但在政府的公示栏里，他看到了那个名额分配榜，自己的名字赫然在目，明明白白地写着他的工作地点在离县城只有15公里的益哇乡。他欣喜若狂，

347

连夜乘车赶回老家，因为在城里住店一个床位需要 15 元钱，他住不起。赶到家里时，夜已深，但一家人还是聚在煤油灯下，分享了他带回来的喜悦。

第二天天刚亮，他就带着家人的祝福和对未来的期待赶往县城报到。结果，人事局却告诉他，他的工作单位不在益哇乡，已经改派到花园乡。谁都知道，花园乡是当时迭部县最贫穷、民风最凶悍的一个乡，农业税和牧业税拖欠七八年都收缴不上来，为什么会把自己改派到那里去呢？杨海强满怀郁闷，但已成事实也只能接受，这是他走向社会的第一堂课——接受命运的安排。

从家里出来的时候，父亲从家里仅有的 70 元钱中拿出 50 元让杨海强随身带上。俗话说，穷家富路嘛。虽然他已经有了国家干部的身份，但家人仍旧会有很多担心，毕竟他年纪尚小，孤零零的一人在外，不知道会遇到什么意想不到的情况。比之家人，杨海强自己倒是充满了自信：就算要去的地方条件再不好，也不至于超出想象。结果，当他去了花园乡之后，他那些单纯的想法和期待还是被眼前的现实颠覆了。

他以为去一个工作单位报到，无论如何也会有人接一接或送一送，结果他自己揣着一张报到单，花 15 元钱买了一张汽车票就去了花园乡。他以为至少那里应该有一个人来接待他一下，告诉他未来的工作岗位是什么，或现在要干点什么，结果，乡里的人都放假了，只有一个副书记还在乡里，根本就没有人理会他。

至少，去了之后能有一个临时的住处吧，可是副书记告诉他，乡里根本没有住的地方，要住只能在一个闲置的房子里临时对付一下，房间里只有一张光板床，没有被褥，杨海强只能把自己的藏袍当被褥。至于住店，他连想也不敢想，口袋里剩下的 35 元钱，这能保证他在这个假期不饿肚子或不出去讨饭。

他以为盼到了上班就有工资了，可是，乡里的领导告诉他，花园乡由于收不上来农业税和牧业税，17 个乡干部的工资都用来交税了，谁也没有工资。如果想开工资，就要驻村催税，收到了税就开工资，否则就只能那么一直在账上记着。

杨海强最初的工作就是随着一名副乡长去驻村收税。但收税谈何容易，农民日子本身过得不好，欠税就是不交，并且比着欠税，像约好了一样，谁也不敢带头交税。为了感动农民，他们白天就去农田里帮着农民干农活，晚上再张口说税收的事情。一户农民，欠了 400 元税，他们帮助农民干了一天活，到晚上农民给他们交了 0.5 元的税，按照这样的速度，需要 800 天才能把那 400 元的税款交齐。

由于收税十分艰难，他们只能在村里一个老村干部闲置的老房子里靠吃土豆来维持所需的能量。每天三顿土豆，吃得通体都是土豆的气息，闻到农户家传出米香或肉香口水就止不住地流下来。

有一天早晨，他们去一个叫阿纳的村民家里催税。那天，他家里做的是蒸馍馍。几个乡干部一进屋，一股粮食的气息扑面而来，年轻的杨海强被那种气息深深陶醉了，他情不自禁地想伸手触摸一下那种美妙的东西。可是，就在他伸手的一瞬间，阿纳举手把杨海强的手打到了一边，他以为杨海强要伸手拿他家的馍馍吃。同时，很愤怒地斥责："你还想吃我家的馍馍？你吃了，我们家娃吃什么呢？"久久积累下来的失望和委屈以及突然而至的屈辱感，一齐从杨海强的心底涌起，化作难以抑制的泪水流了下来。

虽然他感受到了一个国家干部的屈辱，但他并不怪怨村民，他们之所以这样，不就是因为穷嘛。那是现实给他上的第二堂课：人的善良、尊严和一切美好的品质都是需要有物质做支撑的。只有让老百姓都过上富裕的日子，我们这个社会才会有谈论真善美的基础。如果老百姓过不上体面、有尊严的生活，干部和政府也不可能有尊严可谈，整个社会体系中人性的美好和善良也很难得到激发和释放。

之后的 20 年里，杨海强靠奋发图强和不懈努力，从一名乡镇的普通干部一步步走上了正县级的领导岗位。无论走到哪里，他想到的和为之努力奋斗的，始终都不仅仅是自己的事情，他记住的永远是要把群众的事情办好，才有干部存在的意义和价值。至今，他对一些工作或事情的判断也都始终坚持着这个群众性和系统性的标准。

甘南"环境革命"开始时，他正在迭部县副县长的岗位上，直接分管这项工作。他当时就敏锐地发现，这是一项利在当代、功在千秋的大事。在几年的工作中，他作为一名基层领导不仅是这项工作的推进者和落实者，更是具体工作的执行者，亲力亲为，身体力行，和群众一同劳动。并且，他把"环境革命"当作他职业生涯中一项重大的事件，每一项工作、每一个细节、每一个有关"环境革命"的批示，包括他在工作中的认识和感想，都以一个全程见证者的身份详细地记录、保存下来。这也为他担任甘南州广播电视台台长一职后的工作打下坚实的基础，他不但深知环境革命给甘南地域面貌带来的变化，更知道几年来人们的观念、意识、心态、情感上发生了什么变化。他已经先于很多人超越表象，看到了这个地域的人们生活本质正在发生着变化。

现在，杨海强把目光锁定在地图上的扎尕那。

这是迭部乃至甘南最负盛名的景区。这个从很久以前就很著名的景区，可以说天生丽质，虽然一切都很古老，却都不曾变化，石林、峭峰、森林、田园、村寨及藏传佛教寺院从来都如同有人按照某种美学原理摆上去的一样。它不过就是益哇乡的一座古寨子，藏语含义就是石匣子。它的奇，就奇在这个巨大的石匣子上。石匣之壁，正是迭山主峰，林立的峭壁犬牙交错、璀璨生辉、巍峨恢宏，宛如一个敞开的石匣，把一幅绝妙的布景含括其间。却不知是什么原因，这个石匣千百年来就敞开着放在那里，它的主人一直没有现身，将自己的盆景及时收起。

一个世纪以前，洛克路过这里时，被这里的美景深深吸引，并发出感慨，但他感慨的也无非是这个地域的表象和"皮毛"，他并不算真正认识和"看见"了这个地域。在甘南环境革命已经取得了巨大成功的今天，这里最有魅力、最吸引人的已经不再是单一的自然风光。专门负责借助影像形式将甘南介绍给世界的杨海强会告诉人们，只有现在才可以大大方方地把这里比喻成"人间天堂"，而天堂的真正含义必须是奇特的自然景观再加上深厚的人文景观，并且是二者的互补和互动。当然，这需要极其复杂的表现手法和叙事技巧，但有时杨海强激动起来也很简单直接，只说："变了人间。"他说变了人间时，从内涵上说，显然已经离开了自然，直接指向了这里的人文；从外延上说，也不仅仅是扎尕那和迭部，而是整个甘南。

在杨海强的眼里，那个外国老头走过的路，在这张彩色的甘南地图上，不过是一条弯弯曲曲的单色线条，而扎尕那更不过是这条线上的一个点，而今天，杨海强手中的笔和镜头要触及的领域，是一个面，是一个更广阔的区域，甚至是立体的维度，是那些远远超越了人们感官的内容。

五

一进博峪沟的沟口，路迅速收窄，但路两侧的草木明显地密集起来。路与两侧山体之间隔着一小片开阔地，如果是在夏天，这里一定是一片葱郁葱茏的迷人景象。这是冬末，树木已经落尽了叶子，草木也一片枯黄，但路两旁一丛丛铁线莲却成了一道独特的风景。整整一春一夏，这些蔓生植物悄无声息地沿着身边的树木向上攀缘，终于在冬天来临时，抵达了它们想要的高度。繁华落尽之后，它们仍不忘把生命里最后一份礼物献与冬天，黝黑如铁的藤蔓上一朵朵雪白的绒球在寒风里绽放，似在与高山上的雪呼应唱和。斜阳照在一团团绒球之上，发出亮闪闪的光芒，宛若夜晚提前点亮的灯笼。

邢生道的家就坐落在离山口大约 3 公里的大山脚下。说是她家也行，说是她的牧业合作社也行。所谓的牧业合作社，大约是政府给了她一定的政策，由她带几户村里的贫困户，为他们分红。常在合作社工作的平时基本就她自己，婆婆已经 80 岁了，身体还非常硬朗，可以帮助儿媳料理合作社里的很多事情，关键时刻还能爬到高高的山上去把那些不想回家的牛赶回来。邢生道的合作社不大，但却脱离了传统牧业生产模式，看起来很像一种循环经济。

她家里的牛分两部分，一部分是天山奶牛，体形巨大，行动迟缓，用邢生道的表述是："蠢得很，上不去山，一上山就把自己搞翻了。"这部分牛整天待在牛栏里，吃饲草、饲料，产奶。产出的奶一部分拿出去卖，一部分用来哺育她的另一部分牛。另一部分牛就是这个合作社的主要产出和收入来源。邢生道生下来就守在这个沟口养牛，积累了丰富的经验，特别擅长饲养 0 至 1 岁的牛犊。在别人手里，牛犊的成活率达不到 60%，而在她手里，基本上一头牛犊就是一头大牛。

于是，合作社专门以低价收购一些刚刚出生的小牛，买回来以后，用自己家的奶牛所产之奶哺育那些小牛，并加以周到的管护，保证小牛不因为冻、饿、病、踩踏和野生动物的伤害而出现危险，让它们安全、健康地成长。小牛断奶后，再放到附近的山上自由采食，等小牛长大一些或长成之后，随时出手卖给需要的人。现在小牛的存栏数为 46 头，这个数字是一个流动数字，可以在 40 和 200 之间随时变动。从房屋前那个巨大的牛栏可以看出，目前是小牛存栏数最少的时期，40 头小牛，只占据了牛栏的一个小角落。兴盛时，那个巨大的牛栏完全有能力装得下 300 多头牛。

多年来，最让邢生道烦恼的并不是养牛和卖牛，而是这么多的牛排出的粪便难以处理。因为她的这种养牛方式基本属于圈养，大部分粪便都要堆积在封闭式的奶牛棚里或房屋前的牛栏里。如果不及时清理，冬天堆成山，夏天臭满天。一进沟口不出二里，就知道这条沟里有一家养牛厂，虽然牛粪并不是什么公害，但管理不好那种刺鼻的气味随时会向远处传达出令人不快的信息。那些年养牛不叫养牛，叫清理粪便，邢生道需要把 30%的精力用于处理这些难以处理的牛粪上。每天不但要把那些牛粪从棚里和圈里清理出来，还要给它们找到合适的地方。有一部分摊开晾晒，晒干后留着自己当烧柴。有时，半个山坡都是晾晒的牛粪，再继续晾晒都没有地方了，就是有地方也没有力气了，就是有力气，晒那么多牛粪也不再有用，毕竟自己家烧火用不了多少，其余的都将变成另一种成本更高的垃圾。而大部分湿牛粪无处消耗，就只能堆在那里让它们自然发酵，直发酵到臭气熏天，连天天和牛粪打交道的人都无法忍受。

突然有一天，邢生道的烦恼一下子就消失了，不但没有了烦恼，还增添了喜悦。她做梦也没有想到，那些累人又累心的臭牛粪突然变成了"香饽饽"。进入 2018 年，附近的一家有机肥料厂就来主动和她联系，要收购她的牛粪。邢生道心里这个高兴啊！就是不给钱，能有人把这些东西弄走她都愿意，别说还给钱！

有机肥料厂和邢生道说好，只要她的牛粪堆放在路边攒够一卡车，通知他们，他们就派车过来拉走。别处可能零散收购要按斤计价，邢生道这里是大户，就议价按每车 1000 元钱收购。价格全是肥料厂说的，邢生道连价还都没还，就欣然接受了。到现在邢生道也没认真打听市场价格是多少，这个价格已经出乎她的意料了。如果市场价格真的高起来，她相信肥料厂也会主动调价，不会"黑"了自己的。买卖就这么成交了，每年邢生道除去自己留用一部分烧火和给牛换草料的牛粪，其余部分都卖给了这家肥料厂，每年卖出六七卡车，也就是六七千元的收入。

收购邢生道牛粪的那家肥料厂是近年来甘南州崛起的众多有机肥料厂之一。这个 2017 年 12 月才进行注册的厂子规模并不算大，约有 30 名工人，年产有机肥不足万吨，产值达到了 4500 万元。公司董事长谢卓玛原来也是一个老实巴交的牧民，年年放牧和牛羊及其粪便打交道，但他和其他牧民不同的是，他很早就不想一辈子待在牧区，也是受够了放牧的苦和各种粪便的折磨，便毅然离开牧场出来办起了合作社，虽未彻底摆脱养殖这一块，但更多的还是把精力放在了种植上。种柴胡、当归、党参、黄芪，什么药材市场好他就种什么。

开始时，他采用化肥种植，但化肥种植有很大的问题，一个是容易生病，再有就是市场价格低。人们谈化肥变色，热追"有机"概念，据说有机种植的药材的药效确实高很多。在商言商，做买卖就不能和市场及人们的需求过不去。谢卓玛开始转变，可是施用传统的农家肥也有一定问题。一个是安全问题，农家肥发酵不充分不但肥效不稳定，还容易伤害植物的根系；二是科学配比问题，因为畜种、食物、地域都影响农家肥的质量，施用时很难科学定量；三是劳动量问题，自然发酵的农家肥体积太大，施

　　肥难度大，也容易不均匀。于是，谢卓玛边用着农家肥边寻找着理想的替代方式。2016 年底，他听说青海那边有一个有机肥料厂，生产有机肥，就果断地购进一批。一试，效果十分理想，从此，他就动了自己生产有机肥的念头。

　　甘南草原为我国五大天然草场之一，境内有天然草场 4084.9 万亩，因草场广阔，牧民将牛羊以草场散养为主，食天然牧草，喝清澈泉水，在饲养过程中未添加任何人工饲料，一切都是有机的、纯净的。目前牲畜存栏总量 397.43 万头(只)，年可产粪便约达 626 万吨，这么大量的天然优质肥料年内转化利用率还不到 40%，60% 的未经任何处理的粪便排泄物随意堆放，既在一定范围内造成了很重的环境污染，也在资源上造成了巨大的浪费。面对绿色环保的时代背景，绿色农业和有机农业已经成为未来的发展方向，全国有机肥料需求量在逐年增大。身在牧区，守着原料地，为什么不自己搞一个有机肥料厂呢？目前内地很多有机肥都是采用工厂废弃物、城市污泥等为生产原料，其原料来源和净化成本显然要比牧区高出很多，如果我们以甘南纯天然的牛羊粪作为生产原料，生产有机肥，成本和竞争力都要远远优于内地，前景一定美好。

　　也是机缘巧合，或换个说法：谢卓玛的运气真好。正在他动念要做有机肥的时候，甘南的"环境革命"从全域无垃圾、全域无塑料，推进到全域无化肥的阶段。州委书记俞成辉已经在平时的调研过程中多次针对在甘南大地上消灭化肥的可能性进行了深入探讨，在一些重要的会议上也逐步提及和渗透了这一想法。卓尼县为了先行一步，也已经在多地试点，探索、验证消灭化肥的可能性和实际效果，推进消灭化肥的进程。说谢卓玛运气好，就是说他还没等建厂，就有人给他准备销路了。开始时，谢卓玛并没有太大的野心，只想生产出来的化肥供自己种植药材使用。他通过一年的试用，发现了有机肥料的使用潜力，也发现了市场潜力。

　　他拿一亩黄芪做实验，比较了一下效果。如果用化肥，需要100斤，价格为190元；如果用有机肥则需要400斤，价格为300元。由于有机种植的黄芪价格高，每亩总收入就比化肥种植的高出1100元左右，净利润则高出950元左右。孰优孰劣，这个账不仅谢卓玛会算，只要尝试过的人都会算。一旦有机肥被大家认识和接受后，市场会在很短时间就产生放大效应。谢卓玛因此马上改变了主意，把办厂目标从自用为主调整为面对市场销售为主。从2018年有机肥厂正式投运，厂子就没有停止过生产，几乎一直在满负荷生产。生产一年之后，谢卓玛发现这个厂的设计和规模已经远远跟不上市场的需求。其间，卓尼县领导和有关部门也来有机肥厂多次搞过调研。县里的人也认为这个厂应该马上增加设备、扩大规模，否则会远远跟不上形势发展的需要。

　　不久，果然就有了大动作。卓尼县在充分调查研究和局部实验的基础上，于 2019 年底正式出台了《卓尼县化学农药化肥不进县促进农业提质增效的实施意见》，提出了"第一年试点示范，第二年全面推广，第三年实现化学农药化肥不进县"的工作目标。2020 年是开展工作的第一年，为贯彻落实实施意见精神，保证工作的顺利开展，取得实效，县政府又出台了《卓尼县化学农药化肥不进县促进农业提质增效项目 2020 年实施方案》，进一步明确了 2020 年的工作任务、推进计划、工作措施和相关要求。

从 2020 年初开始，卓尼县开始在全县范围落实有机肥购买补贴政策。为顺利推进项目实施，调动群众使用有机肥的积极性，他们采取了用肥和产品两头补贴的双重刺激策略。首先，通过政府招标的方式确定了 4 家企业为有机肥定点供应厂家，有机肥的中标价为每吨 1500 元，即每袋 60 元。县财政以每袋补贴一半的标准对有机肥生产厂家进行补贴，群众实际购买到手价格为每袋 30 元。同时，有关部门又锦上添花协调卓尼县中药材产业协会在县政府网站和卓尼之窗发布了《关于补助收购有机肥种植药材的公告》，促使县内 20 多家涉农企业对全县施用有机肥种植的药材每公斤高于市场价 0.5 元，即每吨高于 500 元的价格进行定点补贴收购、实现优质优价。

经过大力推广，卓尼县全口径统计，2020 年共使用有机肥 1.05 万吨，推广面积 5.7 万亩，落实补贴资金 762.4 万元，全县共减少化肥使用量 1000 吨以上。优惠的政策和大幅度的补贴，不但让种植户尝到了甜头，也极大地刺激了有机肥生产者的积极性。2020年底，谢卓玛将最后一批有机肥发运走之后，立即放下手头的事情，动身去设备厂家购置产能更大的设备，他一刻也不能再等了，据说，卓尼全县铺开之后，整个甘南境内都要取缔化肥，他的第一目标位是年产能达到2万吨。

这边，谢卓玛急忙急火地要出去购置设备；那边，他的有机肥用户阿子滩的巢永胜却在忙着算计自己的种植合作社一年来使用有机肥的得失。

巢永胜是阿子滩镇下阿子滩村的致富带头人，他开了一间农家乐，每年有不菲的收入，但拥有的土地并不多，一家中只有他和妻子两人有地，加起来总共6亩，这个数字和合作社流转下来的1000亩土地面积比，确实有一点寒酸，还占不到1%的比例。但地少，并不妨碍他当种植合作社的负责人。合作社组建之后，12个成员坐在一起一商量，竟然一致推举这个股份最少的当负责人。

因为他的合作社在阿子滩镇算是规模较大的合作社，相对影响力就要大一些，所以当卓尼县在大力推广有机肥的时候，镇里首先就做了他的动员工作，希望他能率先使用有机肥，给其他农户和合作社做一个示范。过去几十年大家使用化肥都习惯了，突然改变到底行不行，他心里也没有底。镇里领导见他犹豫，知道他们有顾虑，便仔细地了解了他们合作社上一年的产量，最后答应他如果因为使用了有机肥而造成减产，镇里可以对把这部分损失进行产量补偿。另外县里还有政策，用有机肥种植的农产品，秋后一律按高于市场 5% 的价格收购，你们还有啥好担心的呢?其实那时镇里也不是很了解使用有机肥的实际效果，县里搞实验的时候并没有在阿子滩这边搞，但镇里心里有数，县里如果没有把握绝不会花这么大的力量推这个事情。农民们的思想都偏于保守，不亲自经历或不亲眼看见，他们是不会贸然尝试的。镇里要做的，就是给他们以信心。

这事情对巢永胜来说当然是一个大事。他不能单独做主，他要把 12 个成员找齐，大家一起来商定。农民和农民聚到一起时，并不需要彼此察言观色，有啥就说啥。

其中有岁数稍大一点儿的，经历过的事情多，就抢先发表意见:"使用有机肥有好处，就是养地，但不好的地方就是效率低，早些年，种地前要往田里送粪，活儿最累，是春耕里最累的活儿，把人累得要死要活的，结果还是量不够大，没劲，庄稼不爱长。"

"你说的那是农家肥，当然体积大效率低，据说有机肥料制作的有机肥是科学配比，已经去除了大量杂质，效率比化肥低了一些，但比农家肥强太多了。"关键时刻巢永胜做出解释。

"你就说在不减产的情况下，一亩地需要下多少有机肥吧。"

"政府那边提供过的数据是一亩地 400 斤，是化肥数量的四倍，要说累也累不到哪里去，就是不知道准不准。有机肥料厂那边有一个表呢，不同作物施肥数量不一样。"

"算没算一亩地用有机肥要花多少钱？"

"算过，政府补贴之后一亩要花 240 元左右，比用化肥便宜一点儿。镇里还答应要是有机肥不好使，镇里给补减产的差。"

"那就试试？"

"政府动员着呢，也没啥亏吃，那就试试吧！"

……

这一年试下来，按照政府和有机肥料厂的指导用量，青稞、油菜、蔬菜、药材等虽然没有增产，但也没有减产，但平时的感觉和最后的收益却明显比往年好多了。平时的蔬菜，什么圆白菜、娃娃菜、西红柿、胡萝卜、土豆等不但长得好，也香甜可口，很多年没有吃到这么纯正的味道了。自己品尝之后，不但心里甜美，自信心也成倍增长，把自己的东西拿到市场去卖，可以理直气壮地吆喝"有机菜"，理直气壮地要个高价。药材也是，确实是有机肥种植的东西市场价格也好。因为有些药材的价格已经超出政府保护价，到了药材收购季节并没有谁等着政府回收，该卖的，都很快按照市场价格卖出去了。最让农民们感到舒服的是，土地的松软度和透水性明显比以往变好了。高原的土质本来就有些贫瘠，如果再连续大量使用化肥，真担心哪一天因为越来越板结，最后不能耕种了。

巢永胜和其他的农民一样，最关心的还是土地。那可是农民们的安身立命之本呢。最后，他还是情不自禁地发了一句感慨："我们的土地也得救啦！"随之，他仿佛听到了自己的心和他的土地以及土地上的植物都发出了隐秘的、快乐的声音。

尾声

　　当卓尼县的农民因为试用有机肥替代化肥尝到甜头而欢欣鼓舞时，他们并不知道在甘南之南的舟曲县正在召开一个对甘南来说具有重大历史意义的会议——"五无甘南"创建行动启动大会。甘南州四大班子领导、秘书长、副秘书长、部分州直单位主要负责人，各县市党政主要领导，各县市发改、工信、生态环境、住建、农业农村、市场监管、供销社负责人，各乡镇（街道）党委（党工委）书记等 250 余人坐在一起商讨、部署一项宏大计划——在甘南全域实现无垃圾、无化肥、无塑料、无污染、无公害。

所谓全域无垃圾，就是要对日常生活和生产中产生的固体废弃物，包括可回收物、有害垃圾、厨余垃圾（湿垃圾）、不可回收物（干垃圾）、建筑垃圾及医疗废弃物进行专门分类处理，确保垃圾全部进行无害化处理。继续保持和扩大 2015 年以来甘南全域无垃圾成果，在实现"城市乡村一个样、村内村外一个样、房前屋后一个样、室内室外一个样、左邻右舍一个样、白天黑夜一个样"的基础上，全面提高垃圾减量化、资源化、无害化处理水平，形成常态化治理格局。2021 年，全面提升城镇综合管理治理能力，有效根治脏、违、乱、差、堵现象，合作市在城区范围内公共机构实现生活垃圾分类全覆盖，基本建成垃圾分类处理系统，居民垃圾分类准确率达到 70%以上，生活垃圾回收利用率达到 25%以上；其他县加快推进垃圾分类设施体系建设，城区生活垃圾分类覆盖面进一步扩大，全州乡村生活垃圾无害化处理覆盖率 65%以上，城乡环境综合整治工作实现规范化、常态化。到 2025 年，建立健全城乡环卫一体化治理体系，合作市城区实现生活垃圾分类全覆盖，居民垃圾分类准确率达到 90%以上，生活垃圾回收利用率达到 40%以上；其他县范围内公共机构实现生活垃圾分类全覆盖，至少有两个街区建成生活垃圾分类示范片区，生活垃圾回收利用率达到 20%以上；乡村生活垃圾无害化处理率平均达到 90%以上。

所谓全域无化肥，就是全面开展有机肥替代化肥行动，有效遏制土壤板结、农作物品质下降的现状，增加土壤有机质含量，实现土壤改良，为绿色、有机产品打好基础。2021 年，推行绿色生产方式和生态循环结合种养模式，农作物有机肥替代化肥，替代率达到 100%，全域实现无化肥。集中养殖区畜禽粪污综合利用率达到 76%以上，农作物秸秆综合利用率达到 85%以上，尾菜处理率达到 50%以上，耕地质量提高 0.1 个等级；到 2025 年，集中养殖区畜禽粪污综合利用率达到 80%以上，农作物秸秆综合利用率达到 90%以上，尾菜处理率达到 70%以上，耕地质量提高 0.5 个等级，土壤肥力和有机质含量进一步提高，农产品质量、效益和附加值进一步提升。

所谓全域无塑料，就是要在 2015 年开展禁塑的基础上，提升标准、扩大范围，推动塑料源头消纳减量，推广应用塑料替代产品，加强回收利用处置。禁止生产、销售和使用塑料购物袋、不可降解塑料袋、一次性发泡塑料餐具、一次性塑料棉签、一次性塑料餐具、一次性塑料吸管和不符合国家强制性标准的聚乙烯农用地膜。宾馆、酒店、民宿、超市、景区等场所限制主动提供一次性塑料用品。2021 年禁止、限制部分塑料制品的生产、销售和使用，一次性塑料制品消费量明显减少，替代产品得到应用，塑料废弃物资源化利用比例有效提升，废旧农膜回收利用率达到82%。到 2025 年，全域禁止、限制部分塑料制品的生产、销售和使用。塑料制品生产、流通、消费和回收处置等环节的管理制度体系建立完善，多元共治体系基本建立，替代产品推广应用水平大幅提升。废旧农膜基本实现全回收。初步形成可复制、可推广的塑料减量和绿色物流模式，全州塑料垃圾填埋量大幅降低，塑料污染得到坚决遏制。

所谓全域无污染，就是要在州域内排放的污染物远低于环境承载能力，大气、水体环境质量优良比例保持稳定，土壤环境风险安全可控。在目前环境各项指标优于全省平均水平的基础上，2021 年，全州地表水、地下水、水源地水质优良比例保持 100%。全域保持无黑臭水体。合作市及七县城市空气质量 6 项指标基本保持稳定，合作市城区可吸入颗粒物、细颗粒物分别保持在 43 微克/立方米、22 微克/立方米，优良天数比例保持在 99%。保障农用地和建设用地土壤环境安全，受污染耕地安全利用率达到 98% 以上，污染地块建设用地安全利用率保持 100%，声环境功能区达标率为 100%。农牧村生活污水基础设施加快推进，农村生活污水治理率达到 25%左右。2025 年，全州大气、水体、土壤环境质量持续改善，生态环境保护体制机制进一步健全，良好生态环境对社会发展起到重要推动作用。

所谓全域无公害，就是推进农产品质量管控，推行农村品标准化生产，建立可追溯体系，生产无污染安全优质的农产品。2021 年，禁止使用国家明令禁止的化学农药，规范使用生物农药，全州农药用量持续减少。创建省级农产品安全示范县 1 个，全州"三品一标"认证农产品数量达到 200 个以上，培育农产品地理标志 4 个以上，打造"甘味"农产品品牌 5 个以上。到 2025 年，全域农产品的农药及其他污染物残留低于国家限量标准，创建省级农产品安全示范县 4 个，"三品一标"认证农产品数量达到 260 个以上，培育农产品地理标志 12 个以上，打造"甘味"农产品品牌 20 个以上；所有农产品达到绿色标准，建成绿色农产品生产基地 45 万亩，打响高原绿色有机品牌，提高国内外市场竞争力。

如果说，甘南州 5 年多的"全域无垃圾"运动是整个"环境革命"的一个序曲，很多人还不知道"环境革命"的指向和意义，到了今天，算正式地点题和破题了，并且全面进入主体叙事。

最后的冲刺已经全面展开，但如此浩瀚的过程也并不可能一蹴而就。合理布局、科学掌控才是成功的保障。关于全面实现"五无"的节奏和目标，甘南有自己独特的表述：一年打响，2021年，立即行动，全民动员、全员参与，明确责任、标准、措施、任务，上下齐心、合力攻坚、全面铺开，实现"开门红"；两年打通，2022 年，总结经验、弥补短板，不断提升工作水平，积极宣传营造氛围，在全省叫响"甘南绿"；三年打透， 2023 年，打通各种堵点、难点、痛点，实现全域、全程、全业态打造，在全国叫响"生态美"；四年打成，2024 年，固化经验，形成一套科学完备、可复制推广的成熟模式，为全省全国绿色发展提供"甘南方案"；五年打红，2025 年，实现绿色发展，全域"五无"新甘南屹立于全国前沿，让甘南真正成为世人心中一方净土。

在这次会议上，甘南州州委书记俞成辉首次提出了"生态报国"的理念——

甘南作为黄河上游三大水源涵养区之一，以不足黄河流域 5%

的流域面积，贡献了黄河流域 20%的水资源量，是黄河上游最大的水源补给区和径流汇流区，战略地位十分重要，生态功能十分突出。我以前讲过，离开黄河的甘南是苍白的，甘南最大的价值在生态，最大的责任在生态，最大的潜力也在生态。创建"五无甘南"是贯彻落实习近平总书记在黄河流域生态保护和高质量发展座谈会重要讲话精神的实践要求，是践行"重在保护、要在治理"指示要求的有力抓手，是增强上游意识、担负上游责任、体现上游水平的具体行动。开展"五无甘南"创建行动，就是要坚决扛起黄河上游生态保护责任，加强黄河水源涵养，保护黄河水生态，做足黄河水文章，守护好生灵草木、绿水青山，切实筑牢高原生态安全屏障，充分彰显生态报国的甘南担当，推动习近平生态文明思想在甘南大地落地生根、开花结果。

这样的站位和表述，不由得让人肃然起敬。一个党的领导干部能够站稳群众的立场，一切从群众利益和人民福祉出发，又能顾全国家发展大局，已经远远不是能力和思路的问题，这就是令人叹服的境界和情怀。

"五无甘南"创建行动启动大会召开之前，州里组织全体参会人员对舟曲县进行了现场观摩，观摩"美丽舟曲·流光之城""美丽舟曲·怡情小镇""美丽舟曲·康养水乡""美丽舟曲·灵秀杰地""美丽舟曲·雅韵岭坝"，并把"五无甘南"方案作为会议的重要组成部分，进行了专题讨论。之所以这样安排，自有州里的用意和考虑。这些年由于舟曲的特殊地理位置和历史上的生态欠账较多，致使这个县饱受自然灾害的折磨，几乎年年有山体滑坡、山体位移、白龙江河道淤塞等自然灾害,别的县修一条路要使用好多年,舟曲县的路可能一年用不上就得重修,修了垮,垮了修,不断遭到山体运动或河道塌方的破坏。在这样艰苦的条件下建设出美好家园,更是弥足珍贵,某种程度上也体现了舟曲广大干部的智慧和意志。

观摩队伍行进到各皂坝时,州委书记俞成辉当着众人的面,对舟曲县的工作做了一个总体评价:"我们目睹了'藏乡小江南、山水新舟曲'的自然特征,切身感受到了各族群众建设美丽新家园、脱贫致富奔小康的强烈愿望和坚定信心。舟曲县在城乡环境综合整治中取得颠覆性成果、决定性成效、革命性成功,充分体现了'舟曲不屈'的顽强意志,生动彰显了英雄儿女的时代担当,有力印证了敢为人先的拼搏干劲。我们学习舟曲模式、借鉴舟曲经验,不仅要吸收消化舟曲的先进思路和成功做法,更要从舟曲人民敢教日月换新天、摧枯拉朽换新颜的精气神里启迪智慧、汲取力量,努力在'五无甘南'行动中创造经得起历史、实践和人民检验的骄人成绩。"

此时,站在观摩队伍中的郭子文心情十分复杂,感慨万千。四年前,当州里将他派到舟曲,作为县长,协同石华雄书记一同抓舟曲的"环境革命"时,舟曲还在几次地质灾害的余痛中慢慢复苏。如果按当时全州各县"环境革命"的排名,舟曲差不多都要排在最后或靠后位置。无疑,舟曲是当年全州"环境革命"的一个重点和难点。人们眼前这个整洁典雅、古朴大方、洋溢着神秘藏地风情的村子,当时还处于混乱破败、粪水横流、臭气熏天、蚊蝇漫飞的原始状态。为了彻底改变这个村子以及县域内许许多多像它一样的村子面貌，郭子文不知道苦思冥想了多少个日日夜夜。

其间，俞成辉也一趟趟不辞辛苦地往舟曲跑，到村寨实地考察，评估工作难度，判断问题的关键所在，寻求理想的解决方案；回过头还要给他和石书记打气、鼓劲、吃"定心丸"。这些年他在县上工作，对俞成辉一心为民的情怀他是了解的，对他事必躬亲的工作风格他也是熟悉的。从州府合作市到舟曲县城，单程下来就是 5 个多小时的车程，到了舟曲县城再往边远落后的村寨跑，又需要 1 个到 5 个小时不等，俞成辉每跑一趟的辛苦可想而知。除了辛苦，还有长途跋涉的行车安全，难道俞成辉自己没有想过吗？那么，一个快 60 岁的人，一趟趟这么玩命地跑，究竟是为了什么呢？为名？为利？似乎对他来说都没有意义，他无非就是要了却一份"为官一任，造福一方"的心愿，但在郭子文看来，俞成辉一趟接一趟地往舟曲跑，一次次深入基层，体恤民情、问计群众，就是在为自己和舟曲的领导干部们做示范、做表率。他知道，他应该怎么干，才不辜负信任和所寄予的厚望。

本来，州里给舟曲县 250 个小康村建设的指标。这个指标既意味着资金扶持，也意味着巨大的工作量。对待这样的一个数字，不同的人会有不同的心态和处理方式。是按指标完成任务，是借机争取更多的资金，还是让这有限的资金发挥更大的效益，不同的方式和结果，就是检验一个干部能力和初心的重要参考。指标下来后，郭子文就和石华雄两个人商量，能否把这笔扶持资金划好用好，在建设标准不变的情况下，把更多的村子建设成小康村，让更多的群众收益？多灾多难的舟曲群众苦啊！关于能不能的问题，需要郭子文做出明确的回答，因为他是一县的行政主导，重要的执行者、落实者。郭子文没有用语言表态，最后，他用结果做出了回答，他用250个小康村的扶持资金建成了340个小康村。

像各皂坝或古当这样的村庄，现实的模样和状态已经将时间深处的一切尽皆覆盖、涂抹，不留一丝痕迹。在这200多人的队伍里，很少有人能够准确地评估把一个崭新的村庄从脏乱、贫穷的往昔托举起来，需要付出多少心血、力量和代价。但只要一进入这些熟悉得不能再熟的场域，往昔的一切就会再一次浮现在郭子文的眼前。

最难忘的就是古当村。之前就听说古当村条件很差，但没进去之前无论如何也想象不出究竟有多差。去了，亲眼见到了，才对这个村的脏、乱和贫穷程度有一个确切的认识。一进古当村，凸凹不平的村街上，并不是尘土飞扬，而是猪和牛的稀粪遍地，让人无处落脚；房屋破旧，柴草、干牛粪、砖头瓦块杂乱堆放，全无规矩和章法；村街狭窄，没有停车的地方；家家户户的室内因为常年烧干牛粪和柴草，烟熏火燎，每一座房子内部都一片漆黑。让郭子文最感震撼的是那个小学六年级的小姑娘，她叫曹荣花。那天他正在古当村的街上视察，小姑娘突然跑到他面前："叔叔，请您到我家看看吧！"小姑娘不知道郭子文的身份，但知道他是来村里解决问题的。因为她说不好汉语，事先在纸上写了一封信，要当面读给郭子文听。小姑娘的信主要内容是她想读书，但因家境困难已经无法继续读下去了。她是鼓起极大的勇气在向外界寻求帮助。

曹荣花父母离异多年，她和母亲、哥哥、姥姥、舅舅在一起生活。由于农村的生存环境和卫生环境都很差，农民经常患有阴湿病、"包虫病"、肺病等农村常见的疾病，曹荣花的姥姥和母亲也身患多种疾病，姥姥是肺心病，母亲具体是什么病，由于没钱医治无法诊断，就是虚弱、消瘦、失去了劳动能力。曹荣花的哥哥在外读书，全指望舅舅打工赚来点零钱供养。在曹荣花的家里，她把舅舅给哥哥汇款的那些小票拿出来给郭子文看，都是些小额汇款，5元的、10元的、20元的……超过100元的汇款单都没有，这一大帮人，就她舅舅一个人赚钱养家，去掉日用，挤出一点钱十分艰难。曹荣花的舅舅已经39岁了，仍然没有钱娶妻。古当村娶不起老婆的人，并不仅仅他一个人，全村70户人家，6年没有一家人娶过媳妇了。

曹荣花一家的境况震撼了郭子文的心。离开曹荣花的家，他继续在古当村挨家挨户地跑，四五天之后，把各家所有的情况都兜了上来。结果富裕、健康又祥和的家庭少之又少。子女读不起书的有，家里没有收入来源的有，聋哑的有、患病的有，因为在外打工致伤、致残的也有。看到最后，郭子文的眼睛湿润了，作为一个地方领导，他深深为群众的这些困难感到愧疚和难过，那些曾经缺失的责任，他要尽全力加以弥补。可是，尽管古当村的情况如此困难，每个村民都希望村子得到政府的扶持，尽快从贫穷和落后的状态中解脱出来，但涉及个人利益时还是百般计较、刁难。开始，郭子文感到很费解、很生气，但经过冷静思考之后，他又很快理解了群众的处境和局限，不能指望他们的境界有多高。最后，他还是平静、谦卑下来，俯下身，以谦和的态度，耐心、细致地做群众工作。为了节约建设成本，让群众得到更多的利益和补偿，他清退了所有外来的施工队，村子里的工程全部由村子自己组织村民施工，节约下来的成本都用于村民自身。小康村建成之后，他联系、动员了方方面面的力量，把曹荣花等需要上学的孩子都安排到叠峰中学等合适的学校里读书，把需要就业的盲人安排了就业……他为此感到很高兴、很快慰，因为自己的努力，让很多人的日子比原来变得更加幸福和美好了。

观摩的队伍继续前行，郭子文感觉自己有一些掉队了，稍一走神就被走在前头的人们落下一大截。过去的四年不管经历了多少值得回忆的故事，毕竟已经过去了。焦虑、困惑、拼搏、辛劳以及由诸多付出而换来的赞许、肯定、快乐和欣慰也已经过去。当自己走在一个不断前行的队伍里，眼睛只能往前看，脚步只能一刻不停地跟上，现在还不到在回忆里陶醉、流连的时候。于是，他立即加快了步伐，赶到队伍的前头，随时准备回答州领导和各县参会人员提出的问题。

这一天，是 2021 年的 1 月 6 日，这是一个特殊的时间节点。看似旧年转身离去、新年迎面走来，我们却不敢把过去和未来、冬天和春天完全地割裂开来。季节与季节之间本无裂隙，过去与未来之间也并没有分界。此时，虽然季节还没有彻底走出冬天的领地，可是再往前迈进一步，就会一脚踏入春天的门槛。此时，春天虽然已经隔空送来丝丝缕缕的温润，但冬天仍不肯放弃它最后的寒意。

俞成辉一直走在这个队伍的最前头。

整整一个冬天，他始终穿着单薄的衣服。上身是一件白色的衬衫和一件单夹克，下身是一条薄线裤和一条料子很薄的裤子。在一群全副武装的观摩者中间，他像一个忘记季节或忽略季节的人，也像一个不合时宜的人。风吹得又冷又紧的时候，身边有人关切地问他："您为什么不多加一些衣服，不觉得冷吗？"他笑了笑说："厚衣服不能随便加，加上了就再也脱不下去。"这个回答，很有点儿像他对另一个问题的回答。从前也曾有人问他，"没完没了地往基层跑不觉得累吗？"为什么不适当歇一歇？他的回答也是这样的："人不能轻易歇下来，一歇下来就再也不想起来了。"

他说不冷，大家就真看不出他有一点冷的感觉。那时，白龙江两岸的山上还是光秃秃一片。俞成辉将手一挥，指着两边山上的枯枝和石头说："你们信不信，这里马上就会繁花似锦！"就像他五年前对大家说"五年后你们再看"的情形一样，身边的很多人不说不信，只是笑而不答，笑而无语；而另一些人却觉得他也许说得没错，如果两个月之后你为了验证这句话，再来这里看山，呈现于眼前的定然是满山花开。

对于有些人来说，现实与理想之间并没有什么本质差别，只不过隔着或长或短的那么一段时间。

后记

关于甘南"生态革命"的采访和写作已过去半年有余，接下来的写作任务已在身后紧紧催逼。按理说，这个"苍儿"早应该彻底放下，毕竟生活有无限的宽广，美好的风光永远等在前方，但甘南却是一个例外。数月以来，每每从繁忙的事务中偶得清闲，脑海中还会浮现出甘南的人、甘南的事，曾让自己深深感慨的一切，仍在时不时地激发出更深的感慨。

原来，人虽然离开了甘南，但有一股神经或一脉思绪依然不肯随自己一同离开。叫牵挂也好，叫关注也好，叫期待也好，心里一直暗暗地盼望发生在甘南的人文和生态传奇，会将它巨大的感召力、感染力和震撼的能量，传向未来，传向更加广大的地域和领域，盼望那些还没有讲完的美好故事会继续为人们讲述下去。当然，也更盼望那些没有完结的故事和自己永远也不可能完成的书写，在未来的时空里仍然能够相互补充、相互印证。

尽管意犹未尽，也只能借助网络、报纸和其他形式的信息渠道，一次次"重回"甘南，和那些曾经朝夕相处的人们一同关注那片雪域高原的自然、生态、文化和生活，以殷切的关注和期待，替代心中的祝愿和祝福。

转眼七月来临，繁花落后，已经有樱桃、杏子等早熟的夏果挂满枝头，甘南迎来了它的另一季辉煌。7 月初，全国村庄清洁行动现场大会在甘南召开，来自农业农村部、国家乡村振兴局、中央文明办等部门单位和全国 31 个省（区、市）、新疆生产建设兵团的各位领导和各界朋友，考察了甘南践行习近平生态文明思想的生动实践，身临其境地感受了甘南焕然一新的面貌、日新月异的变化、青山绿水的画卷、乡村振兴的愿景、绿色发展的希望。此后，全国自治州自治县全面建设社会主义现代化经验交流现场会、全省乡村治理现场推进会等会议也将在这片以"工匠精神""绣花功夫"雕琢而出的锦绣大地上相继召开，社会各界的关注度和好评度从来没有像今天这样大幅攀升。

至此，绿水青山就是金山银山的"甘南实践"，已经得到了卓有成效的印证，也得到了全国范围的高度关注、认同和赞誉。我相信，尽管时光飞逝，会冲淡奋斗者渐行渐远的身影，但在这片拥有历史记忆的大地上，将长久地刻印下他们跋涉的足迹。愿甘南的自然一天比一天更加美好，甘南的人民一天比一天更加幸福。

在《躬身》即将付梓之际，请让我再一次向甘南的广大干部群众、父老乡亲、中国作家协会以及曾给我、给这部作品以真切关心、大力支持的朋友们躬身以敬，躬身以谢。因为通过这次独特的采访和写作经历，我更加认识到，无论对自然还是对同类，出于感恩的躬身，是最高尚、最感人的一种姿态，出于敬畏的躬身，是最有尊严、最令人敬佩的一种姿态。